山海燮 贰 绾青丝

八月槎 著

人民文学出版社

图书在版编目(CIP)数据

山海变.2,绾青丝/八月樵著.—北京:人民文学出版社,2022
ISBN 978-7-02-016927-6

Ⅰ.①山… Ⅱ.①八… Ⅲ.①长篇小说-中国-当代 Ⅳ.①I247.5

中国版本图书馆 CIP 数据核字(2021)第 255274 号

责任编辑　朱卫净　张玉贞　李　翔
封面设计　钱　珺

出版发行　人民文学出版社
社　　址　北京市朝内大街 166 号
邮政编码　100705

印　　刷　上海盛通时代印刷有限公司
经　　销　全国新华书店等
开　　本　890 毫米×1240 毫米　1/32
印　　张　9
字　　数　140 千字
版　　次　2022 年 1 月北京第 1 版
印　　次　2022 年 1 月第 1 次印刷

书　　号　978-7-02-016927-6
定　　价　58.00 元

如有印装质量问题,请与本社图书销售中心调换。电话:010 - 65233595

目录

第一章　大安城　/ 1

第二章　暗月　/ 35

第三章　杀使　/ 85

第四章　箭炉　/ 127

第五章　赤研星驰　/ 163

第六章　绽星芒　/ 197

第七章　鸦之眼　/ 243

第一章 大安城

她坐在镜前,长发黑亮,瀑布般从肩头垂下,宁州最好的匠人也打磨不出她眼前的水云镜,这横断岭云雾之中才有的玉石薄如蝉翼,映出了她弯月一般的眉毛和姣好的面容。镜子中的这个女人非常年轻,笑容温婉、脸庞甜美,然而此刻,那张经过精心修饰的脸略微有些僵硬,并不像平时那个素衣明眸的姑娘。

一

她坐在镜前，长发黑亮，瀑布般从肩头垂下，宁州最好的匠人也打磨不出她眼前的水云镜，这横断岭云雾之中才有的玉石薄如蝉翼，映出了她弯月一般的眉毛和姣好的面容。

"公主，今天还是先去百望台上走一走么？"靳思男将她的长发绕在指尖，灵巧地盘着，一面用黑玉簪子加以固定，那簪尾嵌有一颗南渚夜明珠，在熹微的晨光中散发出淡淡的红色光芒。

她看着镜中的自己，雪白的绢衣外罩着顺滑的紫纱罗，褐色滚金的宽束腰把胸脯衬托得格外饱满，细长的鬓角贴着薄薄花钿，她注意到唇边的胭脂有一个小小的缺口，伸出食指，细细将它补上。

镜中的这个女人非常年轻，长相甜美，笑容温婉，然而此刻，那张经过精心修饰的脸庞略微有些僵硬，并不像平时那个素衣明眸的姑娘。

靳思男帮她理好衣摆下的飘裙，一层一层的褶皱覆盖了足下的轻履，她刚要站起来，忽然想起了什么，又坐回座位，伸手拔出了黑玉簪，一头秀发重又滑落肩头。

"思男，帮我梳上芙蓉归云髻，这样随便一盘，显得不大妥当。"

"啊，我疏忽了。"靳思男的双手灵巧地在她的发丝间穿梭，等她再站起身来的时候，发髻如云，更像一个雍容华贵的妇人，只是眼睛依旧清澈透亮。

"公主。"靳思男拾起放在一旁的红色佩刀，打算系到她的刀带上。这把刀用红色的鲨皮做壳，乌亮的铜丝间嵌着深绿的翡翠，华贵精巧，看起来，更像是一个玩物。

她按住靳思男的手。

刀名薜荔，是上古神兵，但她一向不喜欢这类锋利的东西。

靳思男有些诧异，道："公主，今天的场合，还是把刀带上吧。"

"对于一个没有气力的女人，它有什么用呢？"扬一依笑了笑，轻轻一推，把这一把漂亮的小刀送还给靳思男，"它只能让我变得更像一个精美的物件，人人都想争抢、享用、打碎的物件。"

靳思男张开嘴想说些什么，但是终于没有说。

"我们走吧，"她把目光从薜荔上收回，"它更适合你。"

朝堂佩刀，固然是扬家尚武之风的延续，然而，对于这个来自东川军阵的军武世家来说，朴素也曾经是个重要的传统，可看看现在，别说是她，就连随侍女官靳思男的衣着都过分华丽了，这样的话，扬家和日光城内那帮夜夜笙歌的木莲贵族们又有什么区别呢？

走出鸣琴轩的时候，她看了一眼那把挂在墙上的昂贵古琴，她在这把琴上浪费了太多时间，不是她弹奏得不够好，而是她根本不喜欢弹琴。可她就是这样，就算是再讨厌的事情，只要有人会为此高兴，她就勉强为难一下自己。所以，她不动声色地成了整个吴宁边数一数二的琴师。

虽然只有六层，但百望台已经是大安城中最高的建筑，这里的视线不受遮挡，越过大安城高大的城墙，柴水和安水交汇处的广袤平原在这里一览无余。

登上高台，时间尚早，清晨的太阳把远处的地平线染得血红，金色的光芒肆无忌惮地穿透了湛蓝的天空，南来的道路在青绿的田野上曲折蜿蜒，已经有夜行的商旅向大安城方向移动，在太阳气势磅礴的光芒笼罩下，人和牲畜都被距离简略成了一个个小小的墨点。

扬一依期待那光芒的尽头会出现一匹快马，驿站的骏马从来不惜体力，纷落的马蹄在干燥大地上踏起尘埃，会在金色的阳光中拉起一道道白色烟幕。两年前和澜青战事频繁的时候，几乎每隔个把时辰，面前的大地上都会画出这样的细线。

"思男，今天是什么日子了？"

"已经五月十七了。"靳思男咬着嘴唇，也望着同样的方向。

扬一依很清楚今天的日子，只是她想再次确认，自己的记忆并没有误差。

扬觉动一行离开吴宁边已经二十一天了，他早该回来。毛民的信使带来了陈旧的消息，南渚大公赤研井田宣称，父亲将自己代替小妹，许配给了遥远的南方大城中一位贵族。随后，纷乱的消息断断续续，阳宪奔回的护卫确认，父亲陷入了一场声势浩大的叛乱，整个吴宁边就此失去了他的消息。

"娴公主今天真是太漂亮了。"身后传来一个熟悉的声音。

"蓝仓伯过奖了。"扬一依转过身去，面对着那个相貌英俊的少年。

他不能说生得不俊美，高鼻、朗目，没有大多数中州人的扁脸，总是带着微笑，举止得体、风度翩翩。

看到楚穹，扬一依忽然开始想念豪麻，豪麻在大安城的日子，包括楚穹在内的贵族青年都自觉离扬一依很远，他们谁都不想惹麻烦。那时候，扬一依常常会因此烦恼，哪怕扬觉动已经将她指给这个一脸严肃的男人为妻，有时候，她也还是需要有人陪着说说话，开开无伤大雅的玩笑，甚至小小暧昧一下的。

像接受生命中一切不得已一样，扬一依同样接受了豪麻，豪麻在大安城的时候，她偶尔还会想起楚穹，想起他世家子弟的油滑风趣和嘴角那一抹略带讥讽的笑容，然而此刻，他过于露骨的殷勤已经惹恼了她。

"你也好兴致，来百望台上看日出吗？"扬一依的声调温婉甜美，如果说里面蕴含着某种情绪，由于它隐藏得如此之深，恐怕这世上没有几个人能听得出来。

"我就知道，今天一定会遇到不一样的你。"楚穹很兴奋，上前一步，向扬一依身边靠去，靳思男十分不识趣地挡在两个人中间，让他皱起了眉头。

"你！"他居然用了一个"你"字！扬一依心中莫名升起一股怒气，扬觉动在大安城的时候，楚穹公主长公主短地叫着，向来不敢这样称呼她，仅仅因为扬觉动生死不明，他就这样迫不及待了么？

"听楚公子这样说，我心里真是高兴得紧呢。"扬一依微微一笑，将手搭在百望台的玉石栏杆上，她抬起手来梳理鬓角的发丝，朝阳渐起，日光照亮了她的轮廓，她束腰上的金线闪耀着，在吴宁边，这几乎是她从未有过的盛装。

这句话说得亲昵，楚穷眉眼为之一开，他大踏步绕过靳思男，转到了扬一依的另一边，伸出手去，也放在玉石栏杆上，离扬一依的手只在一指之间。

扬一依抿嘴一笑，晨风挽起了她的衣袖，露出白生生的小臂。

楚穷嘴角的笑容渐渐有了得意的味道。

扬一依心中冷笑，假做没看见。这个人平日里也颇有些城府，但最近一段时间来，在自己面前倒是越来越放肆了。

楚穷的手还没触及扬一依的皮肤，蓦地停在半空。他看到了她小臂上的绾臂金环。那是来自遥远的霰雪州的赤霞金，缠臂九道，造型刚直劲朴，就像那个人。

扬一依并没有多看楚穷一眼，曾经，她喜欢过这个机灵乖巧的男人，但是今天看起来，那个马童豪麻固然冷硬不苟言笑，一身骨头比这个男人硬多了。

楚穷讪笑着将手画了一个圈，去掸肩头那看不见的灰尘。他很聪明，很快理解了扬一依的意思。

"公主，百济公来了。"靳思男看着通往祥安堂的甬道，轻声说。

百望台下，一身褐甲的扬丰烈的步子很大，他走在前方，随从们则跟在他身后一路小跑。

"娴公主，在下先告退了。"楚穷艰难地咽了一口唾沫。

执政扬丰烈召集的议事会即将召开，大公扬觉动超期不返，在他临走之前，将吴宁边的军政要务委托给了这个幼弟。

七日前，扬觉动预定要返回大安的日子。百济公扬丰烈将吴宁边的主要城主们都征召到了大安城，理由是迎接大公归来。但扬觉动深陷鹬鸪谷，一去不返的消息早已传回，吴宁边异动丛生，扬丰烈此举是为了地方的实力人物都置于自己控制之下，避免生乱。

这一切，扬一依都是知道的，因为议事会又称大朝会，是非常时期的全权决策会议，扬丰烈即便摄政，没有她这个未来大公一同征召，也是开不成的。事实上，在西边的风旅河，吴宁边和澜青两军对垒已久，局势已经越来越紧张，吴宁边无法再等待扬觉动的归来，必须要有所决断了。

扬一依转身下楼，清晨的阳光还带着一点寒意，落在她的后背上，随着延伸而下的阶梯，一点一点沉没在祥安堂的阴影里。

扬一依的步子并不轻松。

她盛装，是因为她是这个会议中分量最重的一环。扬觉动临走前，虽将整个吴宁边的军政要务交给扬丰烈打理，但是根据旧吴习俗，女子和男子享有同样的家族继承权，如果扬觉动真的一去不回，扬丰烈对于吴宁边的继承权，是后于扬一依这个侄女的。

一州大公，若说正值壮年、手握重兵的扬丰烈毫无想法，是不可能的。

而扬觉动将自己嫁给赤研弘的消息已经传遍了整个木莲。父亲虽然失踪，但仍是吴宁边的承天大公爵，按照规矩，摄政扬丰烈应该依照扬觉动的意思，将自己送入南渚，履行扬觉动亲自定下的盟约。

当然，他也完全可以不这样做。他完全可以借口消息不实，将扬一依留在大安，送上大公的宝座。没有人会相信，这个十九岁的女孩能够面对这兵凶战危的局面,万一扬觉动真的回不来,将来的吴宁边,就是他百济公扬丰烈的了。

二

长长的甬道,薜荔刀柄上的夜明珠漂浮着红色的幽光。

扬一依并不确定一会祥安堂里究竟会发生什么。

"明天的大朝会,你如果不想来,可以不必出席。"扬丰烈的声音在空旷的廊柱间回荡,他紧皱双眉,焦虑顺着眼角的纹路爬进了眉心。

前一日的傍晚,她这个唯一在世的叔父找到了他的侄女。

"你们姐妹三个,你最不像扬家儿女,"扬丰烈叹了一口气,"你从小善良、与世无争,不适合这样带着血腥味的场合。"

扬丰烈的话中透着一丝疲惫,只是二十几天时间,不知道为什么,扬一依感觉这个平日趾高气扬的叔父老了很多。

"你父亲在的时候,这些世家贵胄每天吵吵嚷嚷,到了这种时候,却没有一个人在乎你的去留。"扬丰烈看扬一依不说话,顿了顿:"大公被证实失陷在阳宪,赤研井田已经调兵平叛,就算大公没事,一时可能也回不来了。"

虽然是早就知道的消息,扬一依还是心头一紧。

"豪麻也回不来了。"扬丰烈说这些话的时候,目不转睛地看着扬一依。"你毕竟是我们扬家的女儿,如果你不喜欢南渚赤研家,咱们吴宁边也有好青年。"

"一依心里乱,容侄女好生考虑,父亲回来了,也好有个交代。"扬一依施礼,口气平淡。

她说到扬觉动回来的时候，扬丰烈的眉毛不经意间抖了抖。

沉默蔓延。

"好，那我先走了。明天早上，楚穷说来迎你。"

扬丰烈身材高大魁梧，几步就迈出了门去。

睁开眼睛，长长的青石甬路已到尽头。

登上严整浑厚的青基台，祥安堂就在眼前。这条路对于扬一依来说并不轻松，虽然暑热未起，但晨起盛装和长时间的行走已经让她微微气喘。

不过，当她终于站在祥安堂前，感受连绵石阶垒起的令人敬畏的高度、看着大安城内矮小简陋的民居中升起晨炊的青烟时，她终于体会到了为什么旧吴王要将大安城建设得如此高大雄伟：站在这个位置，再平凡普通的人，心中都会生出一种睥睨天下的渴望。

高台有风，她转过身来，衣带飘舞，祥安堂已经不是她童年时的模样，那时它斗拱飞檐之上的琉璃瓦还是天青的颜色；地面青石上镂刻的忍冬草浮雕还没有被磨平；堂前巨大的铜麒麟被蟠龙缠绕，身上也没有锈迹斑斑……自从扬家从旧吴手中夺来大安城，这座富丽堂皇的宫殿就再未被整饬过，爷爷扬叶雨说，没有这大安宫的奢靡铺张，就没有扬家在万户千家怒火中的崛起，所以，这残败的宫殿是对旧吴荒淫无道最好的纪念。

但是，还是那时候的样子比较好看啊！走进祥安堂的时候，扬一依习惯性地用手抚摸着大门上巨大的铜钉，它上面的金箔早已脱落，可闭上眼睛，这里仿佛又回到了往日"绫罗为帐玉为阶，日光为鳞金作甲"的辉煌时光。

这是一座通体由金丝楠木搭建的大殿，由于进深太大，正面和两侧的檐窗透进来的光线只能浅浅照到殿内的边缘，但白天的祥安堂内从来没有燃过蜡烛和火把，一束天光通过屋顶明瓦倾泻下来。大殿正中回阶之上，由宁州血花梨雕刻的麒麟座傲然蹲踞，明瓦窗子共有五个，角度都经过精细计算，确保一天中的主要时辰，麒麟座永远是阴暗大厅内唯一光明的所在。

扬一依跨过高高的门槛时，扬丰烈正坐在麒麟座上，双手拄着他的长剑烈风，紧皱眉头，在乳白色的晨光中，显得格外高大。

在回阶之下，吴宁边的重臣贵族们各据一方，似乎在激烈地争论着什么，看见扬一依进来，一下子都收了声，大厅里出现了尴尬的沉默。

楚穹早被扬一依甩在了身后，扬丰烈看到盛装华服的扬一依，不禁一愣。

他站起身来，走下回阶，从那束笼罩着他的光线中走出，虽然他的身子依然魁梧，却一下子褪去了满身光华，变成了一个普通人。

"一依，你来了太好了，我这几天事务太多，去得少了，"扬丰烈把扬一依引上回阶，他扫了一眼吴宁边的这些重臣贵族，喉咙里迸出声音来，"这几天军务纷乱，叫人不得安生。"

"柱国好！"扬一依微笑施礼，临走之前，是扬觉动给了扬丰烈上柱国摄政这个几乎废弃的官职。

还不到四十岁，扬一依唯一的叔父腰板挺得笔直，他是扬一依祖父扬叶雨的幼子。扬家兄弟五人，有两个人死于扬叶雨兴兵夺取大安那一年。

烽火起时，扬一依从未谋面的长伯父扬觉行正在旧吴宫中为质，旧吴王白赫西征澜青，又临阵斩杀大安公李景洪，执行白赫命令的，正是副帅扬叶雨。数日之后，在白赫连下八道诏书招他入大安觐见的时刻，他没有奉诏。

两天后，吴大公白赫昭告天下，宣布撤销扬叶雨的公爵职位，解缚大安，随着使臣而来的，还有他长子扬觉行的首级。

这近乎玩火的行为成为压垮骆驼的最后一根稻草，终于惹起旧吴军界声势浩大的反叛，三个月后，扬叶雨一举屠灭旧吴公卿贵族五百户，并强占了大半吴国。

是役，继失去大儿子之后，扬叶雨勇猛善战的四子扬觉风也在沙场阵亡。

次年，扬叶雨三子扬觉如失踪，这样，在旧吴军界声震一时的扬家五兄弟，最终只剩下了扬觉动及他的幼弟扬丰烈。

小叔离开大安太久了，当扬丰烈公然表示对这群重臣武将的蔑视时，扬一依忍不住皱了皱眉。她很想凑近扬丰烈的耳边，小声对他说，就是这些让人不得安生的世家显贵，会埋葬所有蔑视他们权力和利益的人，你真的不知道他们有多危险么？我亲爱的叔叔？

可是扬丰烈并没有靠近她，因此扬一依能给予扬丰烈的谏言，只是一个笑容。

"十日前，大公的贴身侍卫邹禁已经回到了大安。他和大公同一天陷在阳宪，三十四人，只回来了他一个。公爵，大战在即，这样的消息，还是大家都了解一下为好。"

说话的，是迎城侯梁群，这个捏着吴宁边钱袋子的男人，一贯消息灵通。

"我没有隐瞒任何消息，邹禁当晚就和大公失去联络，并不能确定大公就此出了意外。"扬丰烈的声音冷冷的。

"白安叛乱已经被我们的斥候证实不虚，乱军控制了小莽山的百鸟关，并通过鹧鸪谷一路杀到阳宪，就算南渚已经派遣冠军侯赤研星驰前去弹压，但也于事无补。大公一行这些日子还没有消息，八成是陷在乱军之中了。"迎城侯梁群在人群中踱步。"百济公，局面如此紧张，如果大公真的有什么意外，对吴宁边的未来，我们今天恐怕要有个决断。"

"这都是赤研家在鬼扯！大公就算遇险，浮明光和豪麻他们怎么也没消息！就算他们没有，邹禁为何这也不知那也不晓，语焉不详！我看那白安之乱就是个幌子，我们都被赤研井田设计了！"说话的，是柴城伯浮明焰，他是浮明光的弟弟，此刻情绪激切，说起话来，一口粗硬的胡子粘上了不少亮晶晶的飞沫。

"我看，不如我们在毛民集结，挥师南渚，干他娘的！"

"大公亲去定盟，你要去发兵毁盟吗？南渚赤铁军军械精良，飞鱼、银梭、龟甲、虎鲨四营，就么么好打？"梁群插话。

"什么鸟赤铁，在花虎面前，都是纸架子！"浮明焰神色恼怒。

"那么花虎重甲也能在淡流河岸的污泥中奔驰咯？"梁群的声音中带上了三分不屑。

"你就关心你的生意！哪次开战你不是从中和稀泥！宁州那些破烂能吃还是能喝？"浮明焰大怒，也不管梁群爵位比他高

绾青丝 13

上一级，当场发作。

"不能吃也不能喝，"梁群的声音冷冷的，"但是不知道我们的伯爵大人把我运来的宁州丝绢裹了满身做什么。"

浮明焰低头，脸涨红到了脖子根，怒吼："梁群！你什么意思！这朝堂之上有谁不穿宁州货！"

梁群正要反驳回去，年轻的蓝仓伯站了出来，道："两位世伯说得都有道理，但毕竟柴城也好，迎城也罢，都在我们的后方，不如我们听听南津侯有什么看法，毕竟伍大人昨天刚刚从风旅河前线回来。"

众人一直吵吵嚷嚷，倒几乎把这个刚刚从战场回来的前方大将忘记了。

众人的目光都投向了伍青平，他是今天议事会上少数几名穿甲登堂的高官，自从两年前南津镇被木莲突袭拿到手中之后，他就日渐消瘦，现在已经成了衣服架子。

众人吵了半天，他一直不发一言，楚穷一句话，终于说到了点子上，扬觉动南下南渚的目的是什么？不就是为了争取南渚的支持，以重返风旅河畔，收复南津镇、直捣平明城么？

伍青平慢慢走上前来，路过扬一依，他微微颔首，算是打过了招呼。他脸色铁青，眼眶乌黑，铠甲上带着草屑泥点和兵器磕碰的凹陷，甲缝中的中衣也肮脏不堪。他不但没有为今天的大朝会换上一身新衣，甚至很可能从未解甲。

三

"太能装了。"不知谁在人群里面小声嘀咕，伍青平的耳朵动了动，却没有转身，厅堂里议论纷纷。

"柱国，南津镇依然在木莲手中，现下白驹城不断向南津增兵，我们的士兵和木莲的精骑在风旅河畔已经周旋了十余天，大公指示得清楚，我已经尽力避免正面冲突，全力整甲备战，但我昨天返程途中，突然接到前线消息，坐镇南津镇的木莲将领已经放澜青将领陈方牟穿城，开始正面强攻，突袭我们驻地，"他顿了一下，将周围目瞪口呆的人群扫视一圈，"风旅河一线，目前只有蓝仓的部分兵力在协防，附近四镇知道的消息不会比我更早，这意味着，"他的声音愈加低沉，"澜青和我们，已经全面开战！"

"什么！为什么我们都不知道！"浮明焰大惊。

祥安堂上一时鸦雀无声。

"我已经知道了，这也是我们今天召开大朝会的原因之一。"扬丰烈终于说话。

"十天之内，我已经三次请求柱国增兵风旅河，都没有下文。如果我在出发前得知这个消息，一定不会离开，说不好会死在风旅河，也就不必来参加议事会了，但这样也好，我亲自来当这个信使，是不是分量更重些！"伍青平的声音里简直要结出冰来。

所有人的目光都望向了扬丰烈。

"澜青没有粮草，没有四马原的夏粮，徐昊原的大军撑不过三个月，我们不需要增兵，守住风旅河，就能为胜利赢得时间。"扬丰烈舔了舔干裂的嘴唇，凝视着伍青平。

"柱国说得没错，澜青连年天灾，粮食歉收，没有夏粮，他们撑不过三个月。"梁群点头。

绾青丝

"然而他们进攻了,眼下,他们不需要那么多粮食了。"

"你这是什么意思!三个月内,他们不可能拿下吴宁边!"浮明焰大声道,"在做梦吗?"

"准确地说,是不可能拿下大公坐镇的吴宁边,"伍青平说,刀子一样的目光望向了扬丰烈,"如果是大公在大安坐镇,这些征召我们来大安大朝会的调令,眼下已经能换来半个吴宁边的部队了。"

这已是公开指责扬丰烈按兵不动,贻误战机。

一时间,只有伍青平沙哑干涩的嗓音在空旷的祥安堂内回荡。

扬丰烈没有说话,他的脸显得有些扭曲,每当他考虑做出没有把握的决定时,他就用舌头数自己嘴里的牙齿。

澜青进攻的消息让祥安堂上再度混乱起来,徐昊原的离火精骑凶暴残忍,扬一依也有所耳闻,在吴宁边,有实力和离火精骑正面交锋的,除了扬丰烈的风芒骑兵,就是浮明焰的花虎重甲骑兵了,但此刻,这两支吴宁边最精锐的骑兵部队,一支被留在吴宁边东北重镇百济,一支则在西南重镇柴城,离风旅河都有相当的距离。

如果由于调度不及时导致风旅河战场被突破,毫无疑问,这只能是扬丰烈的责任。凡是在两年前和徐昊原战场相见过的人,此刻都变了脸色。

祥安堂上乱作一团,扬丰烈应该马上说些什么,起码要镇住场面。

扬一依只在一旁静静地听着,但她知道她这小叔很可能要犹豫上一阵子，的确，如果是在战场冲杀，扬丰烈继承了扬家的尚武血统，是个令敌人胆寒的勇猛将军，但在这朝堂之上、政局之中，他却缺乏机敏果决的政治品格。

她还记得自己十四岁那年，发生在小叔和父亲之间的一段故事。

扬觉动妻子多病却从未纳妾，他膝下无子，而扬夫人却已经不可能为他再添子嗣了，他不得不考虑三个女儿的继承问题。就在这一年，扬觉动下诏，任命扬丰烈为百济公，这是他执掌吴宁边以来册封的唯一一个公爵。

然而所有人都没料到，扬丰烈对此竟百般推辞，理由是扬觉动的爵位虽然多了一个"大"字，但也是公爵，一州之内，怎么可以有第二个公爵出现。

扬一依不知道父亲是真心打算让小叔辅政，还是另有考虑，但执政以来一直担着刻薄名声的扬觉动对扬丰烈的表现很不高兴。这时，为了推辞这个任命，扬丰烈竟然匪夷所思地自请行军于外，用兵宁州，远避朝堂，对大安的内臣和地方大员更是避之唯恐不及，仿佛这个称号比敌人的千军万马还要危险。

由于家族人丁凋零，父亲对小叔一向是百般荣宠照顾，似乎想用事实来击破世人对他为人冷酷无情的评价，然而扬丰烈却用战战兢兢、如履薄冰的尽忠职守，向世人表明，扬觉动是一个多么让人胆寒的兄长。

扬一依依然记得当时父亲脸上难看的样子。

后来很长一段时间，扬觉动不再提继承相关的事情，但他不提，不代表没有人去想。

三姐妹中，大姐已经远嫁日光城，小妹整天搞得满城鸡飞狗跳不得安生，只有她担着静思深虑的名声，有着承基守业的人望，不过她知道，父亲嫌她太过柔弱，没有统御天下的杀伐之气。柔弱她是承认的，不过手上拿着刀子四处嚷嚷就可以震慑四方么？

　　那是男人的蠢笨做法，而她是一个女人。

　　这大安城未必是我的，她的目光将堂上这些吵嚷的男人们一一检视一遍，但肯定也不是这帮心怀鬼胎的蠢笨家伙的。直到她的目光停留在另外一个沉默的人身上，他也不行，他是一个外人，他只是一根拼命生长的藤蔓，必须攀上有根的大树，才能变得生机勃勃。

　　此刻，这根藤蔓有话要说。

　　疾白文从来和其他官员不同，他穿一身纯黑的棉布长衫，站在一群容光焕发的贵族中，很像羽毛华丽的野雉群中飞来一只乌鸦。他是扬觉动十年前从日光城带回的策士，一直在扬觉动帐中参谋，他不受爵位，不领俸禄，和浮明光一起，成了扬觉动的左膀右臂。

　　这次扬觉动带浮明光一起出行，把他留给了扬丰烈，每个人都知道疾先生深受大公信任，但扬丰烈显然不知道这人能为他做些什么。就在扬一依的眼皮底下，他几次就琐事来征询疾白文的意见，疾白文都回答得模棱两可。于是，扬丰烈把他像一块抹布一样丢在了无人的角落。

　　"柱国，既然澜青再燃战火，现在我们就要做出反应，不然大公回来，局面就会变得不可收拾。"沉默了半天，疾白文居然说了一句废话。

"是啊，疾先生说得对，"梁群马上接话，"大公虽然在南渚生死不明，但我们眼下最为棘手的敌人，却是澜青，如果不能在风旅河战场取得决定性的胜利，南津镇就会成为他们的跳板，进逼大安。"

"难道南渚坑了我们，我们就视而不见么？我自请率军南下毛民，和毛民伯合兵，通过平明古道直捣灞桥！"浮明焰依旧怒火熊熊。

这话连扬丰烈都听不下去了，道："柴城伯，我们不能和南渚、澜青同时开战。"

"如果真的两线作战，难说宁州和白吴不会乘势而起，到时候，我们就四面受敌了。"梁群补充。

"又是你那个宁州宁州，打仗是要死人的，你还要想着你的狗屁生意。"

"打仗是要死人没错，但找死，就是另一回事。"

众人立场不同，话说不上三句话，就又要争吵，这时伍青平却悠悠来了一句："我看也不用讨论了，昨日得到消息时，我已经命令部队从风旅河回撤观平了。"

"什么？没有我的命令，你竟然私自放弃箕尾山和风旅河要塞？"扬丰烈一脸惊愕，提着他的烈风，踏着大步走到伍青平面前。

"没错，"伍青平瘦削的身躯一动不动，"南津原本有木莲守军八千，我们昨天被突袭的时候，据说又加入了徐昊原的先锋骑兵五千，后续还有步卒约两万人，算一算，对方的总兵力已超过了三万人，而我在风旅河只有一万两千人，加上蓝仓来的两千人,兵力还不到对方的一半,风旅河是注定守不住的。"

"如果兵力相当,还要你防守吗!"扬丰烈吼道。

看情形不对,楚穷走上前来,道:"柱国息怒,风旅河战场的给养是大公出发前补给的,如今已经快一个月,大军压境,风旅河战场虽易守难攻,但如果澜青抢先封住了补给线路,伍大人这一万两千人是当真守不住的,即使能够坚持一时,恐怕也撤不回来了。"

"柱国,这不是简单的撤退,伍大人将伍曲和三千精锐子弟留在了风旅河,为后撤争取时间。昨天,我已经飞报邯城伯,请他与我合兵,和伍大人的队伍一起,坚守观平。"观平伯邵远征也来插话。

扬丰烈的面色愈加阴沉起来:"好好,我扬某人就在大安城,你们却一个个自作主张!难以撤退,哼,好借口,你们是害怕在平原与徐昊原的离火精骑遭遇!伍青平!私自放弃军阵是死罪,把自己的儿子留在那里并不能改变这一事实!"

"伍某下的命令,有什么干系,我一身担当!"伍青平毫不退让,"将在外,君命有所不受,柱国主政,一无粮草,二无援兵,我又在前线最为吃紧的时候被柱国大人连番诏令召回,名曰商讨对策,"冷笑之后,伍青平继续道,"只是不知等这对策商讨出来,是不是徐昊原已经到了大安城下!"

"大公在时,对伍侯倒是放心的。"邵远征的声音闷闷的,显然是站在了伍青平一边。

"好说好说,大公的安危直接导致了局势不稳,不商量怎么成,徐昊原的精骑还没到,我们不要先自己杀起来。"梁群走到扬丰烈面前打圆场,隔断了两个人对视的目光。

"你放弃了风旅河和箕尾山,我们想再从那里出关就难了,大公挥师平明城的意图还怎么实现,你说说!"扬丰烈强忍住恼怒。

扬一依知道伍青平的底气来自哪里,如果扬丰烈杀了伍青平,一时再难找出像他一样富有战争经验的将领,何况,他真是把自己以忠勇著称的独子留在了风旅河,在道义上,已经赢得了众人的同情。

"如果不后撤,南津镇的所有主力都会被困在风旅河,徐昊原突破了风旅河,观平只在日夜之间,无论是蓝仓,还是邯城,都没有集结兵力的时间,你是知道离火精骑的速度的,过了风旅河,他便在平原奔驰,而蓝仓和邯城却要渡河才能到达观平。"伍青平也努力克制自己的情绪。"但观平显然也只能起到拖延时间的作用,真正能够阻止徐昊原的,还得靠柱国。"

四

扬丰烈不说话,像尊雕像站在天光里,一动不动。

连扬一依都明白,撤退,是为了吴宁边分散的兵力不会被对手压倒性的优势兵力一口吃掉。而在扬觉动离开的这段时间,让吴宁边的几大主力部队全部远离风旅河前线,不能不说是举棋不定的扬丰烈的责任。

"南津、观平合兵,当可抵挡徐昊原一时,加上蓝仓和邯城的支援,可以挡一阵子。我们主力未受损失,澜青不敢冒进深入。先到达的前锋没有攻城的大家伙,拿不下观平。"浮明焰以拳击掌。"只是花虎不耐奔袭,路程太远,来不及投入战场了。"

"是，"伍青平道，"花虎装备太重，就算赶到，没有配合的部队，也难以发挥作用。但观平地处平原，无险可守，一旦敌人在地面对决中占据兵力优势，很容易造成围城或绕城奔袭大安的局面，阻止这种情况发生，只有调动一支机动性极强的精锐之师，在力保观平不失的情况下，趁澜青在风旅河东岸集结未成，各个击破。"

"我会出动风芒骑兵！"扬丰烈脸上的肌肉抽动着，"在敌人合围形成之前，赶到战场，抓住澜青主力对决。"

楚穷看扬丰烈脸色不对，忙道："风芒还在百济，即使是风芒的快马，也不能在三昼夜内奔赴战场，风芒的优势在于速度，但速度不能用在路上，长途奔袭，即使到了战场，这仗也没法打啊！"

他明白扬丰烈的意思，大家也明白。

风芒是扬丰烈辛辛苦苦十几年一手创建的精锐之师，也是他这个百济公竞争大公位子的最大资本，在对方以逸待劳的情况下全部投入战场，就算能达成保卫大安，对澜青渡河部队各个击破的目标，也必将蒙受惨重损失，失去了风芒骑兵的扬丰烈，还有资格来替扬觉动当这个家吗？

扬一依在心里叹了一口气，危难时刻，连摄政当家的实力人物都在打自己的小算盘，不肯做一点牺牲，而且这个人还姓扬！失去了扬觉动的吴宁边，如今真是散沙一盘了。

不管怎么说，他还是承诺出兵了。事到如今，也只能这样安慰自己。

"柴城可以让骑射先行出发，支援观平。"浮明焰攥紧了拳头。

梁群皱眉道:"设想不错,到敌后去,但柴城到风旅河战场路途遥远,你的骑射没有重骑配合,进入阵地战,难说不是送死。"

"老子就愿意送死!"浮明焰暴跳如雷,"不然我就在那里干瞪眼吗!你这种杂碎是无法理解伍青平的,老伍他只有那一个儿子!"

伍青平的眼眶红了。"老浮,别说了,"他口中喃喃道,"来不及了,肯定来不及了。"

虽然众人仍在唇枪舌剑,但议题已渐渐统一到如何应对即将到来的澜青主力上来了。

朝堂上纷纷扰扰,却没有人看扬一依一眼。

她将众人一一看去,如今这祥安堂上,蓝仓伯楚穷是扬丰烈一派,自然支持扬丰烈的计划,而像浮明焰这样远离大安政治的地方人物,虽然嗓门不小,但没有左右时局的力量。

值得注意的,是有一股力量,拧起了几位主要的实力人物,南津侯伍青平撤兵是推动事态发展的关键,他得到了观平伯、邯城伯的支持,有可能迎城侯梁群也早就知道这一计划,并参与其中。而对于摄政的扬丰烈来说,未必没有在事前对澜青做出防范,只是可能遇到了其他阻力,也可能是被扬觉动失踪后的争斗吸引了注意力,伍青平的突然发难,他没有准备,仓促之间,只能接受对手的安排。

在扬觉动生死不明、群龙无首的情况下,这显然是个了不起的成绩。

最为严重的,是在整个博弈当中,清晰地显示出扬丰烈这个柱国基本上是个摆设，世家贵族们各自都站在自己立场上保留自己的想法。也许，一同保留的，还有他们的实力。

没有一个人有扬觉动一样的资历和力量，去弥合这些势力之间的裂痕，把这群拥兵自重的人聚在麾下。团结是一时的，只要今天在场的人中有一个人另有打算，吴宁边的覆亡就在顷刻之间。

扬一依像父亲一样，细细看着他们的脸，这一场战役或许可以挺过去，但接下来呢？没有扬觉动的吴宁边会变成怎样？

伍青平咳嗽了一声，转向疾白文，道："疾先生，我们的话都说完了，轮到你了。"

扬一依眯起了眼睛，天光从一个窗格换到了另一个窗格，目光再一次落到一身黑衣的疾白文身上。

这么说，他才是诱敌深入、决战观平的设计者？

疾白文四十岁上下年纪，瘦削的身形隐藏在宽大的黑袍中，身上没有半点装饰，唯一的色彩是开始斑白的鬓角，他有着一张中年人的脸，柔软的头发已经开始变得稀疏，两道浓眉下是深陷的双眼，眼袋上细细的皱纹给这张脸带来了严肃的意味，而那高高的颧骨则昭示着他来自遥远的北方。

父亲说过，他来自晴州，是个灵师。

"柱国，各位大人，固守观平是个好计划，但澜青大公不是一个可以轻易战胜的人，"空气中的杂质在穿透明瓦的光束中飞舞，他抖了抖衣袖上的浮尘，"一味防守非常危险，尤其是在敌人过于强大的情况下。"

"柱国的风芒骑兵不必辛劳，即可及时到达战场，"疾白文眉头一挑，"两州列兵风旅河以来，百济以东的水路贸易已经完全停止，我听闻迎城西上的商船，大都停驻在百济。"他转头看着梁群。"大人手下陆水两条商线，陆路通过迎城北上宁州东部，水路则始于木莲大城固原，经观平、百济直达宁州中部，走的正是宽阔的风旅河。来自迎城的庞大船队，目前在宁州百济路上的，大约也有百数之多吧。"

"真是没有任何消息可以瞒得过疾先生，"梁群拱手，"梁某人的一百又十三条商船可以运送风芒骑兵，没有问题。"

"风旅河是此次两州交兵的主战场，但白文看来，胜负的关键还不在这里，"疾白文又转而面对浮明焰，道，"浮将军，接下来，需要你的主动出击。"

"向哪里出击？"浮明焰回头。

"调毛民兵力北上，在柴城和花虎会合，西进夺回商地。"

"商地？夺取商地做什么？平明古道的贸易一时难以恢复，就算得到恢复，商地对澜青来说，也无足轻重。"楚穷的口气充满疑惑。

"是的，商地无足轻重，但是我们继续西进，就有了轻重，夺取商地，是为了用商地做跳板，拿下平明城正南二百二十里的花渡。这块土地异常丰饶，得神眷顾，一向是澜青的粮仓。四马原的夏粮还没有收割，澜青东进的大军带走了他们去冬今春的所有储备，如果再失去这一茬收成，明年澜青就算拿下大安城，守住的也只有饥饿。"

"这绝不可能，不提商地还在澜青手里！仅商地离花渡就有三百多里，你这是让他们孤军深入澜青腹地。"梁群皱着眉头。

"澜青在西部的永定城屯有重兵，可以随时支援，是，对方

绾青丝

没有夏粮，但长途奔袭，我们也没有，孤军深入，如何补给？"楚穷接着梁群提问。

"拿下商地并不是不可能，这要看南方三镇的态度。毛民伯李精诚路途太远，没有前来参加大朝会，尚家老大也还在毛民吧？"疾白文扭头看着浮明焰，这次南方三镇，只有他一个恰好在大安。

"孤军深入，"好像把这四个字反复嚼了几遍，浮明焰咬牙道，"妈的，我去，只是……"

"只是这分明是送死！把风旅河的援兵派去澜青腹地，你相信这值得？"扬丰烈终于说话。

"我们深入，但绝不是孤军，"疾白文转过身来，对着扬丰烈道，"商地是平明古道重镇，被澜青占据后，百业凋零，现在的宁州贸易必须转而绕道毛民，南渚东方诸城都受到了严重影响。攻击商地，南渚会愿意帮忙，而且我们可以得到商城伯旧部和附近百姓的支持，战场在澜青，比战场在观平腹地好得多。"

"当年商城伯尚南岩死守商城阵亡，如今他的儿子尚山岳在主理丰收商会，富可敌国，商旅遍及八荒，但一直为乃父的遭遇愤愤不平。现在我们为尚南岩正名，让尚山岳继承他的爵位，如果他愿意负责提供给养供应，出征当可运转有余。"

"我担心的不是这些，"一贯爽直的浮明焰竟迟疑起来，"你让李精诚离开毛民与我合兵西进，但毛民是什么地方，大公为什么把李精诚放在那里，你不会不知道吧？"

疾白文点点头，忽地回转身来，看着一直在旁边静静听着的扬一依，停了片刻，道："娴公主，我们要讨论最困难的话题了。"

扬一依本听得认真,思路还在跟着疾白文在走,没有料到话题一下子落到了自己的身上。

祥安堂上的安静令人窒息。到了这个时候,几乎所有人都明白疾白文要说什么了,关系到扬一依的,只有一个话题。这个话题在近几天曾经引发了剧烈的争执,却由于扬一依今天的出现而被暂时搁置。那就是,扬觉动还没有回来的情况下,吴宁边还要不要履约将扬一依嫁到南渚,以换取南渚对吴宁边的支持。

"公主,毛民是南渚通我们的关口,敲开毛民的大门,南渚和白吴就可以合兵北上,直取大安城。"

"啊?"扬一依有些惶惑。

"而距离花渡最近的城镇,是南渚的原乡镇,两地直线距离不到一百五十里,如果我们拿下商地的同时,南渚愿意发兵,协助我们攻击花渡,加上我们商城、毛民、柴城三镇的兵力,我们必定能抢在夏粮收割前拿下徐昊原的粮仓。"

"没有四马原的夏粮,徐昊原的大军撑不过三个月。"梁群忽地重复起了扬丰烈刚刚的结论。

这是一个过于大胆的计划,这意味着吴宁边将调动其南部三大兵镇的全部力量,长途奔袭近五百里,在保证速度的同时,还要攻克已经在澜青手中的商城。而这支队伍的集结,将使得吴宁边对南渚门户大开,同时,要达成目标,这支远征的军队,也必须获得南渚的全力支援。

"你们都清楚,这意味着南渚对澜青的正式宣战,而大公此行,最大的期望不过是南渚的中立和名义上支持。赤研井田为

绾青丝 27

什么要这么做?"扬丰烈咬着牙。

疾白文望着扬一依的眼睛,道:"因为如果大公不归,我们送去的,已经不再是娴公主,而是整个吴宁边。"

这句话让整个大堂内再次鸦雀无声。

五

扬一依看着眼前这些吴宁边的中流砥柱,每个人的表情都不一样。是的,由于她是吴宁边的第一继承人,将她送往南渚,固然可以换回一时的支持,但会给南渚未来吞并吴宁边以充分的理由,绝对是引狼入室。

如果扬觉动真的回不来,那么接掌吴宁边的权力,最先落在他的三个女儿身上,大女儿扬苇航远在木莲,已嫁给了木莲战神、固原公李慎为,小女儿扬归梦不知所终。接下来发生的事情不难预料,就是木莲和南渚将会打着扬苇航和扬一依的旗号,把这里变成血与火的战场。

听起来这是个糟糕透顶的结局,但眼前的这些人中,不知道又有多少人希望她早早离开,她继承顺位的前提,在于这些元老重臣对她地位的承认。但糟糕的是,扬家的天下是当年扬叶雨和军中兄弟一起出生入死打下的,吴宁边几大家族对扬叶雨的服从并无根深蒂固的血脉基础,而完全是基于他扬家的武力及威望,所以扬觉动统御吴宁边才格外艰难,不得不异常冷酷。而现在,他们完全没有必要服从一个孱弱的君主,比如可能失去风芒的扬丰烈,更不用说一个女人。

她先看自己的叔父,扬丰烈皱着眉头,也在看着她。

昨天两人的一席对话，扬丰烈实际上已经做出了足够的暗示，只要将权力交到他的手中，扬一依可以不必远嫁。

浮明焰正铁青着脸，去望那高高的梁柱，浮家是霰雪原的后裔，跟着牙香公主闯入中州的陌生人，在吴宁边没有根基，这是唯一确定会全力支持她的人。

梁群？他眯着眼睛，翘起一边嘴角，双手交叉，两个大拇指在绕着圈圈，这是个精明的商人，必要时可以出卖一切。

伍青平是跟着扬觉动马上天下的老部下，可以依靠，但他已经没有了自己的封地，他的所有兵力和唯一的儿子此刻都在前线。

毛民伯李精诚是父亲的绝对拥护者，但他的封地远在八百里之外的边境……

还有楚穷，年轻的蓝仓伯正目不转睛地盯着自己，眼神中充满渴望，是的，他家世显赫，实力雄厚，她无法分辨这种欲望到底是来自权力还是情欲，他大概自幼就陷入了这样的狂想。

楚家世代领兵，是旧吴的叛将，在扬叶雨杀掉吴大公白赫，夺取吴、宁大片土地之前，及时倒戈支持扬叶雨。扬家对楚家的支持给予了丰厚的回报，虽然这支持仅仅是楚家部分家族成员的选择，而且来得太晚，但楚家依然替扬家坐镇箕尾山北的蓝仓镇——吴宁边最为富庶的地区之一。

嫁给楚穷吗？他衣冠楚楚，冰凉滑腻的手指如同白玉，当得起一个美字，却少了一份男儿气，让人从心底感到一股孱弱的不快。

麒麟座在天光交替中始终明亮，扬一依仿佛看到自己端坐

绾青丝

其上。

她的心跳得厉害，自己都听到怦怦的回声。

蓝仓是百济的属城，老伯爵楚野夫是扬丰烈的授业恩师，而楚穷是扬丰烈一手栽培的青年才俊，自幼入大安为质，是扬丰烈将他送回了蓝仓，他寄人篱下的伶俐乖巧和不为人知的心机手腕，都来自自己的叔父。

扬丰烈虽然不是吴宁边最有权力的人，但可能是父亲之外最有实力的人，他的封地在富庶的百济，又执掌着吴宁边最为精锐的风芒骑兵。楚穷长得并不坏，并且对自己垂涎已久，能被扬丰烈信任是他最大的资本，而楚家和风芒骑兵本就有着密不可分的联系，朝承露离火原一战之后，楚穷的曾祖父参与了对牙香公主留下的这支骑兵的收编。

扬丰烈的意思再明白不过，他要自己留下来，嫁给楚穷。

楚穷的背后，站着的，是她这个高大的叔父。

如果自己接受楚穷，便等于和扬丰烈结盟，自然也让他得到了浮明光、李精诚这些父亲的老部下的认可，万一扬觉动真的回不来，嫁给楚穷，选择和最具实力的扬丰烈站在一起，麒麟座就是自己的。

当然，自己只是名义上的大公，实际上主政的，一定是叔父扬丰烈。

但这样有意义吗？扬丰烈不是扬觉动，他真的能够控制这暗流涌动的乱局吗？

她总觉得自己忘记了什么，这一刻，那沉默不语的麒麟座上，烈焰升腾。

恍惚之间，那个风尘仆仆的黑衣少年从那火焰中走出，又出现在她的眼前，脸庞瘦削，皮肤火热，整个人像块石头一样坚硬，而发起怒来，又像一头暴烈的狮子。她想起来了，他待她如明珠，细心呵护，进入她的身体时，却又拘谨得手足无措。

原来她忘掉了那个人，那个在血和火中走来，为了自己，一往无前的沉默少年。

豪麻，扬一依从没将这个父亲指给自己的男人放在心上，然而这一刻，当这团虚幻的黑影在自己的眼前崩裂、化作流沙，她的心却猛一抽搐，一阵意味深长的刺痛贯穿了她的胸膛。

"阿团不能去南渚，"浮明焰道，"如果大公真的已遭不测，大公主又不能返回，她就是我们的新大公！"

阿团，这个久已不闻的称呼让扬一依心中一暖，这是她的乳名，浮明焰和浮明光一样，跟在父亲身边戎马半生，把扬觉动的三个女儿视若己出，当作至亲，早该想到，他会跳出来反对的。

"浮明焰，说句不该说的话，娴公主即便留在这里，若是和大安城一起陷落，那等待着她的又是什么呢？"南津侯的话语中总是带着一丝苦涩。仿佛风旅河战场的硝烟，已经洗去他所有的精悍和勇气。

"我也不赞成娴公主出嫁南渚。"梁群的态度让扬一依颇为意外，她本以为梁群会是最力主将她送入南渚的贵族，迎城富甲天下，又和宁州保持着密切的关系，而梁群本人，也是吴宁边大公宝座最有力的竞争者之一。

绾青丝

然而呢？他转头面对扬一依，笑道："娴公主如此美丽端庄，怎么能嫁到鄙陋的南渚？更不要提那个赤研弘，是个声闻八荒的纨绔恶徒。与其嫁到南渚成为一个公子夫人，还不如留在吴宁边，我们这些拥护大公的臣属，都愿意同公主结为姻亲。"

　　他这话一出，楚穷听得大为畅快，忍不住走上一步，道："梁侯的话有理，万望公主斟酌。在下愿意以鲜血和生命捍卫公主！"说着，他抽出随身佩刀，横放在左手腕上，单膝跪了下去。

　　"起来吧，梁侯说的不是你，是他的儿子，不要搞错了对象。"浮明焰冷冷地说。

　　楚穷脸上青一阵白一阵，起也不是，不起也不是，他和梁群四目相接，梁群只是嘴角上扬，眼神却飘到了天上。

　　眼看局面又要陷于混乱，疾白文清了清嗓子，道："这件事，原也不是我们说了算的，公主一直还没有说话，"他的声音平缓而清晰，"如果公主决定留下，我们自然尽力辅佐，哪怕战到最后一兵一卒，也要保持大公声威不倒，但若公主愿意为了吴宁边的未来委屈求全，我想日后有朝一日重返大安城，该是公主的一切，想必谁也拿不走！"

　　"够了！"扬丰烈一声大吼，"说了半天，好像大公已经死了一样，如果他现在来到堂上，看到你们这班猥琐模样，你们自己想想要如何收场！"

　　扬丰烈这一句恰似霹雳，众人都出了一身冷汗，的确，扬觉动生死未明，他的臣子们已却经开始忙着争权夺利，甚至谋取买卖他的孤女了，假若那只老虎没有死……

"我知道百济公的想法，想必凡事要等大公返回大安后再做决定，"南津侯伍青平幽幽地说，"伍某无能，留在这里也没有什么意义，但为大公归来再尽最后一点力吧，我即刻驰回观平，诸位，告辞了。"说罢，他转身头也不回地大步离开。

"伍青平！"扬丰烈声色俱厉，烈风在手，"你这是什么意思！"

"叔叔，天下既乱，又哪有一个女子的容身之处呢？"扬一依走上前来，俯身一拜，"请即刻派出使节，我决定嫁往南渚，并敦促赤研家履约合兵，与我们一起掠取花渡。"

一派嘈杂混乱中，这个温婉坚定的声音在梁柱间慢慢漾开，所有人都呆住了。

"阿团，他们都有自己的鬼心思，都是骗你的，你去了，赤研家也不会出兵，只会搭上一个你！"浮明焰上前一步。

"他们会出兵的，因为他们想要的是整个吴宁边，而不是一个死了的娴公主。"

扬一依缓步走出祥安堂，把幽黑空旷和聒噪的人群都抛在了身后。

我是个女人，但我是扬家的女人，她想，所有轻视我的人，都将付出代价。

扬一依停下脚步，看着遥远的南方，喃喃道："不知道那里有没有我爱的桂花糕？"

空气干燥，炽热的太阳正向一望无际的尘世散发着无穷无尽的热量。

绔青丝　33

第二章 暗月

扬归梦划破手掌，鲜血变成一道细细的红线，垂入了那诡异的深蓝之中。乌柏惊骇地睁大了双眼，耳畔一声巨大的轰鸣，仿若龙吟，一瞬间，溶洞之内漆黑如夜，一只巨箭闪着寒光破风而来，带着雷霆万钧地穿过了扬归梦，洞穴的一侧，却有一个黑甲的武士回身横刀，当地一声大响，那只巨箭正中刀身，火星四溅。

一

"这桂花糕似乎没有昨天的好。"

对面的少女嘴唇泛白、双颊微红,用手指夹起一块桂花糕送入口中,她重伤未愈,咽下糕点时扯痛了伤口,紧皱着眉头。

"是,今天的糕点不是坊中做的,不过兼味斋的点心也差不多是灞桥顶尖的了。"乌桕抬手抹了抹额头上的汗珠,这少女前日醒来,食欲不振,不料连吃了两天坊中的糕点,吃得顺了口。今天坊中的小厨萨苏跟着张厨子出宴席,害自己不得不跑去兼味斋排队,买了这灞桥最有名的糕点代替,不想却被她一口吃穿。

"你眼睛瞪得倒圆,不好就是不好,以为我吃不出来。"虽然口中说着桂花糕不好吃,她还是皱着眉头,把一块晶亮的桂花糕吃得干干净净。

她能吃喝,便是完成了任务,乌桕长出一口气。

送进坊里的时候,她已重伤昏迷,在海潮阁躺了快两旬,并没有几个人知道。只是因为医术无双的封长卿需要这个年幼的弟子跑腿,乌桕才有机会接触这个叫作享儿的姑娘。

就算乌桕只是个无关紧要的小童,也明白这女子的身份绝不寻常,这些日子,只南渚左相米容光就来了三次,封长卿念叨了一年多的鸿蒙紫胶,也是从青华坊里一送就是两封,无论青云坊还是青华坊,都生怕救不回这条命,无论药材食材,都捡最好最贵的送过来，封长卿一边嘟嘟囔囔用不了这许多，一面命乌柏把药材全部收起来。这些日子，每天乌柏都要送药单去青华坊，再带回杂七杂八的材料，如果青华坊中没有，最晚隔日，必会有银梭营的卫官加急送来。

这些药物，用在享儿身上的不过十之一二，剩下的，封先生这次真个赚了不少。

封长卿是青云坊里的闲人，据说是一名货真价实的羽客，在南渚的灵师们中间，可称稀罕，然而他不做官，不教书，每天都要喝上几杯，喜欢在灞桥的街头巷尾晃来晃去。五年前，就是他把失去家人的乌柏带进了青云坊。从那以后，乌柏便一直跟在封长卿身边。

封长卿虽然是南渚的大灵师，但是酒色财气一样不少，都是深度爱好者，不但名声不太好，在仕途上也不受待见。也正因如此，贵族少年们没人愿意跟着他学习。这种情况封长卿自然是不在乎的，分派给他的几个助手每天在走其他教习的门路，他也不过问，坊中诸多少年里，只有乌柏和十六岁的关路通跟在他身边，然而最近关路通年纪已到，准备出坊回箭炉从军了，因此每天为封长卿跑前跑后的，就只剩一个乌柏了。

"小孩，你的手腕没事了吧？"那少女歪着头，打量着他。

"没事啦，没事，知道你是开玩笑的。"乌柏不知道说些什么好，心有余悸地摸着自己依旧青肿的手腕。

如果不是亲身经历，谁相信一个伤得连眼睛都睁不开的人，会接连制住为她换药的三个侍者，并一脚把封老师从海潮阁的大门踢出去呢？帮助封长卿来伺候这个姑奶奶，不仅仅是吃苦受累，搞不好还有性命之忧。

按常理来说，这姑娘身上的伤，保住命已是万幸，不躺个百来日，是起不来的，可从她那天的举动看，她不但早早醒来，而且居然一直默不作声地在积蓄力量，直到自己感觉可以走动，才突然发难。

"真是胡闹啊！走还走不得，就想跑！"封长卿仰天跌坐在门外，躺在地上说出了这番话。

等到他慢慢爬起，拍拍身上的灰土，慢条斯理地走回到房中，享儿果然已经喘着粗气，坐在床上起不来了。

"你这女子，知道我们这几日在给你疗伤，还要袭击我们，这是何苦。"封长卿一张嘴，酒气扑人，享儿马上皱起了眉头。

"要不是我手下留情，怕你们现在早就死透了。"

"好好好，"封长卿对她的威胁充耳不闻，费了半天劲，从她的手中抠下了那把药铲，嘟囔着，"这东西分药还行，扎人不怎么好用就是了。"

用灞桥坊间的话来说，这姑娘的命海神没有收，实在是"太硬了"。

乌桕在封长卿身边晃来晃去已经有几年时间，他好奇心旺盛，每日必有几问，只要他问，封长卿便一分不多一分不少地回答，既不发挥，也不腻烦。这次给享儿治病也是一样，乌桕最初看到那根扎她体内的利箭，疑问不禁脱口而出。

"她还能活吗？"

伤者中箭的位置，正是星图上的弥尘星位，也就是心宫位置，一个绝不能伤的所在。

"看造化！"封长卿皱着眉头，药铲抵在箭杆上，一搓，那露在身后的箭身当啷坠地。

凝神观察了片刻，封长卿一口药酒按在掌心，抵住伤者的胸部，运气一推。

这一下事发突然，米容光一声"小心"只喊得一个小字，只听啵的一声，飞鱼箭已随着封长卿的劲力激射，穿体而出，一道血线钉在窗木上，兀自不断颤抖。

"你去看看。"封长卿冲乌桕挥了挥手。

"为何不拔出？非要斩断？"米容光的声音发紧。

"这人要不要紧！"一旁的占祥几乎同时喊出声来。

乌桕知道封长卿想要自己去探些什么，死人是不需要查探的，人方生未死之际，总有灵识凝聚心口，而这一点灵识不散，骨骼筋肉血脉便有可能重聚，如果灵识不存，肉体就将散入尘埃。

"为什么要个小孩去拨弄？"

"封长卿！"

分不清是谁在说话，周围的声音一团混沌，额头上的汗水流进了眼睛里，青白的天光瞬间暗了下来，乌桕一意凝聚神志，一颗心打鼓般咚咚跳着，似乎随时会从胸腔中蹦出来。

他小心翼翼将手探到那女子的胸前伤口，利箭穿心，又被强力逼迫透体而过，此刻留下的伤口，却只是一个三角深洞。

"飞鱼箭镞有勾连刺，如果硬拔，会刮烂筋脉血管。"

占祥在对米容光小声解释，这声音被放大了无数倍，灌进了乌桕的耳朵。

"弥尘位、弥尘位……"乌桕隐约觉得封长卿的嘴唇在抖动，那三个字却准确无误地穿透水汽氤氲的柔软屏障，直接击中了自己的眉心。

"问心",是前代灵师行医的基本技能,从来也没人要教他,是乌柏硬生生跟封长卿"问"来的。

摒除杂念,他小心翼翼地体察着,很快,一股若有若无的翕动像一只温热的触手,轻轻拂中了他的指尖。

乌柏放开自己的灵识,任由这股若有若无的颤动引他向前。

"万物有灵,是星辰变化聚气而生,身体,不过是灵识封闭的躯壳,而人的骨骼、筋脉、血液,都是星辰应力在生命内部澎湃不息,想成为羽客吗?你必要能化万物、知死生!"

一道闪电划过乌柏的眼帘,劈开了迷雾一样的回忆,在他眼前的,不是这少女那抹飘忽不定的灵识,而是一个冷峻飒爽的马上女子,扬手,便是一道白光……

五月里的天气忽然就热了起来,日光明晃晃地炙烤着灞桥,身上的麻衫被汗水洇透,贴在身上,弄得四处痒痒的。

不管怎么说,二十日不眠不休的精心照料,她终于能吃些东西,发发脾气了,乌柏是非常兴奋的,这是他第一次协助封长卿,将那些古书上的医法"学以致用"。

"享姐姐,走得动吗?我们要去陨星阁了。"

"陨星阁?"

"对,陨星阁是青云坊的中枢,是南渚星辰应力的汇聚之地,封老师说你学过灵术,腑脏易位,在关键时刻滑开错位,不然死定了。要想尽快恢复,要在这个基础上,借助一点星辰之力。"

"那个醉鬼胡扯什么你都相信?"那少女有些气恼,"什么星辰之力,无稽之谈。"

乌桕道:"我觉得也不差这一试,你伤得这么重,万一真就好了呢?"

享儿并不说话,夹起一块桂花糕放在嘴里细细嚼着。

她不动,乌桕也不敢去叨扰,按照封长卿的话说,现在这个人,是琉璃身、明珠心,浑身都动不得,只要一根指头搭错,可能就此随风散去也不一定。

两个人就这么大眼瞪小眼地干坐了好一会儿。

翠羽的太阳鸟飞过窗口,扰动了窗外的花枝。午后的热气升起来了,如果对面没有坐着这个神秘少女,这也不过就是个打鸟捉雀的寻常下午。

"赤研井田一家也住这里吗?"

乌桕一愣,大家都知道大公叫赤研井田,可是,南渚没有人敢直呼他的名字。

他愣了片刻,没有想好怎么回答。

"倒是很想见见这一家,看看他们究竟什么模样。"

她终于起身走到窗前。

"我们去那个陨星阁吧。"

"啊,好!"乌桕从椅上弹了起来。

说实话,封长卿教给乌桕的东西并不少,但真的没有交代过乌桕应该怎么和一个不可预测的少女相处。

在她重伤昏迷的日子,她的所有随身物什都是乌桕归置整理的,和她相关的一切,都被一一登记,仔细放在陨星阁中。此前,这里也存放过许多重要人物的物品,直到他们本尊也被收入那些不见尽头的木匣,像一段过去被怪兽一点一点吃掉。

她穿着的云锦千金不换，腰间的亮银小刀是云间都勒家族的手工，一枚黝黑的铁钱刻着前青王朝的荣耀，半朵梅纸上有羽客加印的血符，她，究竟是什么人？

乌柏心里有一大堆话，可是他不敢问。

二

从海潮阁到陨星阁颇有一段路程，好在青云坊平日里也见不到几个人影，他们尽可以慢慢走起来。

"最近发生了什么新鲜事吗？"那少女问。

乌柏挠了挠头，这些天确实纷纷扰扰发生了不少事，但他不知道这少女想听些什么，他略想了想，道："城外打仗了，淡流河又涨了水，听说朝东的大路又被水封住了，灞桥城挤满了外地的商人，好些人是从扶木原跑过来的。"

"打仗了？是吴宁边的扬大公打过来了吗？"

"不清楚哎，好像和吴宁边的大公爵没什么关系，和谁打起来我也不太清楚，只知道一队一队的兵士从野非门穿过去。"

"哦。"那少女轻轻叹了一口气，若有所思的模样。

乌柏一行人正走着，忽然听到纷乱杂沓的脚步声，还有连声的高喊："跑得倒快！哪儿去了？"

"快快快，别让他跑了！"

"快把这个兔崽子揪出来！"

最后这个声音，让乌柏脸色大变，做了一个屏息的手势，小声道："快些躲一躲，弘公子来了。"

"谁？"享儿有些莫名其妙，倒是照顾她的侍女月儿脸色也

绾青丝　43

跟着变了，附和道："姑娘且避一避的好。"

"是弘公子，最近刚刚封了侯爵，千万别惹他。"说着，他去拉着享儿的衣袖，一扯竟然没扯动。还没容他扯第二下，树丛里窸窸窣窣声响起，哎哟一声闷哼，滚出一个粗布麻衣的少年来。

"萨苏？"乌柏瞪圆了眼睛，眼前这个狼狈少年，正是上午不见了的坊中帮厨。

一转眼，从假山后面又跳出七八个半大的小子，中间一个瘦高的，三两步冲过来就抓住了萨苏，叫道："哈哈，原来在这里。"

乌柏瞄了一眼，正是每天在赤研弘身边晃来晃去的陆兴平。青云坊中的少年，非富即贵，陆兴平的父亲是南渚第二大港桃枝的城守，他也是个含着金钥匙出生的。

连同萨苏在内，这几个少年都跑得气喘如牛，他被陆兴平捉住了背心，马上又跑上来几个，拳打脚踢把他按倒在地，卖力异常。

这肯定是做给赤研弘看的，乌柏迟疑了一下，有些磕巴，道："他、他怎么了？"

"他惹我不高兴了。"一个魁梧的少年背着手转了出来，脸上带着轻蔑的神色，正是赤研瑞谦的独子赤研弘。

赤研弘转过头来，咧嘴一笑，道："我记得你，那时候是你说陈可儿配不上我的，你有眼光！"

享儿有些疑惑，看了乌柏一眼，乌柏心道倒霉，赶紧把嘴闭得紧紧的。

此时距赤研弘追求陈可儿不得，也不过个把月时间，他却好似变了一个人，腰板挺得格外笔直，身上换了簇新的青金软甲，不嫌天热，还一定要戴着帽子。乌柏早就听闻赤研弘被赤研井田封了侯爵，纳入正脉，如今的赤研弘，已经是南渚台面上的一号人物了。

穿上这一身服色的赤研弘，不知怎的，竟然也有了些大人的样子，周围这一群少年对他的态度也愈发殷勤，未有寸功而坊内封侯，赤研弘可能是南渚几百年来第一个。

他冷着脸走上一步，薅着萨苏的衣领死命一扯，把他拽了个趔趄，扑通跌倒在地。看到萨苏已经被团团围住，赤研弘才满意地抬起头来，对陆兴平说："做得好！我要好好赏赐你！"

"谢南海侯！"陆兴平十分识趣，行了一个南渚军中的半跪礼。

"架起来！"

赤研弘展了展肩，松了松筋骨，对着萨苏的脸就是一拳。

砰的一声闷响，乌柏下意识躲了一下，好像这一拳击在自己脸上。

萨苏一声没吭，鼻子歪在一边，血就流了下来。

"小子，你还跑不跑了！"

自从赤研弘出现，享儿的目光就没有从他的脸上挪开过，一直盯着他看。

"他犯了什么错？"享儿的语调平平淡淡。

这片刻的工夫，赤研弘已经又对着萨苏猛击几拳，打得自己的指缝里都是鲜血。忽然听到这个声音，才慢慢回转头来。

"你是谁？我怎么从来没见过！"

享儿并不回答，却道："你这样打人不对。"

绾青丝　45

赤研弘舔了舔嘴唇,道:"有点意思,说我不对,你知道我是谁吗?"

享儿一笑,右颊一个小小的梨涡,仿若春花初绽,柔语道:"如果我被人这样欺负,回头一定会杀了你的。"

"哦?那我应该怎么做?"赤研弘昂起头,嘴角上翘,享儿这几句轻柔慢语,让他大感兴奋。

"杀了他咯。"享儿的语气平淡,好像说出来的是一件无关紧要的小事。

"啊?"乌柏大惊,萨苏显然冒犯了赤研弘,但他同享儿素未谋面,不知道怎么又得罪了这个少女?赤研弘专横跋扈已久,但杀人这种事情大概也不曾做过,不知道为什么她上来就要挑唆赤研弘动刀。

"什么?杀了他?"赤研弘不自觉重复了一遍享儿的话,看了看萨苏,又看了看周围的少年们。毫无例外,每个人都目瞪口呆。

"我说杀了他,不够清楚吗?"享儿笑吟吟的,"我早听说南渚威锐公的公子是个盖世的英雄,不是吗?"

赤研弘疑惑地看着享儿,脸上渐渐露出了残忍的神色,叫道:"刀!"

"这……"陆兴平看着赤研弘,有些迟疑。

"刀!"赤研弘瞪圆了眼睛,咽了一口口水,恶狠狠地说。

乌柏手脚冰凉,道:"不要动手啊!"

赤研弘脸上肌肉紧绷绷的,已经接过了陆兴平手里的短刀。

这到底是什么情况,乌柏心中狂骂,他心思飞转,想着怎样才能救下萨苏,忽然听到远处隐隐有脚步声,马上飞奔了过去。

这个时候的青云坊,其实并没有人能约束赤研弘,萨苏这一次恐怕死定了。

刚跑了两步,一声闷哼传进乌柏的耳朵,一回头,看见赤研弘那明晃晃的刀尖已是扎进了萨苏的胸口,正一边用力,一边抬头看着享儿。

萨苏的鲜血滴滴答答地就落在了地上。

来不及了!

"你喊啊!萨苏!"

乌柏大喊起来:"你喊啊!"

赤研弘咬着牙继续用力,可能是刀尖又前进了一分,或者是乌柏的话起了作用,萨苏终于不再坚持,一声惨叫惊天动地。

"住手!什么事!"远处传来一声断喝。

"好像有块骨头。"赤研弘没抬头,嘟囔着,一脚踢开了萨苏。

一旁抱住萨苏的几个贵族少年早已腿软,赤研弘一撒手,这几个人都瘫在地上。

萨苏胸口那把鎏金嵌玉的短刀,正是赤研弘这个南海侯身份的信物,是朱鲸醉宴后,赤研井田册封侯爵之时亲赐给他的。

"谁在说话?"赤研弘转头,看到两个兵士身后,走来了一个赤甲的挺拔身影,愣了一下,"啊,原来是星驰大哥,这个,真是不好意思。"他把手上的鲜血在身上抹了抹,抱拳歪歪倒倒行了个礼。

绾青丝　47

乌桕一颗心刚才几乎跳出胸口，也是萨苏命不该绝，来的人竟是冠军侯赤研星驰，他眉宇间带着怒意，走得很近，靴尖已经粘上萨苏的鲜血。

然而赤研星驰看到转过来的是赤研弘，也是一愣，脸色一缓，还是挤出一个笑容，压着声音，道："南海侯，青云坊内最忌吵闹，今天大公还在里面议事，扰了别人没关系，冲撞了大公，那就不甚妥当了。"

"对对，阿叔今天来这里见周先生，我怎么没有想到这一层，都怪这个兔崽子。"

赤研弘抬腿又给了萨苏一脚。他刚才推刀力气不足，这一脚倒是用上了十成的气力。

萨苏痛苦地弓起了身子，他一头鬈曲短发，高高的鼻梁上有一双深蓝的眼睛，脸上身上都是血，脸色苍白、嘴唇发抖，但紧咬着牙关，一声不吭。

赤研星驰对着这一片狼藉看了片刻，对着赤研弘点了点头，道："大公在等着，我先去了。"

"阿哥你去忙你的，我这就把他拖走。"赤研弘喘着粗气。

赤研星驰走了两步，忽地又回过身来，盯着享儿，两个人对视了一刻，才又迈开步子。

享儿望着赤研星驰离去的背影，嘴里轻轻蹦出四个字："踏破长河。"

乌桕看到赤研星驰的身影明显有一个停顿，但他并没有回头。

"你是谁，叫什么名字？"赤研弘先是看了一眼享儿，又问萨苏。

"弋合·萨苏。"萨苏的声音断断续续的。

一旁传来窃窃私语:"听说他是卖酒老板的儿子。"

赤研弘从鼻子里面哼了一声,道:"怪不得老鼠一样!记着,你的命是冠军侯给的。"

他来回走了两步,道:"把刀还给我!"

"还给你!"萨苏咬着牙,拔出了自己身上的刀,赤研弘接一把抄过,在身上抹擦干净,又递给了陆兴平。

"走啊,快走啊!"陆兴平显然也怕赤研弘在这里真的杀了萨苏,上前拉起他,又推了两把。萨苏看看享儿,又看看乌柏,终于踉跄着离开了。

那双深蓝的眼睛里满是冰冷的恨意,让乌柏心头一寒,而享儿还是一副满不在乎的样子。

"一个小厮,也偷偷去陨星阁推星盘,这次算他走运。"赤研弘自顾自说道。

"你呢?你是谁?"他忽然好像想起了什么,疑惑地看着享儿。

三

"我是他的姐姐。"扬归梦嘴角浮上了一丝笑意,把手搭上了乌柏的肩膀。

乌柏大骇,几乎要晕过去,这人怎么随口乱说,赤研弘要是寻起自己的晦气来,那可真是倒霉到家了。

这个时候的享儿,已经没了刚才心黑手狠挑拨离间的样子，眉毛弯弯，满是笑意，苍白的脸庞带一点病态的红晕，看起来就像个瓷娃娃。

"姐姐？"赤研弘在假山下找到一块石头，一屁股坐了下来，对身旁的一群少年说："去，把这位姑娘请过来。"

乌柏脑子又是嗡的一声，赤研星驰一走，赤研弘再无顾忌，他父亲正统御赤铁，随行的护卫自然不敢吭声，剩下这一票少年，更没有敢说话的，如果享儿出了什么三长两短，他着实没法跟封长卿交代。

"弘公子，姐姐她身体不舒服，不能久留。"

乌柏身前的一众少年扭头看赤研弘。

"去！"

乌柏看了看享儿，她更摆出一副事不关己的样子。乌柏无奈，只得把心一横，伸开双手，拦在了她面前，大声喊道："真的不行！"

赤研弘有些奇怪地看着乌柏，哼了一声。

乌柏的后背瞬间被冷汗浸透了。

"敬公子，你劝劝南海侯好不好。"

赤研弘身边这些赤袖滚金的少年，没有一个是等闲之辈。其中身份最为高贵的，自然是赤研井田的二儿子赤研敬，刚刚他一直躲在人堆后面默不作声。这时候，乌柏实在是没有办法了。

"小弟，你认识他？"赤研弘看向了赤研敬。

赤研敬撇了撇嘴，乌柏的殷切期盼一下子都落了空。

镇南公李楚的孙子李清扬、桃枝港城守陆建的儿子陆兴平，乌柏眯着眼睛面前这些少年的资历一一默诵，他们的父辈大都是南渚各大主城、军镇的一方霸主，然而此刻，全都鹌鹑一般，缩着头不作声，倒好像他一个无名之辈，在对抗整个南渚的未来了。

他也不知道自己是怎么想的，只是咬紧了牙关。

看到乌桕不肯退开，赤研弘倒有些意外了。

"你过来！"他对着阳宪镇来的范石城招手，这声音让乌桕头皮发麻。

范石城是阳宪镇城守范戟的侄子，本来就是这群贵族少年中不入流的角色，加上前些日子白安乱军攻占阳宪，他大伯的头被装在木匣子里送回了灞桥，他就更带三分萎靡不振的样子。赤研弘最喜欢让这样角色来对自己表忠心。

"弘公子。"范石城的脚步有些磨磨蹭蹭。

"你叫我什么？"

"啊……南海侯。"范石城慌忙改口。

"好，"赤研弘瞪着他，"伸出你的手来。"

范石城伸出手，赤研弘把自己手里的铁木方往他手中一放。"你去，现在就去领教一下乌桕公子的厉害。"

这物件让范石城本不坚定的手直接垂了下去

"咦，一只手拿不住？你不是还有一只右手吗？"

"好。"范石城咽了一口唾沫。

这铁木方是青云坊专用的木镇纸，长二尺，方形，坚若铁石，黑黝黝的，数百年来沾尽了南渚学子的智慧和灵气，又被无数手掌摩挲得无比光滑，更隐隐透出一层温润的柔光，可是今日，却成了纨绔少年们手中挥舞的武器。

"去吧！"

绾青丝

在赤研弘的声声催促下，范石城终于还是转了过来，他用两只手紧紧握住铁木方，试探性地向乌柏跨出了一步。范石城非常紧张，而乌柏的腿更是早就软了。此刻两个人都只是一口气撑着，说不好谁就先倒了。

"知道群架怎么打么？我跟你讲，全靠气势二字，只要你气势上赢了，别人人数再多也不要紧！"越系船的话又在耳边响起，他自小在街面上混大，打架斗殴是家常便饭，知道乌柏在坊内常常受到欺负，不免要传授乌柏打架秘诀。

然而乌柏怎么听也不明白，什么叫人数再多也不要紧？难道一个人能打过十个人？

越系船听了他的疑问，忍不住哈哈大笑，道："一个怎么打过十个，你别管多少拳头落在你身上，你就揪住一个往死里打，最好直接打死，那九个自然被你吓垮了。"

他一边口沫横飞，一边在挥舞着拳头。

越系船言犹在耳，现在打架的机会终于来了，乌柏很想鼓起勇气将他的理论实践一番，无奈他的勇气就只有那么一点点，这展臂一拦，已然全部用完。而且现在，他腿酸脚软，是想跑也跑不了了。

"动手！"赤研弘薅下两片柳叶，含在嘴里，给范石城下令。

范石城抡起铁木方，软绵绵地打在乌柏的肩膀上，乌柏没有躲闪。疼啊，真的很疼。

"咦，怎么不动？再来一下，"赤研弘皱着眉头，"用力点！"

乌柏捂着胳膊，明光阁太远了，封长卿不在，赤研星驰又走了，再没人能救自己，他下意识看向了享儿。

"让你表演一个看看！"赤研敬忽地大踏步上前，从范石城手中夺过铁木方。

"敬公子……"乌柏一句话没说完,赤研敬右手一送,已经把铁木方直直杵中他的胸口。乌柏哎哟一声,仰天摔倒,心口剧痛,倒在地上,差点把心咳出来。

"敬公子,"乌柏看着赤研敬,"米相国、周坊主他们特别嘱咐,享姐姐不能受惊。"

赤研敬劈头又给了乌柏一棍,道:"你跟谁说话!"

乌柏一口气提不起来,气得几乎晕过去,平素在坊中,赤研敬喜欢没事拉他说个话,做一番倾心之谈,然而这一会儿不但不帮忙,甚至仿佛根本就不认识他了。

乌柏硬挺着不离开,少年们的拳脚就雨点一般,把他埋了起来。

"好了,我过去就是了。"

乌柏眼眶也挨了一拳,肿胀了起来,一只眼从人缝里看出去,享儿笑盈盈地推开了月儿,向赤研弘走去。

他心下大急,赤研弘行事一向百无禁忌,而她的伤势刚刚好转,绝对不能有任何闪失。只是现在真的没有他说话的份儿了。

享儿此刻着一身松散白衣,双目如水,脸上带着淡淡一抹酡红,慢慢走来,这姿态乌柏从未见过。一群少年也都呆住了。

赤研弘满面喜色、站了起来,道:"漂亮。"

"这女孩八成是宁州来的歌姬,侯爵就把她收了吧!"

"收了,收了。"

"必须拿下。"

绾青丝

陆兴平一句话，惹来了一阵哄笑。

只有赤研敬皱着眉头不作声。

假山紧挨着金叶池，几块散落的湖石点缀着园景，享儿脚步轻快，路过时身子一晃，哎哟一声，蹲了下去。再抬起头来，已是一脸痛苦的表情。

"怎么啦！"乌桕大急，忘了此刻还在敌人堆儿里，喊了出来。

"崴到脚了吗？"有人就想往前凑。

然而赤研弘伸开双臂，拦住了身后一众人等，道："你们都别动，我去看看！"

享儿眉头微蹙，坐在地上，托着一只脚踝不断揉着，长袖中滑出一双白皙的手来。

"你们也不许动！"赤研弘又喝住了月儿和随行同来的赤铁军，他小小年纪，但是呼喝中有一股蛮横之气，众人知道他身份，也就真的停下了脚步。

"弘哥儿，不要去，这人有古怪！"赤研敬拽住了赤研弘的衣袖。

"不碍事，不碍事。"赤研弘没耐心听赤研敬说话，挥手挣开，三步并作两步，急急走上前去。

"别！"赤研敬话没说完，膘肥体壮的赤研弘已在几步开外，只得跟在后面匆匆跟上。

完蛋了！乌桕心中一紧，从地上弹了起来。

看来赤研弘已对享儿产生了强烈的兴趣。

赤研弘平日里在坊中，有事没事常拿自己云雨的经历出来宣讲，此前陈家小姐入坊读书，他日日纠缠，人家已经不堪其扰，他之所以没能对陈可儿为所欲为，只是由于陈家亦是豪门大族，没有机会而已。这时冷不防见到一个外州远来的美貌女子，这蛮牛发起气力来，不知如何才能拉得住。

"弘公子，你已经被大公许婚了啊！"情急之下，乌柏喊了出来。

"不碍事！不是还没办礼吗？"赤研弘的心思已经完全不在这边了。

再没人敢说话，只看他大步流星地奔那少女而去。

赤研敬回头看着乌柏，乌柏脑子嗡的一下，看向了蹲在地上的享儿。

若是疼得厉害，怎么揉来揉去也不坐倒？若是并不疼痛，为什么又不站起来？保持着这半蹲不蹲的古怪姿势，她有何用意？

享儿低着头，貌似为崴脚而痛苦，然而她的嘴角，却在微微上翘。

乌柏晃了晃脑袋，又浮现出前几日她将封长卿一脚踹出海潮阁的样子来。

"弘公子，别过去！"他喊了出来。

"晚啦！"陆兴平嘿嘿笑着，拍了拍他的肩膀。乌柏急急往前抢了几步，眼前的享儿秋波婉转、面带假笑，这表情，和刚才怂恿赤研弘杀人时一模一样，哪里像一个疼痛受伤的娇弱女子！

"这么不小心，摔疼了没有，我拉你起来。"赤研弘走到享儿的身前，先伸出一只手去，竟彬彬有礼起来。

享儿微微一笑，向赤研弘抬起一只右手，眼睛却往下看，左手轻轻拂去粘在衣襟上的草屑。

这伸手的一刻,她的眼神轻轻掠过乌柏,闪着狡黠的光亮,意味深长。

乌柏一惊,撒腿就往享儿这边狂奔而去。

他发誓,这绝对不是什么好眼神!

然而赤研弘却浑然不觉,心花怒放地去接那一只粉雕玉砌的手,完全没有察觉出任何异样。

这边赤研弘把享儿的手握在掌心,同时躬身使力,另一只手便向享儿的腰下伸去,想将她用肩头托起,顺势再揽佳人入怀。不料他刚刚低头用力,那刚被握住的手却水蛇一般从他掌中滑了出去,反手在他后颈轻轻一按。

这一下极为巧妙,赤研弘本就前躬用力,加上身子太重,瞬间失去了平衡,就在身子倾斜的一刹那,享儿又伸出右脚在他两腿之间一绞,肘尖在他膝弯内侧轻轻磕了一下,将他一托一送。

赤研弘脸上的笑容扭曲了起来,这时他唯一撑地的右腿如木桩一般,分毫动弹不得,一个胖胖大大的身躯竟然像一个木偶凌空飞起,直接落入了享儿身后的金叶池。

这一切只在电光石火间结束,众人只听得扑通一声大响,池中水花荡起老高,享儿一扫衣襟,慢慢站了起来,哪有半点扭脚的样子。

四

一群少年本来在嘻嘻哈哈一起看热闹,不料变故突生,一时惊得目瞪口呆。赤研敬先前紧跟在赤研弘身后，此刻距离享儿已是近在咫尺。

"听说你也是赤研家的人？"享儿笑眯眯的。

赤研敬悚然心惊，扭身就跑，却为时已晚，只见享儿脚下错步，只两下就来到他身后，轻飘飘连磕带抹，赤研敬一只脚正腾在半空，被她一扫脚尖，身体顿时失去平衡，直直向前扑去，他前面是金叶池边的一丛假山，岩石尖利，撞上去可能有性命之忧，享儿却还不肯收手，又伸手在他臀上推了一把。

她虽重伤之下没有气力，但劲道拿捏极准，把个赤研敬弄成飞丸暗器一般激射向前。

乌柏简直要崩溃了，她刚刚丢一个南海侯赤研弘入水，这又要让大公赤研井田的幼子上山。赤研敬这要是一头撞死，在场所有人的性命大概也就都交代了！

眼见赤研敬就要撞到山石之上，乌柏不急细想，只能奋力一扑，竟捉住了赤研敬的腰带，他拼死猛地一拉，两个人便一起咕噜噜滚到一旁的草丛中去了。

等乌柏缓过神来，少年们已经一窝蜂抢上前去打捞赤研弘，享儿却在弯腰捡石头，连试了几块尖利的竟都拿不起来，恼恨地扶着池边古柳，微微喘气。

她伤重未愈，这几下动作已然体力不支，两腮更红，风韵又生。只是现在金叶池边一片慌乱，再也没有人去欣赏了。

赤研弘水性不佳，在金叶池中大声喊叫，扑腾得水花四溅，赤研敬则脸色煞白，半边脸在地上摔得肿了起来。乌柏则摔了一脸鼻血眼泪，愣愣坐在地上看着这个蛮霸少女。

"你这孩子是不是傻，他们欺负你，你还要帮他们。"享儿勉强用力，说话也断断续续起来。

照她的玩法，赤研弘纵然会水，在水中被兜头加一石块，也死了一大半，赤研敬更是十有八九要撞出人命来，这姑娘心思细密、下手狠辣，倘若不是身受重伤，赤研兄弟这一日恐怕都要交代在她手里了。

乌桕心中后怕，一时张口结舌，不知如何回答是好，他觉得这姐姐虽是为自己出头，也出得太凶悍了些。不知是不是这世上的女子都是这样，一时温柔，一时可怕。

折腾了好一会儿，连护送享儿的侍卫也跳下了水，众人齐心协力，终于将赤研弘从水池中拽了出来。

这金叶池颇深，赤研弘又一身甲胄，几乎沉了底，他如此身份落水，救人的自然都拼了性命，不会水的都下去了好几个，即便这样，赤研弘也呛了好几大口水，坐在池边惊魂未定。这些纨绔少年平素养尊处优，只有处处欺负人，何曾见过这样场面，而享儿下手干净利落，凶狠异常，用越系船的话来说，就是气场全开，着实可怕。

"小孩你过来。"她喘着气，指着乌桕，也不姐姐弟弟的称呼了。

乌桕已然摔得一瘸一拐，也只好上前，离她尚有半步，享儿整个身子便向他倒了过来，他赶忙踮起脚尖，竭力托住。

此刻她是真没了力气，小声对乌桕说："我们走吧，托你的福，今天杀不了他们了。"她朝高大的陨星阁努了努嘴。"先找个地方躲一躲，我看那边比较近。"

乌桕的心仍在咚咚狂跳，这个女人真是好没来由，好端端的，不知道为何一定要置赤研兄弟于死地，这二人死或不死，都关乎这里所有人的性命。好在他撞大运救了赤研敬,也是变相救了在场的所有人才是。

他抬眼瞥去,看到陆兴平已经拾起铁木方,心里又紧张起来,享儿此刻周身乏力,他怕这群花花大少再冲上来,自己二人便要被当场打翻。

他心里还在胡思乱想,那边赤研弘已经破口开骂:"贱女人,想要杀我!你报上名号来,等一会擒下你,咱们赤诚相见也好不陌生!"

享儿听到赤研弘中气十足的叫喊,侧头一笑,道:"哎哟,不知道这位小侯爷听没听过吴宁边归梦公主的名号,那就是我啦!"

"啊!扬归梦!"这些少年对这个名字再熟不过,自两周前联姻的消息传到灞桥之后,这个名字便日日挂在赤研弘的嘴边,每天都要意淫个十遍八遍。只是谁也没有想到,两人竟会在这种场合相见。

赤研弘骂得气势正猛,扬归梦忽地自报家门,他也是一愣。

她回眸一笑,如春花初绽,野趣横生,赤研弘浑身湿淋淋的,当着一众少年,身下竟直直硬了起来。

他听到"归梦公主"这四个字,脸上扭曲,忽地止住辱骂,高声笑道:"哈哈哈,我道是谁,原来是自家人,快过来见礼。"

乌桕心中暗暗叫苦,本来这姑娘已经打算离开,这赤研弘中间打岔,她的阴冷火爆的性子,又未必肯走了。走又走不了,打又打不过,这如何是好。

果然,扬归梦拉乌桕转过身来,奇道:"什么一家人?"

赤研弘一边扒掉浸水的皮甲，露出身上白肉，一边露出了得意的神情，恶狠狠道："你不是知道我是谁吗？你姐姐扬一依这几日就要嫁给我做老婆了，等洞房之后，我们不就亲如一家了？到时候，说不定我们还要把酒言欢啊！"

赤研弘话音未落，乌桕觉得肩头猛地一沉，脑袋里轰的一声，心道坏了，心脉受损，最忌气血翻涌，这扬归梦性子执拗，蛮横泼辣，不知道她那姐姐是不是真的要嫁给赤研弘，受这醒醍胖子这样的刺激，只怕伤了根本，再难施救。

乌桕咬牙，用力托住扬归梦，她的一缕发丝却垂了下来，在他耳旁语道："小孩儿，你要帮我想个法儿，将这胖子弄死才好。"

她这几句话说得冷冰冰的，大热天，听得乌桕身上汗毛直立。

赤研弘气势汹汹地说完，没想到扬归梦毫无反应，片刻之后反倒眯缝起眼睛，不住上下打量起他来。赤研弘被她盯得发毛，不禁后退了几步。

扬归梦却笑眯眯地对他说："啊，原来是弘公子啊，刚才不知，多有得罪，如此说来，我们倒真要叙叙旧呢，你来，我再给你讲讲扬一依的故事好不好？"

乌桕托着扬归梦，感到她体内一股劲力左奔右突，纷乱无比，心中大骇，不知道出了什么事情。

扬归梦笑得温柔，却藏不住眼中冰冷，不仅乌桕看了心中一寒，赤研弘的话也说得迟疑起来，他强作硬气，道："不必过去，我老婆有什么故事，你这就讲来听听。"

"百望台上流光暖，春衫一曲万人倾。扬一依色艺冠绝八荒，从来最是招人喜爱，她的故事你要我说给这帮狗腿吗？"扬归梦目光所到之处，众人都不自觉向后退去。

赤研弘咽了一口唾沫，道："别以为我不知道你在想什么！等我们三个圆房之后，自然有无数话说。"

扬归梦不说话，只是挂一抹淡淡的冷笑，只有乌桕知道，她实在是无法支持了。

幸好赤研弘早被扬归梦气势压倒。

"你这么重要的质子，大公想是不想看到你死掉，那我们就回头床上慢慢聊好了。"

一时惊慌过后，赤研弘把在场每个人都瞪了一遍，转身就走，一干少年也忙不迭跟着走了个干干净净，竟没有一个敢留下。

"你没事吧？"乌桕挺着肩膀，小心翼翼地问，却见扬归梦微微翘起的嘴角渗出一丝血痕。

"让他们走，我有话和你说。"扬归梦气息不稳，声音若有若无。

乌桕心中害怕，小声道："我让他们回去，金叶池的那头就是坊中禁地，他们过不去的。"

"对，去你那个，陨星阁。"

金叶池假山嶙峋、水榭花台、移步换景、美不胜收，但挪过了池中小岛，扬归梦已大见衰弱，纵然高大的陨星阁就在池边伫立，但她已是一身虚汗，再也走不动了。

"小孩，我们歇一会儿吧。"

乌桕小心扶着扬归梦，在水边缓缓坐了下来。

"我问你，你在这坊中时间长，知不知道坊中的重晶

缔青丝 61

之地？"

"重晶之地？"重晶不是海神的名字吗？他瞪大眼睛，上古神话中的禁地，怎会出现在这青云坊里？

扬归梦道："有人告诉我的，他厉害得很，是一名羽客，以前也在这坊中。我今天不死，是因为他教我的幽虚之术，可惜我对这一套全不感兴趣，只学了皮毛。"

"重晶之地，重晶之地。"乌桕口中喃喃，站起身来，此时夕阳穿过柳梢映在湖面，轻风微拂，波光粼粼，那日光像万千片金色的叶子，不断翻滚，一对鸳鸯正在湖面上悠然来去，纤弱的细叶碎莲在湖面上铺出一抹翠绿。

这样宁静祥和的所在，藏着重晶吗，或者，一片海兽余脉？

"重晶是万水之水，这青云坊中，想必没有第二片池塘了。你帮我找找，如果能找到，我或许还有救。"扬归梦边说边咳，她看了看掌中鲜血，续道："找不到也好，我死了，父亲和阿姊便全无挂碍了。"

"我去找封老师，他能把你救回来！"

"别走，陪我坐一会儿。"扬归梦斜倚石上。

是啊，封长卿此刻大概还在灞桥哪家馆子里醉酒吧，要找，哪有那么容易？

乌桕眼看着扬归梦的脸色一点点暗淡下去，心中焦躁，便伸手折下一根细细柳条，把那一池碧水猛地一抽，一道波纹荡漾开去，那对水鸟儿受惊，扑棱棱飞起，数丈之外，仍是落在一起。

扬归梦笑笑，道："这种鸟儿，我们那里也有，夏天就在大青杨的树洞里筑巢，一双一对的，很是可爱，不过到了冬天，就嫌冷，一定要飞去南方了。我小的时候想养一对，却是如何也养不住。"

她说着说着，有些疲累，便微闭了双眼，又道："以前我看这些鸟儿漂亮，只笑它们蠢，一双一对来来去去，飞也飞不起，藏也藏不好，总是一起殒命，便宜了那些猎手。不过现在，我又有些羡慕这些鸟儿了。有成双成对的心，又有这样的命，死在一起，好像也没什么不好。"

扬归梦在这里自言自语，乌柏的目光却一直追着那一对鸟儿游走，好像有些极为要紧的事情，正应该想起，却又只差那么一点点。

五

"鸟儿会飞，可没那么容易落入猎人手中，说不定那一双一对一起飞翔的，可以一起快乐到老。"乌柏见扬归梦闭上了眼睛，赶忙摇摇她，生怕她就此睡过去。

扬归梦果然睁开双眼，道："你这小鬼，你懂什么。"

"诗词歌赋里，都要以物喻人，抒发感慨。我只是觉得，能让你想念的人，想必厉害得紧。"

"你还读过诗词歌赋？"

"我说得没错吧！"乌柏看她渐渐有了些神采，兴奋起来，"这青云坊中重晶的秘密，是不是这个人告诉你的？"

扬归梦笑笑，道："不是，这个人对灵术一窍不通。告诉我重晶秘密的那位羽客是我师父，他已经死了。"

"啊！"

"是呀，这个世界上，好人总是没好报，只有坏人才活得长久，"她回过头来，"不过按这个说法，我还是应该活得蛮久的，你说是不是？"

乌柏摇头，道："你不是坏人！"

"我激那个死胖子去杀你的朋友，我还不是坏人？"

"你知道他不敢！"没有丝毫迟疑，他脱口而出。

扬归梦眨眨眼："咦，你怎么这么聪明，那个赤研弘要是有你一半聪明，我就不好对付他了。"

"下次弘公子可不会犹豫了，这次他气势上始终被你压着，平时的他可不是这样的。"

扬归梦哼了一声，道："他犹豫与否，与我何干？这次被他侥幸躲过，真是晦气。"

"他也就是蛮横了些，何必要杀了他呢？"乌柏话说得吞吞吐吐。

"咦，你不是也听到？我姐姐就要嫁给他了，她和我不一样，人很温柔，性子又好，一定拿他没办法。我现在若不杀了他，将来我姐姐就惨了。"

"现在杀了他，你姐姐就根本不会嫁过来了。"乌柏忽然想通了其中的关窍。

扬归梦面貌是个稚气未脱的少女，说话语气也轻描淡写，但对旁人性命却极为冷淡，这一句话虽在炎炎夏日说出，却让他禁不住身上一寒。她真的算是好人吗？她原来早就对赤研弘起了杀心，用萨苏的性命做筹码，不过为了压下一向跋扈的赤研弘的气势，打乱他的心思罢了。

"干吗这样看我？哼，因为他是南渚大公的侄子就动不得吗？其实他死了，和那个小孩死也没什么分别，死人都是一样的。如果硬要说有，那个小孩被他杀了，你不过少了一个朋友，但如果我杀了赤研弘，这世界上很多本不该死的人，就不必死了。"扬归梦顿了顿。"有那么一些人，就不应该出生。"

扬归梦这一套道理，乌柏觉得处处不对，但又无法反驳。

"你这个孩子呀，就是心肠太软，有没有人告诉过你，心肠软的人，死得快。你的心肠在哪里软下来，大概就要死在哪里了。"扬归梦还是虚弱，讲几句话，就要缓上一会儿。

乌柏不吭声，扬归梦就在一旁絮絮叨叨地说着，眼睛却一直看着水面上那对鸳鸯。是啊，那个人心肠就很硬，所以鬼门关来回走了多少次，都化险为夷，如果没有二姐的话，他大概可以长命百岁吧。

"再说说那个人。"乌柏知道，一旦扬归梦睡过去，就麻烦了。

"那个人？我第一次认识那个人的时候，他也就像你这般大，但是那时候我小极了，小到只记住他的轮廓，已经忘了他当时的样子了。"

"我知道了，他和你，就像这一对鸟儿吧，大的护着小的，小的跟着大的。"

乌柏这句话出口，扬归梦惨白的脸上竟然浮起了一丝红晕。

"并没有，我是喜欢跟着他，但他护着的，是我姐姐。哎，我这次要是不跑出来，也许他们现在已经完婚了，"扬归梦的眼睛里闪过一丝柔情，"你叫什么名字？"

"我叫乌柏，"他有些迟疑，补充道，"这不是一种鸟。"

这个姓氏实在不是很常见，害得他常常要和别人解释好

绾青丝 65

半天。

"我知道，乌桕树嘛，高大得很，"她仰了仰头，让自己更舒服一些，"我见过，叶片是红的，挂着白霜，层层叠叠堆起来，像火在烧。"

"原来是红色的呀，"乌柏挠头，"我一直以为带个'乌'字，一定是黑乎乎的。"

"这也不怪你，这树不喜湿热，只有北方才有。十月里，乌桕树又高又大，就像烧着了的火把，也有人说那是火精凝结，我小的时候去日光城，见过漫野的乌桕林，漂亮极了。"

乌柏也看向扬归梦凝视的地方，空中只有几片柳叶在摇晃。

"乌桕树寻常，那林子可不，日光城外的那一片，起了霜，血一样浓重，大家都说是朝家当日克复日光城，杀人盈野，才染红了树林。那时我的另一个姐姐被朝家赶出来，改嫁给一个糟老头子。那一天，迎亲的队伍挤挤挨挨，像一群乌鸦，我却只能骑一匹小马，远远看着她。没人认为我会记得，但我偏偏记得，我觉得父亲无理，也觉得她好不值啊！"

"朝、朝家？"

停了好一会儿，扬归梦略略恢复了些气力，才续道："是啊，就是木莲王族咯。哼哼，这事当年轰动极了，全八荒的使节都要来参加她的婚礼，那时候她刚刚二十出头，穿着一身火红的衣裳，自己骑在黑色的骏马上，去到了那个比她大三十岁的老头子身边。说实话，他挺精神的，但是，还是太老了，比我父亲还要老，头发都白了一半了。"

扬归梦嘿了一声，道："十六岁，父亲把她送入那座金碧辉煌的城池，七年后，那个和她做了七年夫妻的人，又把她从那座城中送出来。这就是我们的命运。"

"所以你逃婚了？大家都说，你不愿和恭世子结婚。"乌柏说话小心翼翼。

"我嘛，一定要嫁给自己想嫁的人。这个人长枪在手，便会万马嘶鸣，没有人不害怕在战场上遇到他，我们的婚礼将穿过百花怒放的峡谷，或者登上箭炉那样的高城，我才不要被血一样的锦缎层层包裹，把自己变成一个任人摆布的木偶。"她紧紧抿起了薄薄的嘴唇。

"可是，恭世子人真的很好的！大家都喜欢他，而且将来他会当上南渚大公的！"

"有什么稀罕，"扬归梦不屑地撇嘴，"他再好，也没有我的喜欢。而那个人，哪怕他什么都没有，有我的喜欢就够了。我会跟着他，一直到老，一直到死，一直到他不再在乎我，然后我就杀掉他，再自杀。"

乌柏被她理所当然的语气吓了一跳，人家不喜欢你就要杀了人家，这也未免太霸道了些，还好他刚刚已经见识过扬归梦的手段，对这个少女的狠辣已不陌生。

她的眼皮终是越垂越低了，她手也渐渐冰凉，最后那一点温热正在渐渐消散。

她这么长时间不到陨星阁，再拖一会儿，也许封老师会出现呢？

"你为什么爱谁就要杀了谁，就像木莲王和牙香公主那样吗？"乌柏在她耳边大声说着。

"哦，你说牙香啊，我很喜欢她，都兰·木提雅为了自己的爱人连丈夫都不要了，但可惜她的眼光还不够好，那个男人最

缟青丝　67

终成了王又怎么样？还不是最后背叛了她？可我扬归梦喜欢的这个人，一生都不会背叛他的爱人。"她的声音越来越低。

"山花儿开败了，河水也改变了方向，那个远方的人儿，是每夜升起的月亮。"

她含含糊糊地哼唱着，这一刻的扬归梦，敛去了锐利的锋芒，褪去了刻薄的神情，只余一派柔软的天真。

乌桕愣住了，在思念那个月亮一样的人的时候，她就变得好漂亮，谁会不爱她呢？

每个人都有自己的故事，而自己呢？

父母的样子早已模糊不清，他只知道父亲曾是赤铁军中一名小小稗将，时移世易，虽然不过六七年的时光，如今提起乌重这个名字，灞桥已经无人知晓了。

他终于知道乌桕树是火红的，又一次落入了这些年曾反复出现的梦境。

在梦里，天光大明，星辰闪耀，火红的树林掩映着一座青色的大城，这城池上空，碧空万里，日光如莲，那些花瓣纷纷凋落，变成片片光舟。在这青色城池中有一座黑色的硕大星盘，不停飞速转动。星盘之侧，则有许多模糊身影，在一条流光般的河流上策马奔驰而过。其中一个女子面色憔悴，打马紧跟在众人之后，而他，就停留在这河流正中。所有人都在他身边穿过，慢慢远去，将要消失不见的时刻，那女子却回头一望。一股暖意汹涌回还，卷着幼小的自己摇荡，这时，他的心中便会剧烈疼痛起来。

梦总是到这里结束，他喘着气茫然坐起，不知道它到底代表了什么。

扬归梦慢慢闭上了眼睛,胸口还在微微起伏。

日光微斜,更多鸳鸯飞落金叶池中,扑棱着翅膀,激起一池春水。

奇怪的是,有一只落单的鸳鸯在慌张鸣叫,顾盼寻找,显然,它的伙伴不见了,乌柏倏地起身,望向金叶池的一角,为什么两只鸟儿从这个方向飞来,有一只失去了踪迹?

乌柏快跑了几步,来到池边,用力揉了揉眼睛,鸳鸯在啄食的,分明是海中的银鱼!

他的心怦怦跳得厉害,他用力摇晃起扬归梦:"快醒醒!我知道重晶之地在哪里了!"

银鱼长在深海,身子细长,鳞甲俊美,穿梭似箭,总会在幽暗处留下道道光痕,越系船偶尔出长船捕到一只,便会在他面前反复炫耀,怎么会出现在这金叶池中?只是刚才鱼儿游过,水波依然,几道正在消弭的银色细线依然还在荡漾。

乌柏用尽气力顶起扬归梦,来到银鱼消失处,水面之上,正是岛上两块巨石的罅隙。

这两块巨石在水边已不知矗立多少年月,上面生满青苔,那道窄窄的缝隙透出幽暗的微光,间距容不下一臂。

"这里是什么地方?"扬归梦睁开了眼睛。

乌柏拾起地上石子,向那罅隙一丢,石头砸到岩壁,却没有反弹,而是发出一声空洞的闷响,然后两个人眼睁睁看着它凭空消失了。

"就是这里了,重晶之下,是海兽盘桓的鬼魅之地,这里是另一个世界。"扬归梦的眼中有了一丝神采。

走进去,就有救了吗?乌柏上前,小心去摸那潮湿的

绾青丝

石壁。

湿，且滑，苔藓上生着橙色半透明的菌菇。

奇怪，为什么以前从来没有见过这些东西？

有什么声音远远传来，乌桕一惊，忽地发现身后的阳光消失了，扬归梦也不见了，只有自己站在一个水声滴答的熔岩洞穴中。

乌桕心里害怕，再转回头来，那石壁也消失了，只余遥远前方的一点微光。

"享姐姐！扬归梦！"乌桕想到扬归梦一个人还在金叶池边，忍不住大声喊起来，他的声音在这层层叠叠的溶洞中回荡，好像有无数人在与他遥相呼应。

扶着墙壁，那些橙色的菌菇散发着微弱的光芒，而乌桕每踏出一步，足下都生出银色的细线来，沿着崎岖潮湿的地面向前一路延伸。

他一脚高一脚低地向山洞深处走去。

六

进入既深，那一团光线也越来越亮，洞内的石面渐渐干爽、空气中微微散发着热量，拐过一个崎岖的入口，突然出现一块空旷的空间，在圆形的空旷之地正中，嵌着明镜般的一孔深蓝，安静无波。

扬归梦正站在水边发愣。

"享姐姐？！是你吗？"

乌桕的声音在空旷的洞穴中回响。

扬归梦伸手放在唇边,做了一个安静的手势,乌柏禁不住快跑几步。

"池中小岛哪里有山洞,我们八成是落入了障眼法中了!"

扬归梦却伸出手来,轻轻揽住了他的手腕,那手掌异常冰冷,乌柏啊的一声叫了出来。

"你看,重晶,我在鸿蒙海上见过,和这里一模一样。"

她把脚下的镜面一样的深蓝指给乌柏看。

乌柏低头去看那一汪碧水,不料这一眼望下去,就再也收不回来了。这水中分明有另外一个自己,清清爽爽,如丝眉眼、纤毫毕现。他笑,水中的影子也笑,他皱眉,那水中的自己也蹙眉,他搞怪做了个鬼脸,那水中的自己却哈哈笑了起了来!他这一惊非同小可,用手紧紧拉住扬归梦的胳膊,几乎大声喊起来。

然而等他鼓起勇气再看,那水面却又平静安稳,再无异样,只剩下一个口干舌燥的自己,兀自惊魂未定。

"海兽之血。"扬归梦慢慢地说,举起了自己的手掌。

在潭水微光的映照下,那手掌雪白,中间蜿蜒着蓝色的细细经络。

"你的手怎么了?!"乌柏这才发现,扬归梦的手掌不知何时已经割破,淋漓的鲜血正变成一道细细的红线,无声垂入了那诡异的深蓝之中。

"神、神兽变吗?"乌柏退后了几步,"犬颌和蕉鹿都没有出现。"

"但是重晶接受了我的血,"扬归梦抿着嘴唇,把手举到眼前,"道逸舟说过,一旦一个人的血被海神接纳,他就不会死

绾青丝 71

掉了。"

乌柏惊骇地睁大了双眼，还没等他说话，忽然耳畔一声巨大的轰鸣，仿若龙吟，一瞬间，溶洞之内漆黑如夜，一只巨箭闪耀着寒光破风而来，带着雷霆万钧的力量穿过了扬归梦的身子，洞穴的一侧，却有一个浑身黑甲的武士回身横刀，当的一声大响，那只巨箭正中刀身，火星四溅。

"你没事吧！"乌柏吓呆了，忙去看扬归梦，然而她身上并没有伤口，却只是怔怔看着那个黑色的影子。那巨箭被武士刀背所挡，滑开一旁，余势不歇，插在地上，犹自不住震颤。

扬归梦飞身上前，向那武士扑去，急道："你要不要紧！"

然而她扑了一个空，从那武士的身体中穿了过去，那武士仿佛根本没有见到她，而是提刀戒备，望向那茫茫的黑夜深处。

"我知道了，这不是真的！这是幻境！"乌柏大喊，拉住了扬归梦。

"他是不是死了，是不是？"扬归梦回身紧紧捏住乌柏的肩膀。

乌柏吃痛，啊的一声叫了出来，道："事情早就发生了，这些只不过是过去的幻影！"

此刻那武士和黑夜渐渐稀薄，出现的，是熙熙攘攘的人群，扬归梦站在另外一个扬归梦身边，腾身而起，出刀割断了一名赤铁军的咽喉，又划过了另一名赤铁军的双眼。惨叫声响起，鲜血飞溅。即使知道一切只是虚妄，乌柏还是无法抑制地低头去躲。

许多嘈杂的声音纠缠在一起，接着，是一声闷响和一只尖利的哨箭。

洞中石笋上的水滴滑落，敲在凹凸不平的地面上，汇聚成深深浅浅的水洼，在一片嘈杂喧哗声中，发出细微的滴答声响。

闭紧了眼睛，却并没有鲜血洒在身上。乌桕缓缓抬起头来，看到扬归梦正一脸震惊地看着倒在地上的自己，鲜血从另一个扬归梦的心口飞速地洇了出来，把雪白的中衣染上几朵深红的桃花。

乌桕终于直起身子，这是阳坊街，混乱还在继续，他们像两个影子站在人群中间，而人们从他们的身体里穿来穿去，随后，乌桕居然见到了越系船和越传箭。

"你并没有死，这些都是过去的事！"乌桕把手指放到嘴边，狠狠咬了下去，疼得直咧嘴。

好半天，扬归梦才道："是，这里流过的，都是时光的影子。"

嘈杂的阳坊街也渐渐随风散去，如茵绿草上，走来几个影子，慢慢清晰起来，是南渚大公赤研井田和青云坊的主持周道，跟在他们身后的，正是赤研星驰。

"这是刚刚发生的事情，"扬归梦好奇地跟着虚幻的赤研星驰，道，"你看他的靴子。"

没错，赤研星驰的足尖上，干涸的鲜血还沾着草屑。

嗒嗒嗒的细响从赤研星驰的腰间传来，他在用指尖轻轻敲击刀鞘。

微风拂柳，金叶池中的细荷飘飘摇摇，赤研井田三人在湖边放慢了步子，慢慢穿过两人。

"周先生，我们要不要接受吴宁边的条件？"赤研井田发问。

吴宁边三个字远远传来，扬归梦像一只猫一样抻长了脖子。

周道双眉紧锁，此刻的忧虑表情，乌桕从未见过。周道是青云坊中的主掌灵师，总有七八十岁的年纪，头发和胡须本来都白了一多半，此刻表情凝重、背上微驼，倒显得又苍老了几分。一身洗得发白的蓝布长袍，穿在他身上，显得格外宽大，伴随他拖沓的步子，左右摆动着。

"扬觉动失踪蛮久了，主持吴宁边大局的，是扬丰烈，突袭花渡太过冒险，这不像他的风格，"周道语速缓慢，"这计划成功太难，但若侥幸事成，澜青一定会受到重创。"

赤研井田若有所思，转向赤研星驰："刚才在明光阁，大家吵得厉害，你怎么看？"

"事关南渚生死存亡，星驰不敢多言。"

"现在吴宁边才是到了生死边缘吧，出不出兵，对于我们似乎没有那么严重。"赤研井田的话不疾不缓。

"花渡若做战场，白安便是后方，卫曜尚未平定，恐怕不宜贸然出兵。"赤研星驰有些迟疑。

"你一直在同卫曜作战，也是辛苦，不过白安这些乱兵只是蟊贼，不成气候，如今吴宁边为了击垮澜青打算孤注一掷，这倒是我等了许久的机会。若不趁此机会北进，下一次，不知道又到何年何月啊。"

"大公远见，"赤研星驰抿起嘴唇来，"只是现在扬觉动的小女儿已在我们手中，如他已死，那么哪个女儿留在南渚，嫁给谁，似乎就不那么重要了。我们还要不要为了吴宁边挺进花渡，和澜青正面开战？"

"吴宁边过来商量履约的是谁？"

"是扬觉动的侄子扬慎铭，扬家的下一代，只剩下扬一依和他了。"

赤研井田哈哈笑了起来："看来无论是扬觉动还是扬丰烈，对这个子侄都不甚重视啊。"

赤研星驰迟疑了片刻，道："徐吴原派卫成功来这件事，恐怕吴宁边也知道了。"

"担心了？我就是要让扬丰烈知道，我赤研井田手里，也不止它吴宁边一张牌！"赤研井田冷哼一声，"不过你曾经入吴宁边与他们并肩作战，知道吴宁边兵将凶悍，有所顾忌也是应当。"

他定睛看着赤研星驰，又道："你对他们还不了解，扬觉动多猜忌、重杀伐，这些年他们在战场上势如破竹，但在内部早已四分五裂，不过顾及他的威势，表面上精诚坚固罢了。此刻，没有了扬觉动的吴宁边，就是一盘散沙，被木莲和澜青吃掉，早晚的事。"

周道道："如果吴宁边真的溃败，加上倾向木莲的白吴，我们就被野心更大的日光木莲包围了。"

赤研星驰展眉道："大公若对木莲有顾忌，我们便出兵花渡。打掉澜青的粮仓，也就勒住了徐吴原的马缰。"

"不，"赤研井田道，"威锐公的担心有道理，这样虽然可以维持一时的势力均衡，但吴宁边已没了扬觉动，谁能把控局面还不好说，我们选择了很可能失败的弱者，也许将带来更大的祸患。"

"或者，我们就像威锐公所言，摆摆样子，按兵不动。没有我们，李精诚、浮明焰他们拿不下花渡。就让澜青和木莲把吴宁边吃掉好了。"周道拧起了眉毛。"无论扬觉动是生是死，这都是打击吴宁边的最好时机。卧榻之畔的这只老虎在，我们便不能安眠！"

一提到赤研瑞谦，赤研星驰的表情就有些不大自在。

这些表情，赤研井田当然都看在眼里，道："威锐公在这一点上和我意见不同，大家都知道了，你不要因为他统领着南渚赤铁，是你的上司，就总是不说话。"

赤研井田走了几步，顿了顿，又道："猜忌是一把利刃，不要总觉得自己和别人隔着一层。"

"明白，但星驰还是以为威锐公爵操之过切，吴宁边虽然失去了扬觉动，但此次统领南方三镇的李精诚、浮明焰都是久经沙场的大将……"

"我也明白，我们按兵不动，澜青若是仍旧败了，局面将无法收拾，"赤研井田冷着脸，"但抹掉扬家的这个机会，太难得了，就先让吴宁边送上扬一依，然后让他们在澜青腹地先厮杀一场吧。"

"大公，既已联姻，背盟这种事情，很快便会传遍八荒。"

赤研井田黑了脸，道："谁说我要背盟？！我和扬觉动亲自欢宴，约定联合对抗木莲，即使此时他已经不在，但我赤研井田又岂是背信弃义之人？只是战场局势瞬息万变，我南渚大军进入早些或是晚些，也绝非人力所能控制。目前八荒大乱，就算吴宁边此战覆灭，也是星辰的意思！是天命！"

他看向周道。

"大公说得对,天道循环,自有兴衰。"周道点头颔首,表示赞同。

"只是吴宁边处,不到兵戈相见,还是要稳住才是。"

"星驰明白。"他退后一步。

三个人走在金叶池边,看海潮阁下鸟儿振翅翱翔,往复回环。一时沉默,渐行渐远。

"我在风旅河战场见过这个人,他是上过战场的,过了这些年,倒是越活越胆小了。"

"之前大公说的都是定盟定盟,这次却又要推翻重来。"

扬归梦叹了口气:"你这个小孩真是聪明,我父亲常说赤研井田为人刻薄寡恩,如果这次真的对我们反戈一击,吴宁边就真的危险了。"

洞穴中光影离散,几人渐行渐远,说话的声音也渐渐模糊起来,乌柏竭力地分辨着蝉鸣中传来的人声。然而一切就此消失了。

他担心地看着扬归梦,扬归梦却轻轻呼了一口气,道:"没事的,父亲一辈子都在马上,大概也会死在马上,不管怎么样,南渚都会被踏平的。"

"扬大公要是没死呢?"乌柏总想说些什么,却忘了眼前的这个少女并不需要他的安慰。

"他不能尽快返回大安,那也和死了没什么分别,我叔叔那个人,担不起事,现在的大安城,肯定已经吵作一团。"

"赤研一家没有好东西,还想把我姐姐骗来这里。"扬归梦蹲下来扶住乌柏的肩膀,恨恨道:"你帮我一个忙,让我姐姐不

绾青丝 77

要来，让他们万万不可心存侥幸，务必要与赤研家舍命一搏。"

她心绪纷乱，按住乌桕的手不自觉地轻轻发抖。

乌桕不知道说什么好。这时候，他不知道是不是应该帮助南渚的敌人。

"想想赤研弘，我姐姐来到南渚，就是要嫁给他。"扬归梦手上用力。

赤研弘插入萨苏胸口的那把刀又出现在了他的眼前。

乌桕终于点了点头。

<h2 style="text-align:center">七</h2>

"你去找一个叫李子烨的人，我那个堂哥扬慎铭是个草包，李子烨一定会来，告诉他，花渡战场是个骗局，不要进军，更不要将二小姐嫁过来！那里除了一场灾难，什么都没有！"

"我记住了……"乌桕的心怦怦跳得厉害，他虽然年纪小，但也明白，他这次的消息关系重大，从这一刻起，他再也不是青云坊中的无名小童了。

"灞桥这么大……"

"你去锋凌炼坊找浮铁匠，"扬归梦犹豫了一下，从腰上解下一枚黝黑的铁钱，"这个信物，你带给他，他才会相信你说的话。"

乌桕小心接过那枚铁钱，放在怀中，还是露出担心的神色来。

"不要怕，他好认得紧，左边眉毛被一道刀疤截成了两段。"她眼睛弯弯，仿佛想起了什么有趣的事情。"咦？我知道你想问什么，三年前他父亲带他来到大安城，我砍了他一刀。"

"那他岂不是你的仇人？"乌柏本以为这人是扬归梦心心念念的男子，这下着实出人意料。

"谁让他想要娶我。"

乌柏在那里张口结舌，扬归梦却笑道："和你想的不一样。他们毛民是远离大安的穷乡僻壤，但又是我们南部最重要的军镇。李精诚嘛，就替我父亲镇守蛮荒。李精诚我常见到，这个小李我却从未见过。在父亲一年一度的私宴上，他便带着儿子去了。这李子烨是有名的使刀好手，我那时候跟着老师练刀，正痴迷得不得了，就存了和他比试一下的心思。"

"宴席上，我有意坐在他的身边。说实话，他这个人还是不错的，只是被一身礼服扎得像个粽子。这人少年英挺，生怕被人忽略，我只不过小小调戏了他一下，他气得半死。后来我们偷偷溜出去私下比武，他一不留神便被我砍了一刀。"

乌柏什么话也说不出来，头上出了一层细汗。

"哎呀，那时候我好抱歉，又有点得意，可后来师父告诉我，李精诚是带着他来向我家求婚的，他就算再不济，也是上过战场的男子汉，不会输给一个十四岁的小孩。他不过是自负轻敌，想要让我，结果失了手。

"哈，你知道的，人脸上一见了血，不管多么小的伤口，血流得到处都是，就会很没面子，所以他很是沮丧了一阵子。虽然我们都不提这件事，但是我还是被父亲骂死了。不过和那些大安城中的公子哥相比，他已经算是可爱了，那些八哥一样的公子哥，用繁文缛节就能让我自杀。这人起码爽快磊落。"

"后来呢？"扬归梦这故事有趣，乌柏也听得入神。

缔青丝 79

"后来嘛，我父亲和他父亲都认为我们之间动刀动枪太不像话，这婚事当然就吹了。我不信师父的话，又找他打架，果然没有一次打得过他。"

乌柏长出了一口气，问道："那他还会帮我们吗？"

"哈？你说什么？他敢！他告诉我，来大安之前，他在毛民已经有了一个姑娘。向我求婚，于他本来是百般不情愿的。"扬归梦理了理长发，又道："直到我们坐到一张桌上，他还打定主意一言不发呢！不过呢，见了我之后，他就知道我不是那种娇柔的公主，所以呀，最后他说，如果不是这一刀，他还真有点想娶我的——做小老婆。"

扬归梦说到这里忍不住大笑了起来，道："娶大公的女儿做小老婆，亏他想得出来。"

乌柏也笑了，这故事可比他最近听过的那些故事美好多了。她的确不是那种娇柔女子，这李子烨倒也不是一个普通人物。

"我姐姐一日不到这里，他们也就安全。你让他们快走，一定要把我的消息带回去。"扬归梦的声音低了下来，回忆终究是回忆，现实并不美好。

乌柏点头道："下次去青华坊取药，我就顺路去找他。"想到出去这件事，他不禁环顾四周，这溶洞中阴沉如长夜，真不知道路在哪里。

扬归梦仍是虚弱，但精力已渐渐恢复，她手上的血滴落入重晶，被一层一层包裹起来，很快成为散发着莹莹微光的明珠，缓缓沉了下去。

扬归梦这会儿想起了自己的伤势，道："我还没死吧？"

"你当然没死,伤还没有好,就不要乱走。"

乌桕吓了一跳,不知道什么时候,封长卿出现在了他们身边。

他一手拉住扬归梦,一手拉住乌桕,道:"你们往上看。"

乌桕抬头,山洞上方的钟乳石已消失不见,那些粗粝的黑色一层层沉下来,把三个人堆积在完全无光的世界里。

乌桕什么也看不见,什么也听不见,什么也感觉不到,感觉惊恐极了,只是被封长卿握着的那只手轻轻一震,周遭漆黑如墨的世界便随着啪的一声轻响,就此消散。

他和扬归梦仍在金叶池边,岛中两块巨石就在前方不远处,那道罅隙爬满青苔,却少了那些奇形怪状的橙色菌菇。

此刻的封长卿身上黑衣污渍斑斑,在初夏的日光下显得厚重滞闷,眉毛和胡子上还挂着不少水珠,在阳光下亮晶晶地散发着五彩的光芒。

"封老师,是你从重晶中把我们拉出来的吗?!"乌桕又惊又喜。

"不是的,是别人!"封长卿蹲下来拍他的肩膀,笑嘻嘻的,一张口,浓重的酒气混杂着口臭,几乎把乌桕熏昏过去。

是封老师又开始说醉话,还是刚才的一切都是幻觉?

"来,我来送你回去。"封长卿伸手去拉扬归梦,他脚步不稳,瘦削的脸上挂着两个肿眼泡,一副睁不开眼的样子。

"这样啊。"扬归梦身子一紧,抬手将一块尖利碎石送进他宽大的黑袍中。

乌桕知道扬归梦手段,"啊"地叫了出来。

两个人都在等着封长卿的反应。不料他毫无反应。

封长卿把扬归梦拉起，晃出了小岛，向海潮阁方向走回去，走了几步，才缓慢地伸手去腰间摸索，当的一声，碎石片落在地上，他抽出手来，掌中满是鲜血。

他把手举到眼前，凝神看了一刻，道："有蚊子。"

"他喝了多少酒？"扬归梦一脸惊骇，又哭笑不得。

"这几日星辰对冲，日月不轨，这种时候，你们最好不要出来乱跑。快回去，快回去！"封长卿嘴里絮絮叨叨。

"什么？"扬归梦惊诧莫名。

乌桕抬头，太阳已经西斜，但还明晃晃地挂在天上，连丝云都没有，封老师他，到底知不知道刚才发生了什么？

他下意识伸手入怀，却摸出了一枚铁钱，乌沉沉的，带着古老的锈渍，上面有"天青"两个前朝古字，在铁钱的一侧，有一个细小的刀口。

都是真的！乌桕的脑子嗡地一下，这铁钱明明是他从扬归梦的贴身锦囊中拿出来，收到陨星阁的木匣中的，这时候，怎么会出现在自己的手心里？！没有其他的解释，他瞪大了眼睛。

扬归梦惊道："你这铁钱哪里来的？"

封长卿瞟了乌桕一眼，道："所以啊，你还是不要去找那个劳什子李子烨了，这世间事，充满了偶然与假象，找到他，无非再多流些鲜血，又能改变些什么呢？"他叹了一口气。

"李子烨来了灞桥？"扬归梦一脸疑惑，乌桕却呆在了当场。

"最近弥尘星掠过螭獃天，这是杀伐将起、生灵涂炭的征兆啊！"封长卿自顾自地说话。

在星算中，弥尘是主杀伐的死亡之星，它是一个并不存在的空洞，吸取万物光芒，弥尘降临，世间必将血火沸腾。百年不遇的弥尘再次出现了？这和自己又有什么关系？

乌桕咽了一口唾沫，还是把自己的承诺说了出来："封先生，大公骗婚而不履行发兵的诺言，这不对……"

封长卿呵呵笑了两声，道："这世间好似熔炉，火焰燃起，万物都在煎熬，有什么对错可言。姑娘总是要嫁人的嘛，嫁给谁又有什么不同？发兵打来打去，还不是左死一堆右死一堆？"

"这世间当然有对错，跟孱弱相比，强悍永远是对的；嫁给喜欢的人和厌恶的人当然有很大不同；左右有人要死的时候，每个人都一定希望死的不是自己！"扬归梦忍不住反驳。

她又回头，疑惑地看着乌桕："什么发兵，要发兵去哪里？你在说什么？"

"你前一刻觉得自己是对的，后来忽然发现其实错了，怎么办？费尽心机求到的宝贵的忽然变成了最痛恨的，又怎么办？以长生不死来承受无聊痛苦和开心快乐早早结束生命，哪个更好一点？"封长卿松开扬归梦的手，从怀里拿出一袋鸿蒙酒，说，"我有答案。"

扬归梦瞪大眼睛，她和乌桕都在等着封长卿的那个答案。

封长卿用牙齿撕开麻叶袋，咕嘟咕嘟喝了几口，用宽大的袖子抹了抹一塌糊涂的胡子，道："多喝点酒就好了。"

乌桕和扬归梦默默对视了一眼，都不知道该说些什么好。

依旧是乌桕扶着扬归梦，两大一小三个人就这样向海潮阁走去。

封长卿一直在大口痛饮他的鸿蒙酒："灵师们经天蠡地、操控人心，便以为可以主掌万物；公侯们挥斥方遒、屠城掠地，便以为可以信马由缰；少年们爱到方生未死、海枯石烂，便以

绾青丝　83

为可以一生一世。"

"这都是不对的，很不对！"封长卿把头摇得拨浪鼓一般，"星辰可以预言世间的血与火，是因为星辰无私。命运轮回总是相似，人们却只看到自己想看到的东西，才一遍遍重蹈覆辙。怨憎、怜爱、欲求只会蒙蔽人的心智，只有死亡的深流和战争的烈火，才能擦亮智者的眼睛。就像那轮月亮，它一直在。"

乌柏抬头，朗朗乾坤，云丝如缕，哪有半点月亮的影子。

他抬眼望着湛蓝而空旷的天空，道："你们睁大眼睛，却看不见它，就像你们很少能够看到真相，"他醉意朦胧地说，"因为真相从不主动发光。"

第三章 杀使

风向转变,火星、烟尘和灰烬在院落中盘旋不定,漫天挥舞。

在灼热的热量的包围下,在无尽飘飞的灰烬中,李子烨面目狰狞,脚步踉跄,火势顺着密密连接在一起的屋顶蔓延开去,整条画舫街都熊熊燃烧起来,火光冲起十数丈高,照亮了整个夜空,仿佛整个灞桥都被点燃了。

一

"砰"的一声,大锤落在通红的铁条上,火花四溅,打铁人赤膊穿一件皮护胸,跃动的火光映出了他一身虬结的肌肉,他的臂上、面上、腿上、足上,多是星星点点的细小疤痕,那是飞溅的铁水给打铁人烙下的徽章。

铸剑炉的火光映红了铁匠们的脸庞,这里温度极高,每个人都赤着上身,李子烨站在窑前凝神注视,一身青花锦缎已被汗湿。

铁钳下赤红的铁条,随着大锤飞动,在砧板上叮叮当当响个不停,似乎有了生命,跳跃着、扭曲着、反复折叠着,在沉重的敲击下渐渐平薄,再次送入炉中加温,又不断重复这一过程。

锋凌炼坊,南渚最著名的兵器铺子,二十多年前,涂大白,一个闯荡外乡的北方青年,带着苍梧山脉的锻打技术来到南渚,今天,他已经成为南渚最为有名的铸剑师。

李子烨习惯性地摸了摸自己的眉骨,那里有道浅白色的疤痕,将他的眉毛拦腰截断,也让他的右眼无法完全睁开。他因此养成了一个习惯,每当有所决断的时刻,便只留这一只眼睛观察,缝隙中狭小的世界总是在提醒他,可以再冷静一点。

华服被飞溅的火花烫出了无数小洞,李子烨却并不在意,张口道:"涂师傅,好热闹,咱们的兵刃,比起云间、阳处造的,可也是相差不多了。"

旁边一个赤膊的青年停下手中正在擦拭的短刀,道:"公子,阳处是木莲举事的地方,云间是咱们师父学艺的地方,说他们厉害也是有的,但咱们的手艺,也没谁敢说不如他们。"

李子烨哈哈一笑。

"差不多了。"那打铁的男人终于停下大锤,挥去手上汗水,抄起一旁的青瓷大腕,一仰头,把一碗水咕噜咕噜都灌进了喉咙里。

"自吹自擂不能太响,不然鼓就破了。眼下,咱们确实造不出云间一样的好兵刃,因为这生津铁太硬,炉温不够嘛。"

李子烨道:"涂师傅也是谦虚了。我们毛民也有不少好匠师,我不是还要跑你这来订兵刃?要做出好兵器,自然好料、好炉缺一不可,我看你们的窑结实,焦炭也够劲,想来铸成云间一样的神兵,也是早晚的事了。"

听了这话,涂大白连连摇手,道:"差得远、差得远,说不得、说不得。"

二人走向街面,外面虽骄阳似火,但相对坊中,已属清凉,微风拂来,李子烨深深吸了一口气。

一路上,李子烨都在打量着涂大白,他方面直鼻,赤须大耳,一头乱发衬着一张麻脸,整个人显得格外粗糙。可就是这个貌不惊人的人,一手创办了锋凌炼坊,虽然这铺面的背后掌柜和拐角的鸿蒙商栈一样,都是灞桥巨富朱里染,但是若没有涂大白的手艺,这里也不会有今天的名气,几乎包揽了南渚达官显贵的甲胄兵器。

这次到来之前,李子烨才知道,三十年前,涂大白是先公扬叶雨手下的稗将,日光木莲五十二年,扬觉动执掌吴宁边后，涂大白就此失踪，肩着打铁的家伙来到灞桥，做了一名铁匠。如今，这个当年的沙场猛将已经在这里隐姓埋名二十多年，他的乱发已大半斑白，粗大的指节僵硬笨拙，甚至解不开身上脏兮兮的麂皮围裙，就连牙齿也缺了几颗，除了一身虬结的肌肉，再也无当年半点影子。

毛民和南渚接壤，李子烨也常到灞桥，他酷爱兵刃，每次必到锋凌炼坊，如果这次不是扬觉动失踪，李子烨也依旧没有机会知道涂大白的真正身份，作为曾和扬觉动并肩战斗的吴宁边元老，战将浮成田早已经被世人遗忘了。

"涂师傅豪爽，要是在毛民，我们去看看师傅们制刀，可困难得紧，"李子烨松开了腰带，将长袍敞开，内里的白色中衣已经湿透，"想不到，大太阳下吹吹风竟也如此舒爽。"

"哎，公子别拿我开玩笑，炼铁师傅哪儿有怕看的？"涂大白解下身上皮裙，露出宽阔的胸膛来，"那些所谓的材料屁也不是，不懂铸造方法，做出来的都是垃圾。这材料的成分和比例，千百年来都只依据经验和手感，如何能看了去？"涂大白呵呵笑了起来。

两人你一言我一语地闲聊着，余光却看着街角。昨日赤研星驰访李子烨不遇，今天大概会找到这里来。

既然有耳目观察，戏份便要做足。

果然，他们等待的人出现了，没有战马和甲胄，赤研星驰一行人从锋凌炼坊的侧门进入，小心地避过铸剑炉中飞溅的火花和铁水，直奔二人走来。

涂大白抱拳见礼，道："什么风把侯爷吹来了，不知道铁甲是否好用？"

"满意满意，"赤研星驰抱拳还礼，"甲好，兜鍪也很轻便，只是严丝合缝，戴起来容易中暑。"

赤研星驰有意打趣，几个铁匠都笑了起来。

"若是有机会，老涂你应该研究研究吴宁边的鱼鳞甲才是，穿起来，比你的铁铠可是轻了不少。"赤研星驰开着涂大白的玩笑，眼睛却看着李子烨。

"久闻李将军好刀，不知道这次来到锋凌炼坊，有没有摸到涂师傅新铸的兵刃？"

"涂师傅的刀等闲不肯示人，在下尚未有幸得见。"

"哎，这是怎么说的，我这就去拿。"

"不忙，"李子烨从腰间刀带上解下一把薄刃匕首，递给了赤研星驰，道，"这次来得仓促，却带了毛民的一把粗货，侯爷给鉴定一下，可还说得过去？"

"哦？"赤研星驰接过来反复掂了掂，又递给了涂大白，道，"涂师傅看看，如何？"

涂大白拿过来，在阳光下细细看了一刻，又将刀尖轻轻一弹，匕首发出了龙吟一般的清亮声响，久久不绝。

"好刀，毛民有高手，"涂大白口中啧啧有声，双手量了量这刀的长度，道，"水纹做得漂亮。"

赤研星驰点了点头，也不说话，一伸手，随行的卫官递过了身上的佩刀，他起手慢慢拔了出来。

这刀和壳口的精钢摩擦，声音爽脆，等到把刀全部抽出来，竟和那匕首一般无二，也是青背白刃，刃背之间隐有水纹。

"李将军看看，这就是锋凌炼坊的新刀。"赤研星驰看看涂大白。

李子烨将这把长刀抄到手里,抖了抖,渐渐收起了笑容,道:"怎么会,青钢易折,竟能造得这样长!"

赤研星驰微笑点头:"将军好眼力,涂师傅也确是好手艺。"

李子烨暗自惊讶,早听说南渚府库充盈,赤铁军中军四营装备精良,看来所言不虚,虽然早知南渚为了装备赤铁主力曾花费重金,但亲眼见到一个卫官身上居然佩着百炼刀,他还是颇感震惊,这样的好刀在吴宁边,要都尉才配得起。

这一次轻描淡写的较量,自然是南渚领先了。

"代家父问候星驰公子,盟约未定,家父总是心下不安,娴公主已经到了毛民,我们都在等待赤研大公的回复。"

李子烨的话很直接,他们一行来到南渚已有三天,却迟迟没能见到赤研井田,除了一个含含糊糊的占祥,南渚位高权重的人物,他和正使扬慎铭一个也没见到。而他们的任务,正是促使赤研家族明确接受扬丰烈的条件,在迎娶扬一依的同时,与吴宁边协同,进击花渡。

在扬一依的推动下,扬丰烈已下定决心,一面在观平战场对徐昊原的猛攻进行阻击,一面集结南方三镇的兵力,突袭澜青腹地。而娴公主扬一依则日夜兼程赶到毛民,准备作为质子入南渚和亲。如今万事俱备,需要确认的,只剩下扬觉动亲自定下的两州之盟。

一旦大军发动,深入澜青腹地,便没有了退路,如果赤研井田不守盟约,出尔反尔,等待南方三镇的,很可能就是全军覆没的结局。

既然来了,走也没那么容易,李子烨知道,赤研星驰并非

绾青丝

凑巧出现，他带来了赤研井田的答案。

"李将军，看到这些穿城而过的兵士了吗？"赤研星驰的目光扫过一片混乱的阳坊街。

当然看到了！李子烨在心中暗暗咒骂，这两日，鸿蒙商栈前不断有驿站的马匹驰过，身着便装顶着烈日的士兵，一队一队络绎不绝，这些士兵说着不同的方言，从平武、青石、桃枝而来，源源不断地穿过野非门。

这队伍中有纪律严格、眼神犀利的职业军人，也有临时征召的普通百姓；他们或从陆路、或经水路来到这里，穿城而过，把街面上搞得尘土飞扬。而一辆辆插着朱红旗帜的辎重车则从商市街朱家、赤研家的粮号商铺不断运出，木轮咯吱咯吱的响声昼夜不停。

盟约未定，兵马先行，赤研家打得什么鬼主意？

"天气这么热，兵士们真是辛苦了，"李子烨抬头看着耀眼的太阳，扇动着已经敞开的长丝袍，他口气轻松，"这几日，从子烨眼皮下过去的，怕也有数千人，只是不知道赤研大公要做何布置？"

"哎，李将军，两州盟约早定！你心里不安定，自然倍感炎热，不过听完我的消息，自然能消暑清凉了。"赤研星驰指着这滚滚东去的人流，说道："这些士兵，都是去履行赤研大公对扬大公的承诺的。"

"哦？"李子烨一愣，"我还以为他们是前往阳宪，讨伐卫曜的。"

"白安乱兵是些乌合之众，不必挂碍，我们箭炉行营已大军压境，十五天内，卫家必然崩溃。对付他们，不需要南渚的精锐部队。"

二

"我听说卫曜作战勇猛，咱们南渚已经折了几员大将，冠军侯的判断却还轻松？"李子烨小心试探。

"不错，卫曜是员猛将，但是他的叛军只有不到两千人，如果按照他起兵时拟定的计划，贸然进攻灞桥，他的人头早就挂在野非门上了。只是这卫曜虽常饮常醉，却还是个人才，野熊兵们在阳宪大肆掳掠后，就退回了鹧鸪谷，鹧鸪谷隘口易守难攻，倒是可以保他片刻安稳。"

"听将军如此说，平明古道依然还不太平啊！"

"李将军，这世道哪里有什么太平？你若是担心卫曜的叛军，倒可不必，鹧鸪谷隘口官道狭窄，我安插上五百人，他们便难以出关，娴公主大可安心启程。"

赤研星驰拂了拂衣袖，道，"现在出城的兵士是赤铁中军主力龟甲营一部，少说也有六七千人，后续赤铁中军四营调动的规模总还在万人以上，这还没有算已经集结在箭炉的扶木原营兵和青石、平武等其他主城的兵力。如果用这许多人去平定卫曜，未免也太小题大做了。"

李子烨当然不敢全信赤研星驰的承诺，如果南渚这数万人的大军真的是去平定卫曜，的确是小题大做，但如果是去伏击吴宁边三镇主力，倒还嫌不够了。而且看赤研星驰干裂的嘴唇和疲惫的神态，和卫曜这位自封的伯爵作战，想必远没有他描述得那样轻松。

"这样说来，南渚大军是要北上原乡，和我吴宁边的兵马会师，共同叩关花渡了？"

"不错，赤研大公认可百济公的计划，这些士兵就是要北上原乡，等待和吴宁边将士一起夺下澜青粮仓！因此李将军也应该及早禀明百济公，尽快履行对赤研大公的承诺了，"赤研星驰笑了笑，"一段好姻缘。"

"在下惭愧，来了几日，却还没有见到赤研大公，"李子烨叹了一口气，道，"子烨听闻澜青的特使卫成功侯爵也在灞桥，不知道澜青又给赤研大公开出了怎样的条件？"

"哦？"赤研星驰的眉头动了动。

李子烨的目光毫不放松。

"他们的条件很诱人。只要南渚保持中立，直到观平之战结束。吴宁边覆亡后，澜青将奉上商地、柴城和毛民。"

"真的？"这个条件和疾白文料想的差别不大，李子烨却没有想到赤研星驰承认得如此直接，也许是感到危险，一股敌意油然而生，他忍不住开口讥讽，"徐昊原真是好气魄啊！"

赤研星驰只是点点头，道："李将军，你大可放心，我们大公既然开了口，自然是一诺千金。两州定盟，就是相信吴宁边能给予我们更多。扬大公纵横八荒、人望如日中天，而澜青和贵州对攻已非一日，能不能胜且不好说。就算胜了，我们要那些统御不了的疆土来做什么呢？"

"想必你也知道，南渚重商，我们要美酒，要行商，要珍玩和少女，要美丽的娴公主，要吴宁边做南渚的盾牌！我们要享乐，不要鲜血！南渚一向这样。"赤研星驰的话说得也很赤裸。

赤研星驰说完，两个人心照不宣地哈哈笑了起来。

笑声停歇，李子烨话锋一转，道："话虽如此，我却担心重臣对赤研大公的压力，譬如威锐公，不知侯爵对此局面，又做何判断？"

赤研星驰嘴角轻轻上扬，道："李兄言重了，我们是战场上出来的人，压力，总是会有的，你说呢？"

"我知道威锐公在南渚朝野极有影响力，而且赤研大公知道，如果攻击花渡，等于和日光木莲正式翻脸。"这个赤研瑞谦的态度，一直是李子烨的心病，不得不追问清楚。

"那又怎样？这样的事情，两年前赤研大公就做过。那时候，李将军不是也在风旅河战场么？"

赤研星驰答得轻松，说到底，他的话里只有两个字：履约。

这硬碰硬的几个回合下来，赤研星驰毫不隐晦的表达，倒让李子烨稍稍放心。

"正是，将军当日风采，子烨极为钦慕。"

提起两年前澜青和吴宁边的那一战，李子烨对赤研星驰确实印象颇深。当年扬觉动意气风发，强渡风旅河，直捣平明城，不料被宣称中立的木莲断了后路。那次就是这个赤研星驰，率领八千南渚赤铁军借道商地，慢吞吞抵达平明丘陵，表示对吴宁边的支持。

纵然步子慢了点儿，来了总比不来强。

"当时万马嘶鸣的战场仿佛还在眼前啊，"赤研星驰感慨，"李兄那时候年轻，还是一名卫官，便能跟着豪麻将军冲锋陷阵，真是了不起。"

李子烨暗自心惊，时间已经过去了三年，想不到赤研星驰竟然连前锋营中一个小小百人队长都记得清清楚楚，这人虽出

缂青丝　95

身贵胄，但年纪轻轻就军中封侯，确实不容小觑。

"我们真没什么好怕的，"赤研星驰看着李子烨，"澜青的主力在风旅河、在箕尾山、在观平，在和吴宁边最精锐的士兵血肉相搏。相信以扬大公这些年的经营，又有百济公的主持，徐昊原没那么容易突破自观平到大安的防守。毫不夸张地说，从一个军人的角度，百济公这个突袭花渡的作战计划，是这次战役的神来之笔。我对扬大公一直是钦佩的，总以为只要扬大公在吴宁边一天，徐昊原就没有胆子主动进攻。现在我才知道，原来百济公也是上将之才，星驰只有钦服而已。"

"公子的话，我一定转给百济公，上次风旅河一战，侯爵主动请战，吴宁边上下都看得明明白白，"李子烨郑重道，"说实话，柴城伯和娴公主把这计划带到毛民时，我们都十分震惊，换作我，是要固守三镇的，绝不会冒这样大的风险。"

"哦？愿闻其详。"

李子烨耸了耸肩："无他，家父生性谨慎，子烨也一向惮于犯险罢了。"

这句话说完，两个人都笑了起来。

"杨大公一行还没有消息吗？"

"未有。"李子烨摇了摇头。

赤研星驰叹了口气，正色道："听你说起，娴公主已到了毛民，我又想起了豪麻将军。当日在风旅河战场，我虽然未能与他在战场上共同进退，对他却是极为钦佩的，今天定盟和亲的结果，说实在的，我也感到遗憾。不过百济公和娴公主一向以家国为重，这一次，星驰私心猜测，公主恐怕已经启程前往灞桥了。"

"侯爷何来此言？"

"三镇兵马没有北上观平，便只能西进澜青，这件事，是没有退路的。相信我，我也愿两州盟成。"

赤研星驰准确地估计了局势，按照事前约定，扬一依确实应该动身了，吴宁边没有可以拖延的时间，现在李子烨要做的，只能是想尽一切办法，保证盟约万无一失而已。

他看着赤研星驰，面前这个人的话掷地有声，看来看去，毫无破绽。他沉默了好一会儿，才道："从毛民来灞桥总比大安近得多，观平战场正在搏杀，吴宁边需要赤研大公的决断，也需要南渚能尽快履行盟约。"

他回避了扬一依上路的事实，根据盟约，扬一依早一日到达箭炉城，南渚便能早一日履约出兵。

"李兄以为这些士兵是去做什么？"

"履约。"

"正是，"赤研星驰道，"赤研大公明日上午便召见吴宁边使臣，我这次过来，就是传达大公的旨意，请扬使和李兄稍作准备，明日我们青华坊上再见。"

"如此，就有劳侯爷了。"

"哎，还是想见见老友啊！那我就不打扰了。"该说的话说完，赤研星驰准备离去。

李子烨忽道："侯爷，青华坊上，你虽没有为吴宁边说过话，但我知道你不是不想，是不能，南渚虽外有万夫不破的箭炉城，但听说内里，却并不坚牢啊！"

来灞桥之前，疾白文曾说赤研家族内部不睦，形单影孤的赤研星驰一直在寻求支持，不管是真是假，李子烨都决定冒险一试，果然，赤研星驰停下脚步，表情复杂地看着李子烨。

"在澜青战场，吴宁边期待和将军共同驰骋。"李子烨拱了拱手。

赤研星驰应该明白自己的意思，但是如今吴宁边如此弱势的情况下，他又有多大的可能，选择把后路留在弱者这一边呢？

赤研星驰没有说话，带着侍卫们走进了街旁的阴影中。

看赤研星驰远去，李子烨回身又走进了锋凌炼坊，说话的工夫，老涂依旧在炉前锻打他的兵刃，在火光的映衬下，他满是麻坑的脸显得颇为狰狞。

"他说赤研井田准备定盟，出兵花渡。涂师傅怎么看？"

涂大白没有停下手中的大锤，四周叮叮当当的声响掩盖了两个人的低语："我年纪大了，没什么看法，我只相信直觉。"

两人说着话，那铁锤下赤红的铁块仍在不停翻滚着，仿佛两个人在讨论面前这把尚未成型的兵刃。

"如果不是扬觉动失踪了，我这辈子就在这铁匠铺里和它们相处，也落得快活。"

"赤研星驰的意思，是盟约已成，而你对我说，是南渚做局于我不利，"李子烨皱起眉头，"你宁愿相信一个来历不明的孩子，也不相信南渚的冠军侯吗？"

"不错。"

"一个孩子，怎么可能洞悉赤研井田的想法？"

涂大白举起铁锤，一下下敲打在通红的铁条上。

"赤研井田的为人如何，你看看野非门上挂着的脑袋就知道了，他大哥赤研洪烈已经死了十几年，他执政南渚也已经超过十年，他有放过野熊兵和卫中霄吗？他只是在等一个清剿的机会罢了。"

"这么说，赤研井田出兵，是在引诱我们嫁女，而他真正的意图，却是要联合澜青，一举覆灭吴宁边？"

"是啊，谁能确保赤研井田会按照疾白文的意图配合浮明焰和李精诚？哪怕扬觉动在这里，也做不到。强者无信，所以你也不要管什么劳什子盟约，你唯一需要考虑的，就是如果扬觉动还在，他会怎么做。"

李子烨沉默不语，这些叮叮当当的敲打声，把涂大白的每句话都钉进了他的心里。

"你的大公，会不惜一切代价，把南渚和吴宁边捆绑在一辆战车上，谁也别想挣开谁！"

浮成田意味深长地看了他一眼，从皮兜的口袋里面摸出一枚铁钱，放在李子烨的手上。

它在皮围裙中放得久了，带着炉火的热量，沉甸甸的，李子烨把它在手里翻了几翻，看着铁钱边缘的细小缺口。许久，他用手摸了摸自己那断了的眉毛。

没错，这是青朝的旧钱，来自阳处，这个八荒西部的大州荒凉而辽阔，矿藏丰富。与青朝日渐衰微同步，府库的金银就像开闸的洪水，早早流到了各大诸侯的口袋里，最终，剩下的只有铁钱。

为了避免仿制，青朝最后的铁钱掺入了阳处特有的陨铁，但铁终究是铁，无法取代金银。它并没有延缓青的衰亡，只是让阳处因此成为了青的造币厂，富甲一方。不久以后，来自阳处的大将朝崇智屠灭了青朝的王室宗亲，让这个存在了八百二十一年的古老王朝在这块大陆上彻底消失。

她在南渚，李子烨默默把这句话念了几遍。她给他的眉毛上留下了这道伤痕，而他，在临上风旅河战场前，给她留下了这枚铁钱。

三

　　想不到她还带着它。

　　他们说梦公主每拒绝一位求爱者，都会把他们的礼物扔到大街上，她没有把李子烨的礼物扔到大街上，她差人把它们好好送了回来。但她留下了这枚铁钱，它上面有他练刀时不小心被斩出的一个豁口。

　　李子烨听见自己的心跳，咚咚的声响转化成战场的鼓声，敲打着回忆。

　　三年前，她十四岁，穿着水蓝的短衫，和其他贵族小姐不同，她将体现华贵身份的滚金袖口翻卷起来，穿着普通的软底布鞋，她忙着起早贪黑地练刀，她疯狂地找人比试，她喝酒，而且开男人们的玩笑。

　　吴宁边正准备和澜青开战，一向持重的父亲坚持带他北上。"你应该迎娶那个姑娘。"李精诚有一张面无表情的脸，李子烨不相信世上有任何人比他更严肃。

　　"扬家的姑娘不多，她已经十四岁了，人们说她刁蛮，但是你没得挑了。"李精诚的语气不容置疑。

　　作为吴宁边的封疆大吏，李精诚已知道扬觉动对扬一依的婚姻安排，扬归梦虽然没有继承扬觉动位子的希望，但他依然要为李家努力争取，只有通过联姻，他对家族的安全和地位才有信心。

"娶妻并不妨碍你和那个下等姑娘继续来往,既然我们已经和扬家有如此深的渊源,更要通过血缘把它固定下来。"父亲的话从来都很直接。

"可听说……"

"有人说她是野马,哪怕她是一头暴烈的狮子,你也要降服她!"

李子烨非常懊丧,他没有勇气为了爱人,挑战自己冷冰冰的父亲。

很可惜,在大安郊外的锦帐中,断了一根眉毛的少年求婚失败了,李精诚很失望。

"哎哟。"飞溅的铁水把薄薄的锦缎烫出了一个洞,落在他的皮肤上,高温带来了尖锐的灼痛,把他带回了眼前的这个世界。

"他刚才一直在说谎,赤研家的人从来都是满口鬼话。"涂大白并不抬头。

那枚铁钱在李子烨指间翻动。

"这真的是扬家小姑娘的物件吗?"

"没错,想不到她真落到了赤研井田的手里。"

涂大白道:"你们走吧,告诉扬家另外一个小姑娘,不要来,赤研井田只要按兵不动,便可坐收渔利,而你们孤军深入,却未必能拿下花渡,这太危险,实在犯不上。"

"他说赤研井田明日要在青华坊上定盟,我现在怎么能走呢?观平的战事等不得,不能尽快切断徐昊原的粮草,大安就危险了。再说,娴公主此刻恐怕已经出发了,"李子烨苦笑,

"如果他说的是真的,我这一走,岂不是我们在开他的玩笑?"

"你有没有想过,明天青华坊上,也许赤研井田会突然翻脸,说他不再需要扬一依,接着你和扬慎铭的两颗脑袋就会被砍下来,放在盘子里,摆在海兽旗下,在日光下慢慢腐烂。他们会让那些没经阵仗的兵士从你们的断头前经过,看他们吓得脸色发白,而你死灰色的眼睛将再也看不到他们的脸。"涂大白斜着眼看着李子烨。

"你很像你的父亲。你很沉稳,也足够勇敢,但还太年轻,我在你这个年纪,常常思虑不周,做出匪夷所思的事情,却无法承担意外的后果。"涂大白抽出赤红的铁坯,在眼前打量着。"想想看,他们要两个公主有什么用?"

"可是,在世人眼中,这两个公主中有一个是不存在的,无论什么时候,两个公主的用处都比一个公主多一倍,"李子烨两只手叉在一起,缓缓搅动,"最大的问题是,我们还不能证明扬归梦在这里,并以此为借口,阻止娴公主嫁过来。"

"回去吧,保你平安,我欠李精诚的。"涂大白挥挥手。

"不,"李子烨断然回绝,"我不能走,明天,我要前往青华坊,去见赤研井田。"

涂大白叹了一口气,停下了手中的大锤,道:"就算去死吗?"

"对。"李子烨面无表情。

我不能在这个时候离开她,他迈开了步子。

"想想你的大公会怎么做?他会不惜一切代价,把南渚和吴宁边捆绑在一辆战车上。"走出锋凌炼坊,涂大白的话依旧在耳畔回荡。李子烨握手成拳,深深地吸了一口气。每个人一生中都要面对选择，只不过有些选择会影响整个天下，而这样的机会并不多。

拿出你的勇气来！李子烨默默对自己说。

在明天面见赤研井田之前，他还有一件非常重要的事情要办。

这次和李子烨一同来到南渚的，一共有二十二人，其中，扬觉动的侄子扬慎铭是正使，他是副使，剩下二十名，也都是百里挑一的好手，李子烨默默回忆了一遍他们的脸庞，默诵他们每个人的名字，终于在心里点了点头。

扬慎铭是扬觉动大哥扬觉行的儿子，今年三十五岁。

当年，扬觉行在大安城当作质子，被吴大公白赫斩杀，只留下这一个儿子。扬觉行死的时候，扬慎铭只有四岁，父亲的死亡让他失去了继承吴宁边的机会。此后，扬叶雨就将他托给扬觉动照顾。

扬觉动对这个侄子还算温厚，一直将他留在大安城，但禁止他习武，更不让他统军，扬慎铭从小体弱多病，一直在扬觉动的敦促下读书。

吴宁边的各派势力都明白扬叶雨的用意和扬觉动的忌讳，都尽力避免和扬慎铭扯上关系。因此，今天的扬慎铭只不过是个高大柔弱的胖子，在吴宁边没有任何地位和影响可言，他也就索性随意浪荡。不过他至少还有个高贵的身份，因此可以被扬丰烈派来毛民，充当与南渚谈判的特使。

得想个办法搞定这个遇事缩三分的扬慎铭，不然一切行动都是僭越。无法代表吴宁边的态度，只能变成自己一个人的狂想。李子烨脚步缓慢地走在灞桥街头，慢慢梳理心中的千头万绪。

二十个人，都是父亲带出来的死士，他治军严格，这些老兵敢搏命、听号令，可以依靠。站在尘土飞扬的街面上，他把自己内心的计划又细细过了一遍，没有什么大的纰漏，心里稍稍安定了些。

"要兼味斋送些好酒和菜肴来，"他对跟在身边的都尉郭水懒道，"南渚大公邀请，明日我们登上青华坊，与南渚定盟，今晚，我要和扬侯好好醉上一场。"

"是吗？"郭水懒的表情几多失望。由于屈辱，除了扬慎铭，这些老兵是没有一个希望把娴公主送来南渚和亲的，无论什么样的因由也不行。

郭水懒点头答应，一拐一拐地去了，他的右腿曾受过重伤，现在走起路来有点跛。

街边几个百姓看着他一瘸一拐的背影，笑得开心。

如果在毛民，谁敢在郭水懒背后嘲笑他的瘸腿，他会毫不犹豫地把马粪塞进他们的嘴里。即便这样，这"郭瘸子"的绰号还是叫开了，绰号就是这么让人无可奈何的事。

这是一个性子沉实、作战勇猛的人。

李子烨舔了舔嘴唇，父亲派来总览护卫他和扬慎铭的，是校尉黄冕，为人细密，举止得体，是毛民军中一个非常干练的人物。

要怎么和他开口呢？

"黄叔，明天赤研井田要在青华坊和我们定盟，但是我还是有点不放心。"

"嗯？那副使就不要去，来灞桥之后，赤研井田就没露过面，"他顿了顿，"眼下这种情况，我也担心有变故发生。"

"观平战场吃紧，娴公主可能已经上路，就算再冒险，也要定下盟约。赤研井田不见我们，是因为卫成功也在灞桥，虽然南渚已经开往原乡，但大概在战场上究竟向谁挥刀，他的心中还是悬而未决吧。"赤研星驰和扬归梦带来的消息，也没有必要向黄冕隐瞒。

"卫成功？永定城的城主？他怎么会到这里，永定到灞桥还隔着整整一个浮玉啊！"

"所以这一定不是临时起意，徐昊原一定也早就下了决战之心，卫成功是澜青来南渚谈判的特使。他带来的条件是，如果南渚在这一次两州交战中保持中立，战后我们的南方三镇就全部割给南渚。"

"割让三镇？"黄冕轻蔑地笑了，"他们有什么自信一定能赢？"

"是啊，永定离花渡的距离与南渚的原乡相仿佛，这个时候卫成功已到灞桥，算来还没有时间把我们进击花渡的消息带回。否则这个时候，他应该厉兵秣马，在花渡等我们了。"

"那么如果他现在得了消息赶回去，是不是永定城的五万余兵力，还有机会在我们之前赶到花渡，以逸待劳？"黄冕脸色不对。

"娴公主嫁入赤研家的消息已经传遍八荒，公然背盟，不大可能，但背后就不好说了。这次卫成功亲来灞桥，就实力和资格上来说，那是比空头侯爵扬慎铭强得多。我猜徐昊原让卫成功来的本意，是不要发生上次赤研星驰领兵北上风旅河的意外。至于卫成功是否能够带着我们进攻花渡的消息回到澜青，

绾青丝 105

这就要看赤研家到底是要把哪一方放在砧板上了。"

"说实在的,我信不过南渚这群王八蛋,如果赤研家已经卖了我们,我们跟死人也没什么两样了,"黄冕左右快走几步,看着李子烨,"这次定盟之后,消息传回毛民要三天,再回到柴城又要一天,再进击拿下商地,这时间就足够卫成功返回永定、厉兵秣马准备伏击了,再不济,他也会和我们一起陈兵花渡。子烨,要不我们连夜撤吧,今天就快马驰回。趁赤研家还没有防备。千万把娴公主拦住,大不了固守三镇罢了。"

李子烨摇摇头:"来不及了,等我们回去,我父亲和浮明焰早就拿下商地,逼近花渡了。在我们出发同时,他们已经发兵进击了,没有些霹雳手段,怎么掌握主动权?谈何胜利?"

黄冕瞪大了眼睛:"盟约未定就发兵,南渚和澜青串通一气怎么办?"

"没办法!商地屠弱,民心向着我们,顶不住我们的突袭。按时间算,就算卫成功得到消息,连夜传回,他也来不及阻止我们了。为了保证进击不受南渚掣肘,娴公主也已经在前往箭炉的路上了。"

"这么冒险,不是李将军的风格啊!"

"黄叔,你别管什么风格不风格了,我们现在要做的,不是逃跑,而是要不惜一切代价,确保南渚在花渡战场会站在我们一方!"

"可是赤研井田精明狡诈,我们又已经交出了娴公主,我们如何来约束他不背盟约?"

"我们还有一个最后的机会,改变时势!"

"时势?两州交兵,只差南渚表态落子,如何改变?"

李子烨捏住了刀柄："我们已然没有退路，那就让南渚面对澜青也没有退路！为了这个目的，我们必须做一件掉脑袋的事，你觉得大伙儿会愿意吗？"

黄冕哑然失笑，道："怕死的话，谁会来这里？你既然心中有了决断，吩咐便是，这些兵士都是我亲自挑选，有一个有半分犹豫，我立即自到以谢毛民伯！"

"好，我已经请郭水懒去兼味斋备上酒菜，晚上要请兄弟们好好喝上一顿，跟他们说，晚上我有话要对他们讲。"李子烨本就紧张，看黄冕态度坚决，心内的鼓点雷得更响，浑身的血都沸腾了起来。

"行！看你葫芦里卖什么药。"黄冕赞赏地看着这个子侄辈的年轻人。

"黄叔，还要麻烦你先布置好，摸一下守备客栈的赤铁情况，就回来，先来找我，我们先和扬侯喝一场，搞不定他，事情也办不成。"

"好！"黄冕迈开大步，消失在人群中。

这些战士在浩大的灞桥城中游荡，就像落入海里的几颗沙子，战争早就让他们明白，这世间没有什么侥幸可言，就算有了牺牲生命的勇气，他们还需要牺牲的价值。

我就是那个给他们价值的人！

李子烨静静站着，看着黄冕的背影消失在喧闹的街角。

四

"在这里等着。"驿馆外，南渚礼宾典史占祥的声音似有似无地飘了进来。

　　李子烨拿起他的百炼刀,他已经在日光下把它打磨了好一会儿,占祥一走进院子,就被刀身上耀眼的反光晃花了眼睛。

　　来到灞桥好几天,占祥急匆匆地约见,这还是第一次。

　　想必是知道赤研星驰来过了,李子烨冷笑,赤研井田并不相信这个贪利的臣子,两州朝堂定盟这么大的事,主理其事的占祥此刻才知道。

　　他有意撩拨,占祥七拐八绕地来到他身前,这一路,百炼刀反射的阳光都映在占祥脸上。

　　"李副使,你这是开什么玩笑。"占祥黑着脸。

　　"占先生莫怪,我实在等得不耐烦了,如果盟约再不签订,我就回去了。"

　　定盟一事,李子烨一直被占祥用各式各样的理由搪塞,心头窝火已久,这个人在两州谈判期间捞取了吴宁边大把好处,李子烨本就十分瞧他不起。此刻他决心已定,对占祥更是不用客气。

　　"你不要急,这一次是千真万确的好消息!我这次来,就是邀请两位使臣明日登上青华坊,面见大公,定盟履约!"

　　"啊,真的?"李子烨有意高声,道,"太好了!苦等了这些时日,赤研大公仍不露面,我还以为生了变故。"

　　"有变故、有变故,你不知道,为是否进击澜青,青华坊上已经吵成一团了,"占祥捻了捻他细长的胡须,"尤其是威锐公,他带着亲近朝臣,坚决反对和你们定盟啊!"

　　"子烨多一句嘴,这就是二大公的不是了,不结盟,他哪来的好儿媳?我也不怕和你说实话,大公生死不明,娴公主就是我们吴宁边的储君,现在下嫁给他的儿子,他还不满意?!"

"哎,哪里有什么二大公,威锐公、威锐公!南渚诸事繁杂,话也不好这么说,威锐公的意思,你们这么急着把储君往外推,想必内部有了新的变动也未可知。为了一个联姻虚名和澜青开战,谁又知道这美好的姻缘,不会转手变成烫手的山芋?"

"这么说,威锐公倒不是很期待娴公主咯?"李子烨当然明白赤研瑞谦的这番道理,有了扬归梦,扬一依的重要性自然大大降低。

"哎,不都说了吗?不管威锐公什么态度,大公已经决定定盟。想必你也留意到这两天穿城而过的军队了,先往箭炉集结,紧跟着就会奔赴原乡!这可都是帮助你们夺取花渡的勇士!你和扬侯大可放心,这一次,大公极是认真,除了灞桥赤铁四营,平武、青石、桃枝、箭炉等都派了兵,南渚四大主城和重要军镇的兵力,都在此次调动之列,我们合两州之力,何愁不能一举夺下花渡!"

"哎呀,"李子烨一跺脚,"占大人,如果赤研大公有这样的心思,为何不早点告诉我们?害我们在这里干着急!你不知道,我和家父有约,军情紧急,如果灞桥盟约迟迟不定,吴宁边南方三镇的兵力便会停止西进,转而北上投入观平战场,以解大安燃眉之急了!娴公主嘛,自然也就不会来了!"

此话一出,占祥脸上变了颜色。

"盟约乃两州大公亲定,百济公为何如此急迫!这如何使得?!"

李子烨抿起了嘴唇,此刻的占祥显得格外可笑,他极力促成盟约，自是拿人手短，上次朱鲸醉宴席上，他已得罪了赤研瑞谦，如果此次定盟功亏一篑，便又得罪了疾白文，这可不是寻常百姓间的买卖来往，危险得紧。

"这、这如何是好，我这就去驿站要马，哎，不妥，这灞桥到毛民，昼夜兼程也要三昼夜。副使，如若今晚出发，不知道李精诚将军能否及时收到消息呀？"占祥一下子急了。

"先生莫急，虽然盟约未定，但子烨对定盟确有信心！承蒙大人允用公驿，我早些时候已经会同扬使，向毛民派出信使了。"

"副使在书信中，是如何说的？"

"定盟发兵！"李子烨嘿嘿笑着，"这样，岂不是正和贵方想到了一处？吴宁边三镇收书之后，便会立即出兵掩袭商地，占大人，事到如今，我这盟是非定不可了！"

"这样好、这样好，要定的。"占祥额上已然出了汗。

李子烨看他情绪稍稳，忽地又道："占先生，子烨仍有一事未明。"

"副使请直言！"

"呃，不知道明天青华坊朝会，卫成功大人是否参加呀？"

这句话来得太突然，占祥一抹笑容僵在了脸上，一时说不出话来。

"先生是知道的，我观平城下正在激战，每时每刻都在死人，定盟一事，我和扬侯书信一出，便再无回旋余地！现在，也许娴公主已经踏上了平明古道，如果定盟这个差事出了差池，我和扬侯也不打算活着回到吴宁边了。"

李子烨慢条斯理地说："子烨本是军中匹夫，这一次进灞桥,往高了说,在下是盟使,往低了说,在下是死士!不管卫成功是不是已经来到了灞桥,这盟在子烨这里,是一定要成的!"

"副使这是何意?盟已经成了!"占祥听出了李子烨话中的不祥意味,声音严厉。

"先生莫急,只要一时不面见赤研大公,拿到盟书,在下就免不了担心。"李子烨皱起眉头,那半条眉毛也努力地向眉心聚过来。"另外,今晚,我便想拜会一下卫成功大人,不知大人可否引荐啊?"

占祥猛地睁大了眼睛。

在他张嘴喊出什么之前,李子烨那把磨的很亮的刀准确地伸到了他的嘴里。

"占大人,你不需要说话,同意的话,只要眨个眼就好。"李子烨的嘴角泛起一丝诡异的微笑。

占祥死鱼一样的眼睛眯了起来,紧紧瞪着李子烨。

"手好酸。"李子烨把刀轻轻一抖,一片阳光落在了占祥的脸上。

占祥终于挺不住,眨了眨眼睛。

五月已近末端,晚风带着灼热的气息。

"惭愧,惭愧!胖子就是没有办法啊!"扬慎铭的自嘲引起了一阵笑声。他穿着薄薄的绸衣,手里的扇子不断扇动,汗珠还是从他的脸上缓缓滚落,溅在桌面。

天色已暗,李子烨起身,一一点亮了屋内的壁烛,鲸脂制成的蜡烛发出柔和的黄光,这粗大的蜡烛不易为风吹熄,为了

绾青丝 111

呼应接下来要进行的话题,他需要一些闪烁的光亮。

藤竹绞合、檀木榫接,南海会馆的方桌平滑如镜,此刻,上面摆满了南渚第一楼兼味斋的菜肴,一坛昂贵的朱鲸醉已经见底,这都是今日下午,郭瘸子和黄冕依照李子烨的安排,一一亲自去采购的。

扬慎铭好酒是出了名的,兼味斋的菜肴更是天下无双,他此刻吃得很是痛快。

这一桌还坐着黄冕和占祥,从黄昏时分开始,四个人已经在这里对饮了一个时辰。扬慎铭是吴宁边正使,到灞桥以来,日间公务繁杂,每日忧心忡忡,一直没有机会好好喝上一次,已经对李子烨抱怨了好几天,如今听闻盟约已成,心情大快,对李子烨安排的这一餐,已经连说了好几个满意。

按照李子烨的说法,盟成乃是大事,这一餐是特意备下,务要延请辛苦奔波的礼宾典使占祥,以作酬谢,大家必得开开心心,一醉方休。

"定了好,定了好,"扬慎铭在开餐前就着意强调,如果又要谈什么盟约条件,这一餐他宁愿不吃。他对自己的身份多少还有自知之明,他只是一块漂亮的幌子,每日里要求一块幌子去疾言厉色、锱铢必较地厘定盟约,不是太不合适了么?

南渚对盟约并无异议,他没有半点惊诧,宴席张好,吃喝起来,他却是风卷残云。占祥确认了明日青华坊定盟的消息,卸了好大担子,吃喝得也就格外痛快。

酒过三巡,李子烨笑道,"扬侯,明日就举行定盟之仪了,今天是个好日子,只是占先生劳心劳力,话不多,你不妨多说两句。"

"就是就是。"黄冕也在一旁帮腔,占祥脸上阴晴不定,只是看着李子烨。

扬慎铭已有几分醉意,倒没多想,放下了夹菜的筷子,道:"对对对,子烨你说得对啊!怪只怪这兼味斋的菜肴也太好吃了些!我举起筷子,就停不住!"

众人笑了一过。

扬慎铭正色道:"话说回来,这次还是多亏占先生在其中极力周旋,说实话,来到灞桥左右见不到大公,我这心里真的是七上八下啊!好在如今顺利定盟结约!"

他倒向占祥一边,握住占祥一只手,道:"占大人啊!娴公主的幸福,百济公的嘱托,赤研大公的厚望,都压在我身上。还有,还有!还有这十万大军的生死啊!实话说,真是压得我喘不过气来!还好!还好有了先生!今天扬某心头这一块大石,可算落地了!这几天,我食不知味的日子,也总算结束了!"

"想必扬侯现在是饮之也甘、食之愈鲜了吧!"

"哈哈哈,你说得没错!"扬慎铭冲黄冕点了点头,一挽袖子,就举起酒杯来。

"说句醉话,占大人实是扬某的救命恩人!扬某今日能够完成使命、吴宁边沙场苦战的将士能够得到强援,就凭这两条,今天我一定要敬占先生了。来来来!且与先生干了这一杯!"扬慎铭腹诽这倒霉差事已久,如今终于可以完全释放,赤红了脸,竟越说越激动。

"不敢不敢,侯爷连日殚精竭虑,更是辛苦了!"占祥也慢慢站起,举起了杯子。

"是不是有什么心事?"扬慎铭见占祥苦着脸,又把杯子放

绾青丝 113

下了，道，"占、占先生，你辛苦，我知道，我扬慎铭不会亏待你，你不知道，我心里更苦啊！"

他喝了不少酒，猛地一回身，已是有些摇晃，吼道："两州联姻定盟，多好的事情，但大公竟然失踪了，啊，木莲建国七十余年，有哪个州大公突然失踪的？百不遇一啊！百济公回手便把我推了出来，让我依约定盟，我一个无权无职的世族公子？我能左右得了谁？啊？这不是把我往火山口上推吗？！"

"扬侯，扬侯？百济公委托侯爷出使邻邦，这是宗族的信任，何来什么火山口！扬侯你醉了，我们且慢慢坐下说。"扬慎铭已开始口无遮拦，李子烨便扶他坐下。

"我没醉！咱们酒、酒越喝越好，再不提劳什子盟约！占大人，占大人？"

扬慎铭嘟嘟囔囔说了半天，挣开李子烨，又一次举杯，却不见占祥有反应，终于停了下来，不解道："怎么了？"

五

李子烨冷冷看着扬慎铭说胡话，这一次定盟，凡涉及与占祥的金钱交易，便是扬慎铭出面，他到底是出身贵胄，只要事情能办成，对于金子毫不吝惜。他深知差事凶险，手笔大得不像话，如果可以，他差一点就要允诺把半个吴宁边都送给占祥了。

好在占祥也不敢要。

就是因为熟络，平时的占祥，对着扬慎铭，断然不会这样冷漠。

占祥一点反应也没有，扬慎铭终于觉得哪里不对劲，他缓缓站起，看看李子烨，又看看黄冕，道："怎么？难道这盟约还有什么变数不成？"

黄冕手落在佩刀上，轻咳了一声。

占祥手扶额头，表情复杂地看着扬慎铭。

时候到了。

一反刚才的轻松，李子烨将酒杯往桌上一放，叹气道："唉，有个消息，如今也不瞒侯爷了，赤研大公对我们避而不见，是因为澜青的永定侯卫成功也在灞桥做说客，前几日赤研大公坊中的贵客，便是此人！"

他把手在桌上重重一拍。

"什么？澜青使者也在灞桥？"扬慎铭非常吃惊，酒立即醒了一半，瞪圆了眼睛缓缓道，"那，便是赤研大公终于权衡利弊，终于还是要和我们定盟了？"

李子烨又叹了一口气，道："侯爷，这定盟，原是场面上的话，赤研大公实在是另有所图！若不是占大人和我们有过命的交情，恐怕我们现在还被蒙在鼓里！"

"此话怎讲？另有所图为何还要定盟啊！"扬慎铭变了音调。

"就像侯爷所说，大公失踪，木莲成立以来前所未有！澜青大兵压境，吴宁边危如累卵！这种情况下，谁又会把宝押在我们身上呢？！"

"那，赤研大公的意思是？"扬慎铭转头望向占祥。

黄冕抢话："定盟澜青！明天，便是要找个借口，把我们诱去围捕了！我们军中粗人，死不足惜，只可惜了扬侯，他们要砍您的脑袋去祭旗啊！"

绾青丝　115

扬慎铭大惊,道:"这,如此局面!你们也吃得下去!眼下如何是好!"

李子烨满脸悲愤,沉声道:"事已至此,无计可施啊!"

他话音未落,扬慎铭已经轰地站了起来,他肚子太大,一桌汤汤水水都被他顶翻,叮当乱响。"怎么会这样!两军交战不斩来使,这赤研井田到底还有没有信义!"

"唉,多说无益,扬大公生死不明,赤研大公对我们的冒险计划也就毫无信心!"

"撤销!撤销这个计划!我开始就觉得疾白文不靠谱,哪有打劫人家家里,还要邻居帮忙的道理!真是混账,我们、我们去找赤研井田说明这个情况!"

"侯爷,没用的,就算我们不去攻击花渡,赤研大公也下了决心要杀掉我们!"

"不错,澜青许诺,大军攻下柴城、毛民之后,南方三镇将全部永久划给南渚,澜青永定城的精兵早已汇聚商地,张开口袋、以逸待劳,只等我们踩进去!而赤研大公需要做的,仅仅是中立!"

"是啊、是啊,如此好的条件,赤研大公不考虑,简直就是没有天理!"扬慎铭口中喃喃,"不过,他们竟敢如此,竟敢如此?澜青也有这样大胆的计划,要突袭毛民?"他的眼中闪过一丝怀疑。

"占典使,是也不是?"李子烨压低声音,语气凌厉,转头看着占祥。

二人一唱一和之际,黄冕的刀子早抵上了占祥的后腰,占祥面色铁青,无奈点了点头。

"那我们如何是好?"扬慎铭看占祥肯定了李子烨的消息,再无疑心,混杂着恐惧和愤怒,这一句喊得格外大声。

"扬侯,不如我们趁夜色逃出灞桥,返回吴宁边,是战是和,等我们逃出生天再行商议!"李子烨忽地站起,皱着眉头。

"好好好,这个建议太好了,我们现在就走,快点儿备马!"扬慎铭已然手忙脚乱。

"使不得!"黄冕赶紧拉住了李子烨的胳膊,道:"副使不要乱了方寸,既然赤研大公已经下决心要杀侯爷,又如何能让侯爷轻松出城!"

"啊!"扬慎铭如受重击,颓然坐下,道,"你们倒是说说,这可怎么办好!"他这一起一坐之间,心情大起大落,此刻浑身热汗换了冷汗,拿着酒杯的手抖个不停。

李子烨看话到火候,缓缓道:"侯爷,事到如今,我看也没有别的办法,好歹我们二十几个兄弟还在,占大人也舍生忘死站在我们一边,我们只有拼死一搏!或许还有希望!"

"搏?!怎么个搏法?"扬慎铭缓缓抬头,脸色发白,说话有气无力。

"不错,我们只这几个人,只怕想动赤研大公一根汗毛都困难,但是卫成功是澜青来使,我们动他就容易得多了!"黄冕接口。

"动卫成功做什么?"扬慎铭没有反应过来。

"大人,卫成功是澜青重臣,位高权重,这次代表徐昊原来到南渚谈判,试想,要是澜青使臣,暴死在南渚,那性情暴躁的徐昊原会怎么想?"李子烨缓缓举起酒杯。

扬慎铭瞪大了眼睛。

"你们是要？"

"杀使！"李子烨恶狠狠地看着他。

扬慎铭的瞳仁在迅速收缩。

"是了！他妈的，要杀老子，老子先杀了你，你们还和南渚结个屁盟！"扬慎铭团团转了几圈，一拳砸在面前的菜碟上。

"不过，就算我们杀了卫成功，赤研井田会不会恼羞成怒再杀了我们？"他喘着粗气。

"卫成功一死，赤研井田再无法向徐昊原解释！他是大公，必首先衡量整个南渚的得失，试问，如果死了卫成功，又杀了侯爷，那么他南渚同时得罪了吴宁边和澜青，是不是一个最坏的选择？"

扬慎铭左思右想，深深吸了一口气，酒糟鼻愈发红了起来，恨恨道："不错！他妈的，杀了卫成功！我们才有活路！"

"子烨死罪，竟然在这样的当口提出了如此建议，陷大人于不义！"李子烨离开桌子拜了下去。

占祥在一旁抖了半天，终于张口："侯爷，赤研大公明日定盟的，确实是吴宁边，和卫成功无干。"

黄冕郑重拍拍他的肩膀，道："明白，占大人今夜从来没有提过卫成功这个名字，大人义举，吴宁边一定不会忘记。"

占祥扬手甩开黄冕，向前冲到扬慎铭身前，揪住他的衣襟，道："扬侯！扬侯！你听我说！"

扬慎铭抓住占祥的手，用力掰开，恨恨道："这不怪你们，我还要谢谢你们，他赤研井田先对我不仁，就别怪我扬慎铭对他不义！我好歹也是东川扬氏的后人！谁想要我的脑袋，我就先要了他的脑袋！"他两手握住桌沿，猛一用力，轰地将整张桌子掀倒在地，歇斯底里地吼道，"我要给他们好看！"

他的吼声淹没了占祥的声音："杀！杀掉卫成功！今天晚上就做！兵士们都在哪里？！"扬慎铭喝了太多的酒，脚步踉跄。

李子烨站了起来，沉声道："死士们就在侯爷的身边，一刻都不曾离开，大伙都愿意为侯爷誓死效命！而占大人已经答应了我们，他将亲自带我们前往卫成功暂住的府邸，他是礼宾典使，夜访卫成功也无不妥，今天晚上，我们索性杀他一个措手不及！"

扬慎铭的眼窝里面蓄满了眼泪，转过身来，一把抓住占祥的手，用力捏住，道："没见过占先生这样仗义的英雄！若今日不死，吴宁边永远记得先生的大恩大德！"

"事不宜迟！占先生，我们走吧？"黄冕做出了一个请的姿势。

"我们都会死的，我们都会死的。"占祥喃喃自语，带着僵硬的笑容，端起桌上的酒杯，咕咚灌了进去。

夜色更深，演这场闹剧，用了太长的时间。

李子烨终于穿过耳房，伸手推开通往院子的大门。

吱呀声过，清凉的夜风灌进了院子，火把摇曳，吴宁边的兵士们早已齐齐站在庭院之中，四周弥漫着浓重的酒气。

郭瘸子就站在这一群人的最前方："回公子，兄弟们都喝得很好，我们都知道公子今天有话要讲。"他腿是瘸的，但嗓子格外洪亮，他没有表情的脸在火焰的光亮中闪烁。

"不惜一切代价，把南渚和吴宁边捆绑在一辆战车上！"涂大白的话又在李子烨的耳畔回荡。他把这段话默默重复了一遍又一遍。

绾青丝　119

李子烨面前，熊熊燃烧的火把映着一张张表情各异的面孔，他的手用力捏着刀鞘，死死捏着。这些士兵大都很年轻，不知道有几个人能活到明天。

　　"兄弟们！我们为了胜利来到这里！此刻，我们饮下一碗酒，观平城下，我们的兄弟，就洒下一腔血！你们早就知道，灞桥这繁华的街市，不过是另一个埋葬我们的尸骨场！"众人沉默，只有火焰燃烧的哔哔啵啵的声响。

　　"你们都百战生还，今日才站在我的眼前，你们都上过战场，才知道今夜我们为谁拔刀！"他的声音渐渐凌厉起来，"北方，风旅河畔，澜青又一次突袭了我们，趁着大公未返，这一次，他们要直取大安！而我们，有了南渚的盟约，才不会被两面夹击，有了南渚的盟约，家人才能在乱世求生，有了南渚的盟约，才有活着回到吴宁边的希望！"

　　"我希望大家明白！为了这次定盟，大公已经身陷南渚，生死不明！为了这次定盟，我们的娴公主将嫁给一个蠢似猪狗的纨绔子弟！为了这次定盟，此刻，你们的兄弟正在离火原上浴血死战！"

　　夜风渐起，烈酒在他的血管内火热地奔流，他的嗓子渐渐嘶哑。

　　"可是，今天，此刻！我们的敌人又一次站在了我们面前，二十年来，他们劫掠不断，在商地运走我们的金银；二十年来，他们嗜血好杀，在风旅河畔杀掉我们的兄弟；二十年来，他们无耻贪婪，在南津镇强暴我们的妻女！今天，澜青的永定侯爵卫成功就在这里！就在青华坊，就在赤研井田的大堂之上！"

　　他迈开步子，走过人群，胸膛撞着胸膛。

"我们来到这里后，赤研井田就从没有露过面，而卫成功刚刚来到，就成了青华坊的座上宾！今夜，我们还有美酒，而明天呢？明天，我们就会像羔羊一般，被杀个干干净净！我问问你们，应该怎么办！"

这一句说完，他接过黄冕递过来的酒碗，一昂头，一大碗鸿蒙酒咕嘟咕嘟灌进口中，像一道烈火划开了他的胸膛，他砰地将酒碗往地下一掷，再次吼道："我们该怎么办！"

众人本来就喝了不少酒，此刻，又听了李子烨声嘶力竭、撕心裂肺的话，个个心中都是热血沸腾。

黄冕率先抄起一碗酒，也是咕咚咕咚灌下肚去，啪地摔碎了酒碗，吼道："是生是死，听凭将军吩咐！"

"听凭将军吩咐！"众人纷纷抄起酒碗一饮而尽，碗碎的声音响成一片。

六

"好！今晚，我们就去杀掉澜青使臣！不错，我们不知道他们的底细，但是他们也不知道我们的底细！杀掉卫成功，南渚只能和我们站在一边。杀掉卫成功，哪怕我们全部都死在今晚，我们也算为大公，为我们的兄弟家人，尽了全力！"

李子烨弓着身从他们面前走过，眯起眼睛，士兵们的瞳仁里燃着火把，这些凶暴的虎贲之士，血液中的狂野一旦被点燃，就熊熊燃烧，一发不可收拾。

这还不够，还不够，他慢慢走到人群面前，挺直身子。吴宁边大战之前，每个都尉都会向自己的兵士喊出的话，在他口

绾青丝 121

中吼了出来:"血换血、火燃火!今天,你们是要做引颈就戮的羔羊,还是要做离火原上的猛虎!"

"虎!虎!虎!"深夜的灞桥,街道上一片漆黑,兵士们的声音在夜空中远远传了出去。

这时,郭瘸子悄悄凑在李子烨的耳边,道:"将军,扬侯有些酒醒,只在屋内,不肯出来,你看……"

"不用管他,"李子烨伸手从口袋中掏出了扬慎铭的令符,高举过头,喝道,"诸位,如今,箭已在弦,整个灞桥都听到了你们的怒吼,但现在,还没有人知道我们要去哪里。所以一会儿潜行,请大家务必不露痕迹。"

"所有人分成三队,一会儿到了目标的宅邸前,我带领五名弟兄由正门强攻,郭水懒带领六名弟兄堵住后门,并大声鼓噪,"他展开双臂,像一只瘦长的海鹰,划水一般左右一分,在人群中圈出了两拨死士,还有六名兵士在场中等待命令,他走上前去,沉声道,"你们跟着黄校尉埋伏在前门,不要入内,只要有出来的,见一个杀一个,见两个杀一双,不要放跑了一个人!"

除了火把燃烧的哔啵声响,四围静得可怕,李子烨分配任务已毕,在进行最后的叮嘱:"没有得到我的命令,不许擅自行动,不要有不必要的声响!明白了没有!"

"明白!"

众人纷纷起身,披甲挂刀,打开大门,门外石阶上,四名负责联络执勤的南渚赤铁军早被郭瘸子带人捆了个结实。

"辛苦了,占大人。"李子烨侧过身子,对身后的占祥做了一个请的姿势,把他丢到了队伍的最前方,黄冕则翻出随身的匕首,轻轻捅了占祥一下。

"疯了，都疯了。"占祥脸上满是汗水，被裹挟着向青水之畔的驿馆奔去。

夜深，灞桥本来已经陷入了沉沉的睡梦之中，偶有巡更人提着灯笼在街道间游走，吴宁边武士的呼喊，动摇了整个灞桥，街旁店铺内的灯火，一盏盏星星点点地亮了起来。

这二十人都是训练有素的武士，像飘忽的影子，低伏着，快速地在街道上闪过，一个偌大的庭院，只留下一名士兵，守着瘫在房间内的扬慎铭。

咑咑的脚步声在宁静的夜里轻响，青水打着幽暗的旋涡，带着星光、灯火和细碎的呜咽穿城而过，远处隐隐传来大海的咆哮声。

李子烨在水边飞速奔跑，嘴里泛起一股血腥味道，但心中却出奇地宁静。夜风劲急，很快，一场杀戮就将发生，而他心里却出现了扬归梦骄傲的模样。不知那个小姑娘现在怎么样了，她生性跳脱张扬，如果她在这里，会格外兴奋，还是如现在的自己一样，带着满腔决绝、三分战栗和一丝彷徨？他的脑海涌上了好些莫名其妙的怪念头，好似今日的冒险一死，也是为了她一般。虽然她让他设法阻止扬一依自投罗网，而他正在试图让这张网收得更紧一些。

如果她还有机会砍自己一刀，大概不会砍断一条眉毛，而是破开整个头颅吧。

李子烨没来由地微笑了起来。

青水旁的画舫街几乎没有灯光，这里远离商市街，在这样的距离，卫成功兴许听不到刚才的呼喊吧？

黑黝黝的大宅，几盏幽暗的灯火。

绾青丝　　123

郭瘸子已经解决掉了黑暗中的守卫，带着铜盆铁尺，掩到了后门，黄冕和士兵们手持刀剑，也在正门两旁埋伏已定。

李子烨深深呼了一口气，推占祥上前。

当当当，寂静的黑夜里，敲门声格外清晰。

朱红的大门里面没有反应，门内细细地金属摩擦声传到了李子烨耳中，他们拔刀了，只是由于不清楚外面的状况，因此还没有示警。

占祥清了清嗓子，再次上前敲门，低声道："烦请通报，南渚礼宾典使占祥有要事，求见卫侯。"

过了片刻，吱呀一声，大门开了极细的一条缝隙，在门缝中现出了一只眼睛，这只眼睛盯住占祥的脸，上下扫了一刻，狐疑道："占大人？这么晚了，侯爵已经休息了。"

占祥正色道："事起仓促，吴宁边的武士夜半起事，大公担忧侯爵的安危，派我前来问候。"

听到吴宁边三个字，大门慢慢张开，探出一只眼睛来，然而还未开到一拳大小，不知道占祥露了什么破绽，这眼中的瞳孔猛地一缩，忽地拼尽全力想关上大门。

可惜已经晚了，李子烨的匕首顺着门缝插进了这人的嘴里。对方倒下前，只发出了一声模糊不清却极尽凄厉的惨叫。

力士周山飞起一脚，将大门踹开，儿臂粗的门闩被他一脚踢断，连着门后的两个侍卫也被震飞一旁。

李子烨一把将占祥扯在一旁，飞身从门缝中挤了进去，那口中插着匕首的侍卫兀自在惨叫，整个院落开始苏醒，李子烨走上前去，踏住他的胸膛，拔出匕首，割开了他的喉咙。

恰在此时，后门方向金鼓齐鸣，想是听到了前门的惨叫，郭瘸子已经开始制造噪音和声势，在李子烨身后，黄冕已经将缠了棉纱浸了鲸油的火箭，连珠般地射入了这大宅之中。

画舫街这驿馆老旧，昂贵的松木很快被引燃，风助火势，整座宅院开始熊熊燃烧，宅中的兵士、侍从和仆役一片慌乱，开始冲出来查看情况的，大多没有防备，被李子烨等砍翻在地，等了片刻，从内室再杀出来的武士，就难缠得多，不但刀法精湛，个性也更凶悍顽强。

按照事先的约定，李子烨等一边砍杀，一边大声呼喝："我们奉赤研大公之命，前来剿杀澜青恶徒。"

"我们是灞桥赤铁啊！"

想要对话的士兵，一句话未完，就被砍倒，鲜血喷溅到了脸上，李子烨们已经杀红了眼。每奔出五六人，他们必故意放过三四人向出口奔去，集中力量斩杀余下的兵士，前有火焰，后有刀兵，有了逃生之路，对方无心恋战，战斗力顿时大减。

毫无例外，那些奔向出口的人们同样奔向了死神的怀抱。

李子烨一行借着火势，趁乱已经斩杀了十余人，忽然听得后门鼓声断断续续，越来越稀疏，不由得一惊，心中大叫不好，定是宅内的人知道形势大大不利，孤注一掷，拼尽全力去攻那鼓噪声最大的一环。

顾不上浑身的伤痕和疼痛，李子烨心焦若狂，大骂着奔着火焰直穿了过去，个人生死早已顾不得了，如果今晚卫成功不死，他就是吴宁边的千古罪人！

后门是下风口，这卫成功也非等闲之辈，竟然冒着被烧死的危险，向此处突围！是了，他一则料定下风口处防卫薄弱，二来，火焰是不认人的，同样会烧死阻挡他的人！

缔青丝　125

他被烟雾熏得双泪长流，不顾一切，闷头狂奔，拼命阻挡的敌人兜头砍来，刀光沿着肩膀滑过，斜里刺出的长枪挑穿了铠甲，垮塌的房梁近在咫尺，身后的兄弟惨叫着消失在废墟之中，他只能向前，再向前，来不及回头。

终于穿出致命的灼热，夜风吹散了烟雾，他冲到了后院的花厅小门，却被眼前的景象惊呆了。

郭瘸子端坐一块大石之上，这石头顶住了高墙下唯一的小门，他的身旁，横七竖八都是尸体，有他刚刚牢牢记住的面孔，也有完全陌生的敌人，郭瘸子失去了左臂，一只右手还拄着他的长刀，他的身上，至少扎着四五杆长枪。

他睁着双眼看着自己，血沫从他的喉咙里一股一股地泛上来，喉头上下鼓动，却发不出声响。

就在他的身前，一块仍未熄灭的巨木砸倒了几个澜青士兵，他们是最接近门口的人。

风向转变，火星、烟尘和灰烬在院落中盘旋不定，漫天挥舞。

没有了浓烟，但他的眼泪还是止不住地流淌。

卫成功在哪里！在哪里！在哪里！他心里只有这一个念头，该死的卫成功死了没有？！

在一大团模糊的灼热包围下，在无尽飘飞的灰烬中，李子烨面目狰狞，脚步踉跄，火势顺着密密连接在一起的屋顶蔓延开去，整条画舫街都熊熊燃烧起来，火光冲起十数丈高，照亮了整个夜空，仿佛整个灞桥都被点燃了。

郭瘸子眼中的光芒渐渐黯淡了下去，李子烨伸手合上了他的眼睛。

第四章 箭炉

暗红色的虎尾旗在长杆上飘扬，大大的"扬"字在日光下闪耀着。队伍开始缓慢地向山丘下移动。人和马的鲜血保持着它喷溅出来时的形状，渗入了干燥的土层，已经开始发黑，一个少年身着破旧的牛皮甲，仰面躺在一匹瘦马的肚腹上，一动不动，他湛蓝的眼睛失去了光彩，空洞无神地盯着这一队匆匆骑过的人马。

一

烈日当头照下，地平线一望无际，整个世界蒸发着无穷无尽的热量，上一场雨水已是十几日前的事，平明古道又迎来了永不坠落的太阳。

五月本该青翠的野草竟枯黄了叶尖，这一路没有茂密而生机勃勃的树林，只有连绵不断的上坡、下坡和干燥酷热。

百余人的队伍在平原上打马疾行，时间紧迫，这送嫁的队伍中竟然没有一辆马车。扬一依自幼厌恶刀兵，从不知道束甲策马竟会如此颠簸。

前方稀稀拉拉出现了几棵香樟树，统领白旭举起一只拳头示意，整个队伍渐渐放慢了速度，从日出时分，这一队人马已经连续奔驰了将近三个时辰，此刻已经疲惫不堪。

白旭的马高，远远奋蹄而来，像一道黑色的闪电，准确地在中军找到了身着青色犀皮甲的扬一依。扬一依的青色母马和白旭的坐骑很熟，这一次整个送嫁的队伍，连人带马，都是柴城伯浮明焰亲自遴选的。

"公主，我们停下来歇歇吧。"白旭身材魁梧，大热的天，还穿着六十斤的重甲，胯下的黑色战马虽然和主人一般魁伟，但是显然已经跑得十分吃力，鼻孔内喷出的气息火一样灼热。

扬一依知道面前这大汉心疼他的马，便道："白旭将军说得对，我们暂且稍歇片刻，倒是不知道离紫丘还有多远？"为了方便说话，也是耐不住闷热的天气，她伸手摘下了头上的兜

绾青丝　129

鍪，散出一头乌黑顺直的长发来。

"不远了，往前再过二十里，树林边的军镇就是紫丘了。"白旭示意众人下马休整，士兵们纷纷抄起皮囊，把滚热的水倒进喉咙里，这些水囊一向挂在鞍袋侧面，被太阳一路暴晒，那水喝起来带着一股皮子的腥味。

扬一依只喝了一口，就忍不住恶心，哇地吐了出来。靳思男忙走上前去，给扬一依擦嘴，同时用手轻抚她的后背。

"快，快帮我把皮甲解开。"适才在马上，扬一依的全副心思都在控制身体的平衡，整个人的直觉都麻木了，反倒可以继续坚持前行，如今突然停下来，才觉得浑身处处酸痛，尤其两条大腿内侧，不知道是不是磨破了皮肉，火烧一样。脚一沾地，连脚踝都肿了起来，这才知道自己早在马上被颠散了架。

这一刻，她身上那精致的犀皮甲仿若有万斤之重，直压得她喘不过气来。

"公主忍一下。"看扬一依的脸色惨白，靳思男显得有些慌乱，她手忙脚乱地去扯甲扣上的皮绳。

"靳姑娘，这样是扯不开的，如果这盘在甲外的绳结可以卸甲，那这战场上，用不了几个回合，将士们就会开始裸奔。"这是一个认真的声音，周围却响起了会意的笑声。

"你是什么人！这玩笑是你开得起的吗？"靳思男满脸通红，恼怒地瞪着那人。

"是在下情急，开罪了公主，"那人抱拳致歉，但仍坚持道，"照姑娘这样手法，若是甲绊一开，这甲连披膊带胸护可就都散架了，没有个半日工夫是装不回来的。"

"思男，不要无理，就让杜先生来。"扬一依按下了靳思男的手，对这个鬓角花白的中年人点了点头。

那人冲扬一依恭敬见礼，道："公主恕罪。"

说罢，他转到扬一依身后，撩起她腰部缀着的烂银甲片，解开埋在下面的绳扣，这一身皮甲自然地分成了前后两片，他小心地将这薄甲取下，恭敬呈上。

"这是毛民伯身边的策士杜广志先生，你以后要多跟杜先生请教才是。"

"谨遵公主吩咐。"靳思男接过杜广志手中的甲胄，摸了摸那绳扣。

铠甲一去，扬一依顿时觉得呼吸顺畅了许多，忍不住深深吸了几口，空气中充满了淡淡的青草味道，她稍得喘息，余光便扫到还在不断拨弄那绳扣的靳思男。

刚才士兵们的哄笑让这个少女红了脸，她比扬一依略小两岁，名字中带着思男二字，脾气秉性也有些男儿气，倒和扬归梦有些相像，是她最信得过的侍女和玩伴。细数扬一依从无所不能的父亲那里得到的一切，靳思男是她唯一满意的馈赠。只是可惜她侍女身份，不能如扬归梦一样放肆，加上有她这样一个温和的主人，因此再热爱刀马，也从来没有机会摸一摸上阵的铠甲。

扬一依暗暗叹了一口气，道："你端着它也累，歇一会儿吧。"

靳思男依依不舍地放下手中的甲胄，扬一依却望着它出了神。

甲名青犀，古老的犀皮经过精心鞣制，微微泛白，在粗糙的皮革纹路中，用金丝银线勾出了回字花纹，皮甲背面的里衬上，则用细如发丝的铜线勾画出了一只栩栩如生的渡鸦。就算

绾青丝

只是被随意地堆在地上,也难掩它的精美绝伦。

这套犀皮甲是扬觉动十几年前从宁州带回来的。

当时扬一依只有三岁,扬觉动则正当壮年,为了对叛将金满城斩草除根,他兴兵宁州,一路高歌猛进,毫无悬念地斩杀金满城,并攻取了宁州大部分疆土,逼对方缔结了城下之盟。这场战役中的唯一意外,是一年后他带回了一个哭泣的婴儿和这一身巧夺天工的铠甲。

扬觉动将这铠甲收在青基台的甲胄库内,这个房间除了扬觉动和扬归梦,没有人可以自由出入。自然,扬归梦是偷偷溜进溜出的,被抓到,也免不了扬觉动的一通怒火。

有的时候,扬一依非常羡慕自己的小妹,扬归梦天不怕地不怕,只是担心祸闯得不够大,从来不计后果。其实扬一依对父亲的武库也非常好奇,但她从小就是乖宝宝,好像做了什么不合规矩的事情,就应该被自己的负罪感压垮。已经有了飞扬跋扈的扬归梦,她也就只好做温婉谦和的乖乖女了。

因此,当有一天十四岁的扬归梦偷偷溜进甲胄库,把扬觉动珍藏的这套铠甲堂而皇之地穿了出来,她真是要嫉妒死了,她不是嫉妒披甲的扬归梦英气逼人,也不是震撼于这铠甲的精工细作,而是再也无法忍受自己的唯唯诺诺、循规蹈矩,每天过着毫无目的、梦游一般的生活。

那天,穿上铠甲的扬归梦欢呼雀跃,缠着扬一依求她夸奖。那时的扬归梦还是个没胸没屁股的孩子,完全撑不起这副漂亮的铠甲。扬一依当然夸赞妹妹的美丽,却忍不住想象,假如它穿在自己身上,会有多合身,又会是怎样的惊艳模样!

那一定是个完全不同的自己!

然而想归想，一直以来，这不过是个虚诞的愿望罢了。直到这次出嫁前，她都没有勇气再跨入父亲的房间。父亲嘴里轻轻说过的两个字，像一条燃烧的火线，让她避之不及。

真是个没用的草包啊！扬一依一想到这件盔甲，就对自己满腹怒气。

是的，吴宁边没有人敢不听扬觉动的话，啊，不对，小妹是唯一的例外。但是，那时自己只有四岁啊，父亲只不过说出了两个字而已，真的有那么重要吗？而且，她实在太小了，今天的她已无法确定，父亲到底用了怎样的语气。

她只记得自己高高兴兴地去推那扇沉重的黑檀格子门，却听到了"停下"两个字。

她满面笑容地转过身来，发现耀眼的阳光正从父亲身后凌厉地照过来，父亲留给她的只有一个高大而黑暗的影子。然后她哭了。

后来浮明光告诉她，那时候，大家都以为她是去那个幽凉的角落寻找冰块和葡萄。而大公不过是轻声在呼唤自己的女儿，却害怕地缩到了墙角，哭着说，我不去，我再也不去了！

她看到父亲皱起了眉头，缓缓缩回了向她伸出的手，她哭得更厉害了。

"你从小就是个胆小的姑娘啊。"多年以后，浮明光笑呵呵的。

"是啊，"扬一依坐在草地上，平原上灼热的气浪翻滚奔突，在枯萎的花瓣和低垂的草叶间徘徊，"我从来就是一个胆小的姑娘。"扬一依小声对自己说。

可胆大妄为的妹妹失踪了，她反抗父亲。

她很爱这个妹妹，大姐扬苇航西去木莲的时候，她不过是个四岁的孩子，因此，她从来都认为这世间，她只有扬归梦这一个姐妹。她爱扬归梦，就像爱另外一个自己，那个她永远向往，却无力完成的自己。可是她又觉得不甘，因为父亲对小妹过于明显的偏爱。他纵容她、娇惯她，对她很少冷言冷语，更没有大声斥责。他允许她练刀，鼓励她骑马，给她找习武的老师，还带小小的她去日光城，参加大姐改嫁的婚礼。

而他另外一个女儿呢？她安静地生活在角落，一切都那么普通，不犯规，不逾矩，努力对每个人微笑，努力去照顾每个人，每当夜晚降临的时候，她会想起自己孤独的母亲，她病得太重，只能孤独。偶尔她闭上眼睛，会觉得这个世上自己并不存在。

父亲永远是忙碌的，当然，他也很少斥责扬一依，但和扬归梦不同，扬一依觉得，自己得到的不多的父爱和尊严，是靠自己一点一点的在意和努力小心维持的。

扬觉动这两个女儿，一个娴静、一个跳脱；一个温柔、一个顽劣；一个受到满城百姓的交口称赞，一个却为半城的居民避之不及。然而，为什么最发光的却总是离经叛道的那一个？

十五岁终于来到，扬一依加笄成人，她也像八荒其他妙龄女子一样，期盼自己能有一个英俊挺拔、能文能武的夫君。然后，她就陷入了年复一年的失望。前来求婚的贵族王公、外州公子，也不是没有自己喜欢的，却被父亲一一回绝。再后来，他们都转而去追求自己的小妹。小妹不像她，会礼貌对待每个求婚者，送上浅浅的微笑，她还小，遇到不喜欢的人，就让仆人把那些珍贵的礼物直接扔到大街上。

当扬觉动决定把她许配给豪麻的时候，她觉得非常震惊，是的，和那些衣冠楚楚口是心非的贵族子弟不同，豪麻似乎很爱自己，也许永远都不会背叛自己，但是，他只是个没有家世的少年啊！他的成功是在死人的血泊中踩出来的，浑身都透着戾气，虽然他从小就生活在家里，却一直是个沉默的边缘的存在。他或许很会舞刀策马，也很聪明执着，但他不解她的琴，也不懂她的诗，他和自己，根本就是两个世界的人啊！

扬一依甚至感到了前所未有的愤怒，父亲难道就这样对这一切视而不见吗？

父亲为她指婚的时候，扬一依差一点就蠢到问出"他是谁"这个问题，虽然这时那个昔日的马童，已经是大安城里最惹人艳羡的新贵、叱咤沙场的青年将军。

她从来也没有喜欢过这个沉默寡言、无趣又生硬的男人，也不确定他到底会是自己生命中哪一个时段的主角。或者，他就从来没有当过主角？

她知道，和她结婚后，这个男人很快就会得到某座大城，扬觉动会帮他经营一支忠于扬氏家族的军队，让他的忠诚和才干变成左右吴宁边政局的强大力量，直到有一天，他会恭敬而全心全意地拥戴自己，让自己坐到祥安堂那把又冷又硬的麒麟座上。

在他的有生之年，他都会拼尽全力，爱护她、保卫她，捍卫扬家在吴宁边的统治与权力。

因为他缺乏背景、没有世系，他年轻、执着、单纯而又谦卑，他感激扬觉动、全心全意爱着自己。

真是够了，她叹了一口气。

二

扬一依知道自己不能休息太久,她必须抓紧时间,赶到一个陌生的地方,去嫁给一个陌生人。

勉强站起身来,两条腿好像已经不属于自己,三个时辰对于极少骑马的她已经太过漫长。清晨的时候,毛民镇外的草叶上还挂着露珠,但随着太阳渐渐升起,尘土和草屑就成了这一路的主题,整个大地都开始变得滚烫起来。

她极目远望,一道宽阔扁平的灰色缎带在青绿的大地上盘旋,数百年来,平明古道数次被青草和树木占据,但每次奔驰的骏马、吱呀前行的牛车以及走卒、歌师、农民和流浪者的双脚,又会重新在大地上勾画出它的轮廓。

现在,这条宽阔而满是尘土的大路,将引领她走向一个陌生的世界,那里,有一座声色犬马的大城,一些素未谋面的陌生人,而她,还从未见过大海。

按照计划,今天下午,他们将抵达进入南渚后第一个较大的军镇紫丘,在那里,他们将会补充水和食物,然后继续奔驰,争取在午夜前抵达第二个补给地林口镇,然后,等待着他们的是又一天的急速骑行,这样,在第二天的傍晚,他们就能抵达南渚重镇箭炉。

她很早就听过这个名字,这是座淡流河畔的高城。作为灞桥的北面门户,南渚最重要的军镇之一,它扼住了平明古道的咽喉。从箭炉向西北,绕过金麦山,可以抵达与澜青接壤的原乡镇,向南,两次穿越淡流河,就是南渚首府灞桥城。一个月前,父亲和豪麻一行人,就行进在这条路上,进入了灞桥,一去不归。

她尽力伸展酸痛的肩膀,可以听到关节中生涩的骨骼在咯咯作响,两鬓染霜的杜广志来到了她的身旁,和她并肩远望。

"现在看来,这不过是条普通商路,但在古时候,它的青石路基曾经严整坚固。"杜广志顺着她的目光看去。"这是第一代南渚王的大工程,他举全国之力,经过了整整四代人的努力,才得以完成。"

"平明古道。"扬一依点头。这些她都知道,但她依然认真倾听,好像这是个全新的故事。她又把这个中年人打量了一番。他没有白旭那么健壮,承受不了重甲的分量,但他的中衣和大氅永远一丝不苟,就算天气再热,他也不会解开一寸衣领。他没有头盔,稀疏的短发已经花白,胡子修剪得很整齐,举手投足彬彬有礼。

几天前,她刚刚到达毛民,李精诚就把他带到了她的眼前,但她早就听过这个名字,疾白文已经告诉她,杜广志和自己一样,也是一名羽客。扬一依有些许疑惑,为什么好像八荒的每个大人物身旁,都会有一名晴州灵师?

李精诚是一个审慎的人,他请杜广志陪同扬一依一同前往南渚。扬一依也欣然接受,这个人将照顾她、辅佐她,帮她度过那些艰难的漫漫时光。

阳光一寸寸扫过平明古道上腾起的尘埃。

强烈的日光让扬一依眯起了眼睛:"这么长的时间,这条路还存在,真是奇迹。"

"是奇迹,无论它什么样子,都是奇迹。"

在杜广志的口中,平明古道一直在不断变化,它最初的青

绾青丝　137

石路基早已碎裂、它们被草木的生长推移，被雨水和江河冲刷，如今只剩下零星的残骸，每隔一段路程，它们便毫无规律地冒出来。那是海神在提醒旅人，神迹曾经的辉煌。

杜广志不紧不慢的话在耳边萦绕，像是一些来自上古的遥远回声。

"我们脚下的平明古道已经改了几次，等再向前走，到箭炉至南渚的那一段，却千百年来少有更移。真正神奇的地方，在那里。淡流河从金麦山旁咆哮而过，每当丰水季节，半个扶木原的道路都被藏在流水、湖泊和沼泽之下，但只要沿着平明古道的旧线，人们便无须借助舟楫，总能安然通过。这是它今天依然被奉为神迹的原因。没有人知道这条路当初是怎么勘定出来的，人们只是传说，它建在海兽的脊梁上，所以在洪水到来时永不沉没。后世的南渚人就依托平明古道的关隘，修筑了淡流河上那两个标志性的渡口。"

"原来神迹在前面等着我们，"扬一依笑笑，努力不去想她灌了铅一般的双腿，她艰难地跺了跺脚，道，"我们是不是该上路了。"

人困马乏，她知道她此刻说出这句话不受欢迎，但她没有选择，不管这条路是不是神迹，如今，她必须用尽可能短的时间来丈量它。就在昨天，每个人都在期盼的书信终于来到，李子烨发来了盟约已成的消息。

盟约未定，决心已定，李精诚和浮明焰率领的三镇兵马已经先行出发，赤研井田也在调度士兵集结箭炉，准备挺进原乡。而为了保证南渚的立场，她必须在最短的时间赶到灞桥城，去做她该做的事。

李子烨，那个土里土气的男孩，现在应该已经是一个真正的男人了吧？

她还记得他在大安城的欢宴上拘谨而生硬的表情，妹妹淘气，明明知道他是被带来求婚的，偏要逗他动刀。天底下又有哪个人敢在大安城伤到扬觉动女儿一根汗毛呢？这个少年只好带着眉毛上的一道伤疤返回毛民。

他的来信非常简单，简要说明了定盟事宜后，还轻描淡写地提到了一件震动八荒的大事。他带人突袭了澜青派来的特使卫成功，并把他烧死在暂住的府邸，为此，他点燃了灞桥，并烧掉了一整条街。

盟书依旧是扬慎铭和李子烨联署，但她了解她软弱的堂兄，这绝不是他的主意。这件事让她不由得对这个李子烨刮目相看，南渚已经没有退路，观平战场吃紧，战况雪片一样飞到柴城，即使定盟消息未到，李精诚和浮明焰已无法等待，他们只好孤注一掷先行发兵西进。

但白旭的坚持拦住了扬一依前往灞桥的脚步，如果盟约不成，左右都是和南渚拼一场，实在没有必要再送上一个未来的大公。

但他们等到了李子烨的来信，赤研井田的条件之一，就是当她赶到箭炉后，他才会配合吴宁边进击花渡。扬一依也因此必须快马加鞭，这次冒险，不仅仅是她一个人把生死置之度外。

没有犹豫，扬一依选择立刻启程，时间对双方来说都很紧张，所以，已经没有时间留给她风光出嫁，当然也没有人接亲欢迎——虽然赤研井田礼貌地表示，将派出合乎礼制的迎亲队

绾青丝 139

伍，但被扬一依一口回绝了。与其让所有人尴尬，还不如把这个大度的姿态留给自己。

两州盟书带来了无尽的忙乱，在一连串需要处理的紧急事项中，看起来只有扬一依的个人感受是无足轻重的，因此，她甚至都没有囫囵睡一个好觉，几个时辰之后，就晃晃悠悠骑在了奔驰的战马上。

然而，这毕竟是她的大婚。

和她千百次在心中描摹的场景不同，她从未想过会在这样的情境下匆匆嫁人，没有聘礼，没有丝竹，没有漂亮的嫁衣和体面的仪仗，没有人来迎接，没有新郎。相反，她必须自己骑上快马，在忙乱焦虑中匆匆启程，只希望自己能快一点赶到那个完全陌生的城池，去履行本不属于她的义务。

想到昔日无数公子王孙、达官显贵对自己的殷勤讨好，她只感觉昨日的一切和过去的近二十年的人生一样，都只不过是大梦一场。

"杜先生，烦劳帮我穿上铠甲吧。"周围战马嘶鸣，她的战士们已经准备出发。谁知道呢？这甲胄这样的精致华美，但是穿上后，却让她如此的滞重笨拙。它异常坚固，却无法保护她的愿望和人生。但她别无选择，就像她无法不做扬觉动的女儿，必须成为温柔娴静的公主、注定嫁给毫无概念的陌生人，和这些更难理解的事情相比，起码它还精美绝伦。

靳思男和杜广志一同为扬一依穿甲，靳思男很机灵，她很快学会了如何将这甲片牢牢固定在扬一依的身上。两人一起发力，将皮绳抽得很紧，扬一依感觉甲片就要楔入肋骨了，忍不住皱眉，哼了一声。

"是不是有些太紧了?"靳思男有些忐忑。

"没关系,"扬一依说,"这样更牢固些。"她转过脸来,轻轻点头,好像甲胄是穿在另外一个毫无关系的人身上。

杜广志赞许地看着她,继续将皮绳抽得更紧。

扬一依看到靳思男咬了咬嘴唇,跟了自己这么久,她知道自己在想什么,但她不敢再说话了。

我总能赢得每个人的赞美,也赢得越来越紧的束缚。扬一依的身子随着靳思男和杜广志的动作而微微摇晃。

总有一天,我要摆脱这样的人生,第一件要脱掉的,就是这件铠甲。

莫名其妙地,她涌出了些奇怪的幻想。她站在百望台上,轻轻拉动甲内皮绳,青犀委地、衣袂飘扬。自己身处的位置,正是父亲常站立的所在,朝阳下,是一支完全陌生的军队,和吴宁边辽阔无垠的疆土。

接着,小妹走到自己的身前,拾起了铠甲。

面对扬归梦的欣喜,她只是在奇怪,这样让人难受的东西居然也有它的用处。

"你不懂得保护自己。"这句话扬归梦曾经跟她说过,因为她讨厌一切和金属、战争相关的东西。这次从毛民出发前,杜广志又重复了扬归梦的话,扬一依确信他并没有见过扬归梦。那时候周围没有什么人,她还没有用礼貌来武装自己,她失控了。

他的那种语气,和小妹一模一样!她的怒气总是产生得莫名其妙,我穿得再厚再牢固有什么用!我无足轻重,我只有我自己!

绾青丝　141

她忍着疼痛，好不容易坐上了马背，犀甲将她紧紧包裹，让她的身姿变得挺拔，让她变得像一个男人一样，也带给她驾驭坐骑的信心和面对敌人的勇气。

小母马打了个响鼻，扬一依拉紧了缰绳，双腿一夹，马儿奋蹄前行。

对，没错，这些甲胄就是为此而设计，但这些东西我通通不需要。

三

马蹄有节奏地奔驰着，单调沉闷的声响不断敲打在扬一依的心上，日过中天，离紫丘不远了，她一天几乎吃不下任何东西，但奇怪地没有感到饥饿。相反，随着身体的颠簸，那些筋脉中流淌的血液潮汐般鼓荡，让她隐隐有一丝兴奋。

很快，她就明白她为什么会有这样的感觉了。

远树如草，在遥远的地平线上，出现了一条又一条上升的烟柱。白旭在队伍前方举手示意，整个队伍的速度迅速减缓。那不是他们盼望的炊烟，那是死亡的烟雾，颜色青黑，夹带着火焰，浓重而压抑，滚滚散布在天际。

"驿站！"扬一依心里最先想起的是这两个字，信使昨天驰到毛民的时候，平明古道尚且畅通无阻。

兴奋转化成了恐惧，她看了看身边的士兵们，又稍稍心安，无论前面是什么在等待着自己，至少自己还有所依靠。

"警戒！"随着白旭的号令，散漫前行的队伍立刻变换了阵形，轻骑自动突出来，布在整个队伍的最前方，弓箭手组成了楔形的两翼,载着辎重的矮脚马拖后,而仅有的重甲骑兵则聚在中间,簇拥着扬一依。

"要打仗了么?"靳思男举目眺望。军中没有女子的甲胄,她差不多是这支队伍中最容易受伤的人,一支流箭就能要了她的命。奇怪的是,这种时候,她并不惊慌。

"有人把紫丘点燃了。"杜广志策马赶了上来。

"怎么办?"扬一依勒马,经过这一阵子的疾驰,她的手指发麻,执缰的手臂已经抬不起来了。

"公主小心。"靳思男连人带马上前一步,她的薄唇微微上翘,斜斜护在扬一依身前。是了,为什么自己总感觉靳思男和小妹有几分相像,大概除了眉眼,她也有那么几分宁州人处变不惊的个性。

"白将军会保护我们的!"扬一依看看靳思男,又转头去看那些冲天的烟柱。

一路上,她都跟在自己身边,这样的形影不离,算一算,也有八年了。

八年前,两个小姑娘还会一起追逐打闹,然而今天的靳思男,却连跟她说句话都要反复掂量,身份的高下像一道越来越宽的沟壑,现在,两个人之间的距离,恐怕比大安城到灞桥还要远。

扬一依道:"要是他们不管我们,我们还有备马,到时候你负责护着我逃跑。"这个玩笑像一道绳索,铆住了沟壑的两岸,自己那把薜荔在她的刀带上摇晃,靳思男已眉眼弯弯地笑了起来。

扬一依也很满意,她喜欢大家都开开心心的。

绾青丝 143

还有，骑了一天的马，靳思男的身姿依旧挺拔，她不累吗？腿不酸痛吗？

"白安的乱军才几个人，如果紫丘都不得安宁，我真怀疑他们有没有进击花渡的能力。自己的屁股都没揩干净！"白旭说话一向很糙，他已经忘了身旁还有个公主。

"斥候们没回来。"杜广志的注意力倒不在紫丘燃起的火焰本身。

这句话让人们一下子紧张了起来。是啊，大队已经看到战场，但是作为前哨的斥候没能及时回报，这说明点燃紫丘的人还没走，也说明这一行凶多吉少。

白旭最先反应过来，脸色一下子阴沉下来："张盛柏在哪里！"很快，队伍后侧，一个方脸军官夹马驰到。

"你的斥候都哪里去了？"

"回将军，预定搜索前路的斥候还没有到回报的时间，向南的那一组也失踪了，我已经派人跟上去了。"张盛柏是本地人，在毛民由普通斥候升到都尉，这次是李精诚特命的护卫。

"时间未到，这个样子，也不尽快回报吗？"白旭黑着脸向前一指。

毋庸多言，此次随行护送扬一侬的兵士都是百里挑一的精英，张盛柏训练的斥候更是吴宁边军中翘楚，个个身经百战，他们的马是吴宁边最快的，没有意外，无法解释出现在他面前的滚滚浓烟。

张胜柏哑口无言。

"北侧呢？有问题吗？后面有人拖后吗？"杜广志问。

"回杜先生，北面视野较好，大都是起伏的草场，间杂着零星的村落，目前还没有意外情况。而我们移动速度比较快，后面……"他卡了一会，才道，"我觉得我们已经一路疾驰了，兴许不会有大碍，所以后面没有安排人拖后。"

"蠢货！"白旭痛骂道，"你也是老人了，怎么刚出了家门口，就没了提防！你知道那些大安的孙子会不会来谋害公主！现在你还有人没有？！"

张盛柏满脸通红，道："回将军，早上北搜的斥候回还后，还在队中机动。"

"机动个屁！给老子放出去！你亲自带队，摸不清情况就不要回来见我。"白旭抬手一掌，把张盛柏的头盔打得滚落在地。

"唯令！"张盛柏猛地挺直了身子，"只是，只是……"他又羞又恼，竟结巴了起来，因为白旭并没有说明他们要刺探的方向。

"白将军，出发不过四个时辰，斥候反应不及也正常，我们规模小、速度快，除非早有预谋，很难成为目标，如果是有意拦截，跑也跑不掉。"杜广志抬眼凝望，众人这才发现，南侧天际，有一群黑压压的鸟儿正大声聒噪着，扑进了他们的视线。

"血鸦！是血鸦！"有兵士喊了起来。

扬一依也抬起了头。

在八荒，血鸦被西部蛮荒之地奉为火焰鸟，它们体态庞大，羽毛赤黑，热烈、凶猛，是火神在世间的象征，但在更多的地区，血鸦是不祥之兆。扬归梦曾对她这个从未出过大安城的大小姐提起过这些喜食腐肉的禽类，它们曾在大战后的风旅河悄悄出现，像极了死亡的影子。

"怎么这么多！"

绾青丝 145

看着鸦群遮天蔽日地压过来,每个人都目瞪口呆。

"只有两种力量才能驱动鸦群,席卷大地的风暴,还有美食。"杜广志勒住受惊的马匹。

风暴自然是没有的,众人都知道在这烈日下的平原上,所谓的美食指的是什么,不禁都打了个寒战。

"火神放出了它的侍者,"杜广志神情凝重,"没猜错的话,它们是从小莽山飞过来的。如果神灵和人间相安无事,它们不会出现在有人活动的地区。"他转向白旭,道:"不能再等了,出发吧。"

"没错,血鸦平时罕见,平原上没有这么大的鸦群。"作为经验丰富的斥候,张盛柏忍不住插嘴。十几年来,他的足迹早已踏遍了这附近的每一块土地,在进入毛民成为李精诚的斥候前,他就是小莽山下的猎户。

"神神怪怪,"白旭冷哼了一声,扬起了马鞭,指着远处的农田和草场,道,"都听好了,向北!"

"不,我们向西。"杜广志打断了他。

"你疯了!紫丘已经被点燃了,你在用屁股看方向么?"白旭咆哮,"如果你不想跑回毛民,不想钻进小莽山,又不想冲进火堆里,我们只能向北!"

"不,我们向西。"这次说话的,却是扬一依。

热风扬起了她的银色披风:"杜先生说得对,向北,只有连绵的草场和农田,没有官道。小路只会把我们引向商城,但我们唯一的目标,是箭炉,是在最短时间内赶到灞桥!"

扬一依的声音并不高,但是语调里透着坚定。

"公主三思,到了商地,就可以和浮将军、李将军会合。而向西,只有一片火海,你的安全是第一位的。"面对扬一依,白旭强按住心中怒气。

"向西!只有吴宁边不倒,才有我的安全。"

飘舞的灰烬夹杂着隐约的热力,鼓荡而来。扬一依咬紧了牙关,是,前方有一座燃烧的军镇,但还有什么比嫁给一个陌生人更糟吗?

"也许是白安的乱兵,他们的数量并不多,而且装备很差,紫丘昨天还好好的,应该不会这么快被攻下。就算被打下来了,建起防线也需要时间,我们许能够突过去。"

张盛柏提出了自己的看法。

"如果不是乱兵呢?赤研星驰的封锁密不透风,野熊兵是如何越过百鸟关的?再说,这里离白安这么远,他们来这里做什么?"白旭的两条眉毛完全拧在了一起,"只有一种可能,这些人早有准备,目的就是封锁平明古道,是冲着公主来的!"

"白将军,我同意你的意见,紫丘更靠近毛民,我不相信卫曜有这么大的胆量,突出百鸟关来劫掠。如果不是他们,我们有什么理由改道呢?何况,这些血鸦……"

"乌鸦、乌鸦,闭上你的乌鸦嘴,在你没变成尸体之前,这些大号的乌鸦对你没兴趣!"白旭勒马,"百济公让我统领这支部队!"

"白将军,我是不是扬家的人?"扬一依开口,白旭一脸错愕。

"从现在开始,都不要吵了。我们必须向西,先看看烈火燃烧的地方到底发生了什么,然后再决定是穿越还是绕路。如果可能,今天晚上,我们就不要休息,连夜奔往林口,这样,在黎明前就可以到达箭炉！"

"黎明前到达箭炉？这换马不换人的跑法，你可以吗？"

人们看看白旭，又看看扬一依。且不说没有长途奔袭的历练，无法完成这样的穿越，即便能够以这样的速度奔驰，这支人数本来就不多的队伍，也要甩掉大部分士兵——并不是所有的人都为极速前进做了准备，他们的备马不够。

白旭绷着脸，沉默了半晌，终于说出一句话："好，就按公主说的办！"

他推正了自己的头盔，双臂一震，大吼："整队！楔形突击！"

张盛柏已经很自觉地奔驰到了最前方，一马当先，带着他仅剩的一组斥候冲向了浓烟滚滚的紫丘。

"你小的时候比现在听话得多！"白旭突然回头，看着扬一依，硬邦邦地扔下了一句话。

四

扬一依觉得一股热血涌上了脸庞。

"你，你怎么说话！小姐，他是无心的。"靳思男看出了她的恼怒。

"白将军，"扬一依纠正她，"不要这样随便称呼一位统领。"

"明白了，公主。"靳思男低头。

看着靳思男的尴尬神情，扬一依叹了口气。最近自己的脾气愈发大了，尤其是对亲近的人，表现得更为明显。扬一依努力打马疾行，她的骑术不佳，虽然骑着上好的马，但是速度依然快不起来。靳思男也就轻轻夹马,紧紧跟上。

为了获得最快的速度,这支百余人的队伍全部都是骑兵,其中约有半数士兵都带了备马,连箭矢、食物和甲胄都打成包裹,驮在特别能耐久的矮脚马上。

马蹄打碎了干裂的泥块,热风吹送,烟尘弥漫,草地上开放着黄色和白色的小花,他们骑过一座平缓的山丘。

热风吹送,烟尘弥漫,马蹄打碎了干裂的泥块,轻骑率先登上了山顶,然后所有人自动放慢了速度。

在这里,他们已经可以见到战场,前方数里,旗帜和尸体横七竖八地倒伏着,箭矢插在人和马匹的尸体上,燥热的空气中弥漫着甜腻的腥气。战场上还有收拾残局的兵士,他们手提利刃,终结那些有气无力的惨叫,无人照看的马匹则惊惶地在黑烟阵阵的火堆之侧嘶鸣奔跑。

扬一依的小母马感受到了死亡的气息,长嘶着抬起了前蹄。她强忍着恶心,轻轻抚摸着它的脖颈,这是一匹从未上过战场的马,和自己一样。

在更远些的地方,他们可以看到连片的房舍和谷仓,稳固的山墙间夹杂了稀稀落落的低矮土屋,建筑群中的火焰大部分已经熄灭,冒着青烟,少数房舍还在起劲地燃烧。

"我好像听到了烧木头的声音。"靳思男的脸上已变了颜色。

说不清这是不是幻觉,扬一依也一样不舒服,虽然距离很远,但火焰吞噬木头的响声似乎就在耳边。

"不是幻觉,他们说燥热的空气中,声音可以传得更远。"杜广志目不转睛。

没有人去接他的话,人们看到张盛柏和他的斥候从远方飞奔而来。

"公主、将军，"张盛柏没有下马，"一个时辰前，这里刚刚进行了一场激战，现在控制局面的，是南渚灞桥箭炉行营的校尉陈兴波。"

"对战方是谁？"白旭的神情稍稍缓和。

"白安叛军，"张盛柏喘着粗气，"按照陈兴波的说法，这是一场掩袭，他们吃了大亏，他本来驻扎林口，这次为了迎接我们而东进，结果正好在紫丘和乱兵遭遇。我们的斥候卷入了战场，都被他扣住了。"

"这样说来，这是一场突如其来的遭遇战？"杜广志还是有些疑惑，"紫丘距离百鸟关要比林口远得多，不出意外，南渚应该重点布防林口，就可以阻截卫曜对平明古道的骚扰，这些野熊兵是怎么绕过来的？"

"且不管他怎么绕过来的，总之是南渚在控制局面了，"白旭扭头问道，"那个陈兴波，你见过了吗？"

"见过了，现在战场已经基本平定，不会再有危险，紫丘大半被烧毁，不过我们依然可以在那里稍事休整。"

"让大家跟紧，把虎旗都举起来。"白旭下令。

暗红色的旗子在骑手的长杆上飘扬，金线圈出的大大的"扬"字在日光下闪耀。队伍开始缓慢地向山丘下移动。

人和马的鲜血还保持着它喷溅出来时的形状，渗入了干燥的土层，已经开始发黑，一个少年身着破旧的牛皮甲，仰面躺在一匹瘦马的肚腹上，一动不动，他湛蓝的眼睛失去了光彩，空洞无神地盯着匆匆骑过的人马。

他背靠的这只马摔断了后腿，并被一支长枪插进了脖子，马嘴里吐着血沫，还在微微颤动。搞得它身上的少年看起来似乎并未死去，而是在对着扬一依微微点头。

扬一依一阵恶心，又干呕了起来，刚才，她一下到战场之中就吐了，只不过这次更加猛烈。她这一天几乎粒米未进，烈日下的奔驰更让她眩晕，也实在吐不出什么东西来。

靳思男轻抚她的后背，递过水袋，从辎重中取出的水还算清凉，她勉强喝了几口，又冲了冲脸。感觉心情平复了些，她忍不住再去看那张年轻的脸。

这是个黝黑的少年，也许只有十四五岁，他的一只手落在地上，离他的身体有四五步的距离，还握着一把黑柳木的旧弓，而致命伤却是胸腹部的一刀，从左肩到右侧腹部，薄薄的熟皮甲被割开了一道大口子，鲜血和内脏一起流了出来，他仅存的那只手就抚在伤口之上。

他的眉毛好浓、五官端正，干裂的嘴唇颜色苍白，脸上并没有痛苦的表情，不知道为什么，扬一依总觉得他还没死。这是一个多么漂亮的男孩，这就是他们口中凶暴的野熊兵么？

马儿迈着碎步，踏着血迹前行。没有人说话，在他们通过战场的时候，血鸦们已经赶到，它们扑棱棱飞过这支小小队伍的头顶，停留在不远处的一片皂角树上，挤挤挨挨、密密层层，尖利的叫声此起彼伏。

扬一依又是一阵恶心，它们在等，等人们离开战场。

"不对啊，"在战场中行走得越深入，白旭的眉头皱得越紧，"妈的赤研井田在搞什么名堂！这里倒伏的旗子不少，但那个'卫'字在哪里？"

"的确有问题，"杜广志点头，"这些叛军根本没有合制的铠

绾青丝　151

甲,连统一的兵刃都没有,用这样的武器的来挑衅赤铁,不是自杀吗?"

人们在窃窃私语,扬一依也睁大了双眼,那些横七竖八的旗子都是土布制成,颜色各异,墨写的字迹歪歪扭扭。满地死去的"士兵"中,几乎没有赤铁军,一切的一切都说明,这是一场一边倒的杀戮,这些衣衫褴褛的战士,像熟透的麦子成片倒伏,大多向着他们走来的方向,越靠近村落,马匹越少,与其说他们是士兵,不如说更像乡民。

扬一依越走身上越是寒冷,她看向靳思男,发现她的眼中也有同样的疑问。

"太可怕了,"靳思男的声音颤抖,"这些人犯了什么错?"

"我跟大公鞍前马后,没见过这样的死法。"

"是,没有什么白安叛军,这些人是附近的乡民,也许是饿极了,来抢粮食。"

"可他们是南渚的子民啊,赤研家这是疯了吗?"扬一依听到自己的声音都变了。

"他们现在死了,赤铁军说他们是谁的子民,就是谁的子民。公主,我们继续走吧。"白旭摇摇头,开始催促队伍前进。

"公主?"

"我没事。"她轻轻推开靳思男的手。

临近紫丘、火焰未熄,灼人的热浪迎面扑来。镇子暗青色的山墙已经大半倾颓,守城的士兵在原城门的位置临时搭建了简陋的辕门,几个军人打马出迎,靴子上还沾着黑色的血迹。

"不知是娴公主驾到,有失远迎!在下箭炉行营校尉陈兴波见礼。"对面的发声的人只着一间青色的底衣,敞着衣领,只在马上拱拱手。

"陈将军多礼了。"扬一依笑吟吟的。

这人太没有礼貌,赤研弘已经被赤研井田昭告天下,收入大宗,自己本来就是吴宁边的公主,也即将是南渚的公子妃,就算是赤研弘的父亲赤研瑞谦到了,恐怕也要下马见个礼,这人一个领军校尉,却大大咧咧端坐马上,实在是岂有此理。

但如果为了这点小事发火,她也就不是那个持重温柔的扬一依了。

"马都不下,你是什么东西!"扬一依不动声色,白旭却忍不住了。

"这里又是怎么回事,明知道娴公主将驾临紫丘,还要搞得鸡飞狗跳!"他是战场上滚出来的人,这几句话疾言厉色,大有兴师问罪的意思。

陈兴波却笑道:"哎,这就是白旭将军吧,久仰了,军中无大礼,我们日夜兼程赶来紫丘,就是为了对娴公主的凤驾洒扫以待啊,不过不知道娴公主实在是对弘公子情深义重,来得还是比我们预计得快了些,如有不周之处,万望赎罪。"

有问题,这人一番话听起来头头是道,却暗带锋芒,明摆着在讥讽吴宁边日夜兼程,急吼吼要把人嫁来南渚。哪里有半分把自己看在眼里。扬一依心中一动,去拉白旭。

她晚了一步,白旭早已怒发冲冠,当啷一声拔刀出鞘,后面吴宁边的军士也跟着拔刀,一片白晃晃的刀光,与此同时,紫丘辕门两侧箭楼上,南渚的弓手也上箭满弦,无数利箭正对着吴宁边的这支小小队伍。

绾青丝 153

陈兴波歪头看了众人一刻,眉头一皱,大声道:"干什么,一群蠢货!万一误伤了娴公主,你们有多少脑袋?"他除了扬一依,对旁人一个字也没有提及,他的部下倒是很明白他的意思,一句话间,那些闪亮的箭镞全数指向了白旭。

杜广志忙打马上前,道:"陈将军,两州结亲是大好的喜事,怎么就要动起手来呢?天干物燥,白将军只是有些烦躁罢了。"他干笑几声,转身按住了白旭的刀,低声道,"他们在紫丘少说也有千余人,谈崩了,我们怎么去箭炉。"

白旭咬牙恨恨,喝道:"收刀。"适才一起出鞘的钢刀稀稀落落地插回刀鞘,他又大吼一声:"没听到我在说什么吗?"出鞘的钢刀这才齐刷刷都收了回去。

陈兴波点点头,做了一个手势,南渚的士兵也都收起了弓箭。

"这位倒是明白事理。"陈兴波对杜广志点了点头。

杜广志正要自报家门,那边陈兴波已经打了一个哈欠,显然并不想知道他是谁。

"我的这些兄弟,适才刚刚在刀口上走了一回,想必现在还有些冲动,还请公主和诸位大人千万不要见怪。"

"请吧。"他做了一个手势,带头打马走向紫丘城内。

五

这座扶木原上的重镇此刻一派萧条破败,城墙外星散的低矮平房空空落落,鸡犬不闻,而城内那些颇有规模的商肆客栈也是空空荡荡,街市上更是不见平民百姓的半点影子。空空荡荡的街道上，只有全副武装的赤铁军在走来走去。

陈兴波带着众人穿城而过，走向城北的军帐，这里和镇口一样，临时搭起了简易的木制箭楼，在通往连绵军帐的路上，是一大片还冒着青烟的高大建筑。

奇怪，明明主要战斗都发生在城外，怎么会一路烧到这里来？

"这是什么地方？"扬一依小声问。

"是谷仓，"张盛柏道，"紫丘是扶木原的粮仓，每年扶木原的新粮都会积贮在此，这里存着箭炉与灞桥的主要口粮。"

"不错，是谷仓。"陈兴波也望着那被烧落了架的残损建筑，他的神情十分复杂，忧虑、愤怒中还夹带一丝绝望。

一行人打马走过这片废墟，明火虽然已经熄灭，但这里依旧热浪灼人。这些巨大建筑的圆顶已经不复存在，青砖砌起的墙壁被烟熏得焦黑、倒塌过半，空气中弥漫着焦煳的气息。许多赤膊的民夫在飞奔提水，不断地浇在可能复燃的木料和粮食上，而兵士们则忙着从焦黑的硬壳下挖出未燃的余粮。

所有人都在面面相觑，吴宁边打算要联合南渚突袭澜青的粮仓，谁会想到南渚的粮仓先出了状况？

在赤铁军中军大帐前，临时竖起了高耸的木杆，上面插着三个狰狞的首级，扬一依不敢去看，只感觉一阵一阵的胃酸，总怕自己再呕吐出来。

"到底发生了什么？他们总不是卫曜的人吧？"白旭实在忍不住心中的疑问。那三个人头中的一个还戴着头盔，正是南渚赤铁军的制式。

陈兴波也勒马，停在这三颗人头前，眯起眼睛遥望，道：

"怎么不是卫曜的人？现如今，到处都是卫曜的人。"

"死在村外的不过是些野兵和乡民，这个首级明明是南渚的赤铁军，"白旭道，"难道他们都和白安叛军有关？"

"这些不都是南渚的百姓吗？"扬一依终于也忍不住。

"公主，他们不是南渚的百姓，是海神的子民，"陈兴波嘿然冷笑，骑马在几个人面前兜圈子，上下打量着，"卫曜不用自己出现，他只是派乌鸦带来了消息。"

"消息？"

众人都觉得陈兴波话中有话，现在正是数州交战的敏感时期，任何风吹草动，都有可能掀起一场风暴，适才他的恶劣态度应该不会毫无缘由。

"乌鸦？"杜广志却另有关注点。

"嗯，像你这样的乌鸦，短短的头发，一身漆黑，有锋利的刀和充满毒液的嘴。"陈兴波看着杜广志。

这样的攻击太过直接，众人一时语塞，气氛变得十分诡异。

陈兴波身旁的一个军官叹了一口气，插话道："卫曜自封白安伯以后，变本加厉，自称南渚龙狮，宣称要重建海神庙，恢复海神信仰，并且派出了不少黑衣灵师，正在遍访扶木原的村镇。"

杜广志笑了，道："这真是开玩笑，木莲立国以来，晴州灵师中羽客都所剩无几，哪里还有龙狮在世？这分明是假借海神，在逞一己之威风吧。"

"有什么法子呢？乡民的头脑就是这么容易被愚弄。如果没有你们这些兴风作浪的灵师，也不会有扶木原如今的混乱局面吧。"

"你以为披一件黑衣就可以成为灵师了？"杜广志无奈摇头。

"我可没这么以为。我只知道这些人带来了黑色的消息，他们说神的使徒已经在北方燃起浩大的战火，这战火很快就会烧到南渚。而这战火，就是为娴公主而来。"陈兴波看着扬一依道。

"什么？！我吗？"扬一依睁大了眼睛。

"公主，他们说，你是火神的渡鸦！"陈兴波身边的军官道，"卫曜什么都没做，他只是派人身着黑衣，宣布从今天开始到日光木莲覆亡，整个扶木原的收成和赋税只属于乡民自己，不再有公税、兵税、木莲税、行商费，更没有朱家的十一税。扶木原就乱了。他们还预言，赤研家族终将随日光木莲覆灭，而将从内部打开灞桥城大门的，就是娴公主你！"

"笑话，谁会相信这些乡野流言！"白旭冷笑。

"白将军，你真是不懂他们，"陈兴波道，"这里的人对野熊们有感情，紫丘以前是他们的屯垦之地。"

"野熊兵早被遣散了。"

"百足之虫，死而不僵，"陈兴波回过头来，"易安大公的时代，不但轻徭薄赋，而且诸神流窜。他们打出免除赋税、重修神庙的招牌，再加上娴公主此番和亲的影响，这手段真是高明得很。"

"当然，我们没谁认为她就真的是那渡鸦、火神的侍者、死亡的幽灵。但紫丘已经在流言下乱作一团，幸亏我来得早，紫丘的粮食才没有被转移到白安，可恨他们负隅顽抗，还来得及放上一把大火。"

陈兴波语调怨毒："如今南渚大军集结箭炉，我们奉命东

绾青丝 157

进、荡平流寇、保证军粮，你们都看到了，在紫丘，就连箭炉行营保护下的乡民居然也敢反抗赤铁军，赤铁内部还有人同情应和！早先大家伙儿都说卫曜是这一切混乱背后的推手，今天的局面，我却不能肯定了。"

"今天我可以让你们通过紫丘和林口，只希望我们不要有一天在战场上兵戎相见。我们是可以死，但不能做炮灰！"

"陈将军，想开些。若真的是两州开战，公主殿下这样温婉贤淑，怎么还会嫁来南渚？既然我们来了，自然是为了两州的福祉，将军真是多虑了。"杜广志继续打圆场。

陈兴波拉了拉衣襟，狐疑地望向这群外州人。

陈兴波只是一个校尉，自然不知道南渚和吴宁边的密约，不知道澜青特使已经被李子烨一把火烧死在灞桥，更不会知道，南渚大军集结箭炉，不是要东进吴宁边，而是要北上澜青。

此刻已经真相大白，那些在紫丘外被屠戮的野兵，是被卫曜以复兴海神的名义组织起来的村落武装。南渚忙于用兵白安，对紫丘这样的城镇布控不够，加上赤铁军平素骄横，横征暴敛早使得民怨沸腾，因此卫曜点燃的反叛烈火就此越烧越旺。

她的目光扫过这满目疮痍的村落，回想起一路上那些横遭屠戮的乡民，心中一阵难过，天命如风，一旦开战，熊熊战火究竟会烧向哪个方向，大概父亲这样的一世枭雄也难以操控吧，但又是谁最先点燃了它？

"陈将军，我不清楚两州用兵的军国大事，但是只要我在南渚一天，吴宁边永远不会成为南渚的敌人。"她也知道自己的话在眼下有多么苍白，但是，她能做的也只有这些。

"假如我有军队，我会把他们都绞死。"靳思男的声音低低的，好像说了，又好像没说。

假如我有军队，我只会绞死反对我的人，扬一依心中的声音也轻轻的。

"卫曜的人还说了些什么吗？"她问。

"一些有的没的，他们说八荒将有大变乱，城池崩塌、山海沸腾，"陈兴波一直看着扬一依的眼睛，好像从中会得到他想要的答案，"和上古时候一样，海兽之血和墨羽之焰都会重生，这既是人世间的征战，也是神灵间的厮杀。"

"而娴公主你，就是火神派来南渚点燃鲜血的人，死亡和瘟疫将与黑色的渡鸦如影随形，"他顿了顿，道，"当然，胡说八道罢了。"

扬一依下意识地去看杜广志，却发现这一刻，他的眼睛变得深不见底，她再努力地看，却找不到那瞳仁中苍白的尽头。

"可笑，"扬一依皱了皱自己的额头，道，"我只是一个凡人，会饥饿，会难过，还会反胃和呕吐，如果我真的是火神的使者，那这一天的快马兼程就不会被颠散架了，"她顿了一下，"你们知道，吴宁边的扬家，只相信手中的刀。"

"刀是更好的选择，起码握在自己手中，"陈兴波的语气忽然软了下来，众人已经进入营地，他指着那条宽阔的道路，"穿过紫丘，就是林口，它是箭炉的屏障，只要能顺利通过林口，公主就可以安然抵达箭炉了。"

众人翻身下马，略作调整，陈兴波挥手，兵士们抬上米酒，送上馍和干肉。

坐下来的陈兴波已没有了刚才的桀骜之气："白将军，本来我这样的小卒是没机会和你这样的名将对饮的，但是霉运当头，也不知道什么时候就死了，如果什么地方得罪了，你也不要见怪。"

他歪着头灌了一大口酒，口中喃喃："到底要发生什么事？箭炉怎么会突然集结了这数万人马，本来扶木原这两年粮食丰收，就算捐税重了点，也算家家安稳，但这次却突然要把百姓牙缝里的粮食也抠走。"他挥手抹去满脸的汗水。"我也明白，非得如此，否则支持不了数万大军，但若不是这样，也不会引起民夫的暴动。我一个粗人，左右想不通，你们能不能让我死个明白？"

白旭思忖片刻，道："劳师远征，一卒、五夫、十倍军粮。我只能说，我们确实没有进军南渚的意思，赤研大公兵锋所指，并非吴宁边。即将开始的变乱太大，白某也只是棋盘上的一枚棋子罢了。"

陈兴波看着扬一依，道："人人都要活命，赤铁军对这些草头百姓不好也是真的，正因为这样，卫曜才这么有市场。如果你们真想要扫平南渚，我也理解，这实在是一个大好时机，却犯不着将公主再送过来，做供桌上的牺牲。"

陈兴波也不管有谁在场，说话毫无顾忌，八成是这次紫丘粮食被烧，军令无法完成，有些自暴自弃。这人桀骜自负，带出一群唯命是从的亡命之徒，看来完全不把近在咫尺的箭炉行营放在眼里，也不知道这样的人是如何升为校尉的。

"南渚的民心不是流言能够动摇得了的，"杜广志话说得很慢，"从来，变乱都是从内部开始的。"

陈兴波哈哈笑起来,仿佛没听到一般:"我看你们人还不错,就多说一句,到了灞桥,请公主离赤研家的人远一点,尤其是二大公的那只小狗。"他说话的工夫,一碗米酒已全部下肚。

"赤研弘?"他这话说得众人都是一愣,扬一依去灞桥,就是要嫁给赤研弘,又如何能离赤研家的人远一点?

"赤研家都不是好人吗?"靳思男嘴快,话出来觉得不妥,却再也收不回去了。

"有一个人,人虽苛刻,人品还好,"陈兴波看着她,一脸认真,"那就是冠军侯赤研星驰,他本来在箭炉主持百鸟关的防务,一切还算平稳。但这次从灞桥回来,就被免去职务,箭炉行营的大权已经转给了刚刚赶到的平武侯李秀奇,我看他恐怕也是自身难保。"

陈兴波又灌下一碗酒,把酒碗放在旁边青石上,道:"诸位,尽情用些酒饭,时间不早,如果想要不出意外,最好早些出发,才能连夜赶到箭炉,兄弟我就不送了。"

众人也不知说些什么,只能拱手,看他摇摇晃晃走向青烟缭绕的谷仓。

扬一依依然吃不下去东西,勉强喝了几口米酒,酒中的醪糟甜腻,不知为何又让她联想到了适才的血腥味道。她站起来走到一边,白旭和杜广志立即起身,靳思男却上前拦住了二人,道:"我这就去服侍公主,二位大人多有不便,还是留步吧。"

白旭和杜广志对望了一眼,停下了脚步。

扬一依离开了人群,这一片高地西侧就是绵延不绝的平明古道,古道旁有许多皂角树,其中最大的那棵高耸挺拔,总有

绾青丝　161

五六百年了吧。

靳思男走近扬一依,犹豫了一下,握住了扬一依的手。轻声道:"二小姐,一路颠簸,身子可还舒服吗?"

扬一依托着腹部没有回答,一股酸水翻了上来,她又开始呕吐起来。

也许战场已经清扫完毕,此时鸦群飞起,发出尖利的叫声。

第五章 赤研星驰

扬一依不说话，只是看着远方，赤研星驰顺着她的目光看去，眼前的世界壮阔异常，密密层层的民居变成了小小的方块，明亮的奔流河蜿蜒着在大地上流淌，远处的原野像厚厚的戎毡，平缓的山峦在无垠的大地上微微起伏。他们面前的世界流动着深深浅浅的绿，那是云朵在地面上留下了变幻的影子。

一

熹微的晨光下，青石砌起的内城在山脊上投下了巨大的暗影。

箭炉依托淡流河畔的赤石山营建，内城凌空高蹈，山下则是低矮石墙圈起的外城和日夜咆哮的淡流河。它是南渚最坚固的堡垒，巨人一样矗立在扶木原上，在长达千年的岁月中沉默不语。

薄雾升起，露水打湿了马蹄，赤研星驰在河畔打马缓行，艾蒿一丛一丛，枝繁叶茂，散发着微苦的香气，蜿蜒的平明古道在青色的天光下显得异常苍白。不远处的鲤鱼渡人声鼎沸，这一夜如同每一夜，从南渚四处汇聚而来的士兵，源源不断渡过这条奔涌的大河，来到这里集结。

他向后挥挥手，屠隆和那个少年卫官打马赶了上来。这一段路，只属于他自己，但他如今的身份，早没有了独处的空间。

"怎么办？"赤研星驰的目光注视着纷乱的渡口。

"李侯来了，但整个赤铁也都压上来了，还有青石和箭炉的营兵，公子，不能再犹豫了。"

"嗯。"赤研星驰不置可否地应了一声。

他们讨论的，当然是即将发生的三州之战，但也不全然是这场战事。

这一战，对赤研井田意义特殊，他几乎调来了大半个南渚的军队。然而箭炉这样坚固狭窄的要塞,很难容纳这样庞杂的军队驻扎,各地赶来的士兵们已经溪水一般四处枝蔓开来。作为南渚最为昂贵的公室兵,灞桥赤铁的中军护卫、骑兵和步兵弩手已经散落在外城各处,那些晚到的营兵、边兵更没有了立足之地,只能在淡流河畔支起营寨。

扬觉动的意外失踪让赤研井田改变了主意,他要利用这次会盟,一举击溃卧榻之畔的吴宁边。然而卫成功的死亡,又让一切平添变数。就算他现在决定联合澜青共击吴宁边,卫成功已死,凶蛮的徐昊原会相信南渚的诚意吗?

大战将起,赤研星驰依旧摸不清赤研井田的意图,如果赤研井田按兵不动,他一点机会都没有。

如果吴宁边送来了扬一依,赤研井田会继续履约吗?

这一战,对于赤研星驰更加重要,这关系到他要不要再继续他如履薄冰的人生。

"你觉得,李秀奇这个人,信得过吗?"赤研星驰侧头发问。

"李侯是个忠义之人,他不会背叛先公的。"

"现在赤研井田给他的权柄一时无两,他为什么要跟着我一个废弃的公子犯险,我能给他什么?"

"公子别忘了,当年先公去世,满朝文武都倒向大公和二大公,他可是为了你,被拷掠进了大狱。"

"我当然没忘。"赤研星驰回望身后,军帐中炊烟袅袅升起,稻米的香气混杂在蒿草的苦味中,在河岸缓缓飘荡。

没错,当年父亲赤研洪烈在南渚励精图治,李秀奇是他从平武野熊兵中一手拔擢的骁将,在父亲死后,他也是极少数没有落井下石、说过一句违心话的重臣。

"现在吴宁边和澜青开战,无暇南顾,李侯这次坐镇箭炉,接掌南渚诸军,兵权在握。而灞桥赤铁几乎全军出动,城内兵力空虚。现在淡流河以西,只有青石陈家尚可一战。这边赤铁加入战场之后,他的野熊兵完全可以掌控局面。我想象不到比这更好的机会了。"

"不,这些还不够。"

赤研星驰还在犹豫,诚然,如今的南渚,权贵横行、吏治腐败、民怨沸腾,大公赤研井田这一次倾巢而出的离奇布置,也难免草率荒唐,更不用说李秀奇的支持、混乱的战局,对自己来说都是千载难逢的良机。然而,这些还不够。他不能把所有的宝都押在父亲旧臣的忠贞上。他是做过质子的人,他还要等,等来自北方的、至关重要的筹码。

"公子,木莲是靠不住的,何况现在,日光城内部也在互相倾轧不休啊。"屠隆有些急了。

"那不重要,徐昊原不过是朝家的看门狗,木莲的支持就等于澜青的支持。没有北方的支持,只凭银梭营的这两千人,我有资格获得李秀奇忠诚吗?"

"公子,可你是先公的儿子啊!那个李子烨,不也暗示过你吗?"

赤研星驰举手示意屠隆闭嘴,他不想再听下去了。集中所有的敌人,来为自己登顶南渚铺路,不是山穷水尽,为什么要行这样的险招呢?

"好吧,就像你说的,木莲靠不住,南渚的事情,终究要我们自己解决,而现在,还不是解决的时候。"他的话说得斩钉截铁。

"公子,这次,你可是被放在了前锋的位置上!"

"够了!"赤研星驰大喝一声。

屠隆欲言又止。

他的表情,大概在痛心,不知道那个野心勃勃、雄才伟略的赤研洪烈,怎么会有这样一个首鼠两端的儿子。

淡流河在面前哗啦作响,看着那些激流中的旋涡,赤研星驰已经走了神。

十四年前,也是这样一个清晨,那时候父亲刚刚回到南渚不久,正统领着极盛时期的野熊兵,而他不过是个十一岁的男孩。

南渚世子赤研洪烈带着他的儿子来到了淡流河边。一路上,赤研星驰的小马要努力奔跑,才不至于被父亲一行丢下。他给赤研星驰指明向东蜿蜒的平明古道,道:"看到了么?顺着它一直走,你可以东达宁州,也可以北上木莲,你要记住这条路。总有一天,你会是威震天下的王者,你和你的铁军将会奔驰在这条宽阔的大路上。各州的百姓,都会向你贡奉金灿灿的粮食。"

那个早晨虽然清冷,但是他被父亲口中那许多金黄的粮食晃花了眼睛,小马力拙,他却跃跃欲试地想要打马跑上平明古道,惹来众人的大笑。

这个清晨和当日何其相似,可是一切都过去了,他死了,死得那么突然,叔父赤研井田变成了新的世子,继而接任南渚大公,如今的世子变成了他的堂弟赤研恭。而他,则代替了那个眉清目秀的堂弟,被送到了木莲去充当质子。

就算是清晨，空气也依旧闷热，湿气浸透了他的内衣。赤研星驰努力摇晃着脑袋，驱赶过去的影子。

"你是不是对我很失望？"赤研星驰转身，"父亲的一切，差不多都是你告诉我的，我也很失望，我没法成为他。"

"公子，你清楚的，你不是先公，也没必要成为先公，可是你也摆脱不了他。"

赤研星驰沉默了，屠隆说得没错。父亲一直都在，好像从未死去。

最初他以为父亲死了，因此爷爷才格外心疼他这个孙儿，亲自教自己骑马、射箭、读书、识字。他常常会想起父亲的话，想着骑着小马踏上平明古道，去做天下的王。然而赤研易安也死了。父亲真的一直都在，他像一个笼罩着他的巨大阴影，永不消散。他是前世子的儿子，没有人敢和他扯上关系，他也渐渐收起了天真和骄傲，学会了小心翼翼，学会了曲意逢迎。

一晃，那个十六岁背井离乡去做人质的少年，回到南渚也快三年了。七年在木莲各州颠沛流离的生活，已经让他长成了一个审慎的青年，他在木莲军中作战勇猛，一马当先，回到南渚，他恪尽职守、尽心尽力，在极短的时间内显现了超群的才能，但是现在，他突然怀疑这一切是不是都错了。

不会有人给他机会。

他的父亲在野熊兵中还有极深的影响和人望，甚至他的妻子，十四岁就嫁给他的道家的姑娘，在他流浪在外的七年里，也一直没有改嫁他人。回到灞桥，当他再次见到这个女子，仿佛自己重新结识了一个陌生人。是的，托爷爷赤研易安和父亲赤研洪烈的福，年纪轻轻的赤研星驰依然是南渚台面上数得着的人物。

他小心翼翼地在两个叔父之间周旋，不敢露出一丝一毫的僭越，但依然有无数眼睛紧紧盯着他，他只挂虚职、无法统兵，回到久别的灞桥，儿时生活的海神庙已被废弃，灵师们都被遣散，妻家道氏被族灭，只有道婉婷一个人，由于是他的妻子，得以幸免。

父亲手中精甲天下的野熊兵，一部分被老部下李秀奇重新整编，成为赤研井田的心腹武装，西移镇守平武，而另一部分则掌握在对父亲忠心耿耿的卫中宵手中，之后的这些年，卫中宵被不断夺兵削地，终究以谋反为名，和他的长子一起，悬首灞桥。

而他，野熊兵最为名正言顺的领袖，却要以赤铁军副都统的名义，奉命去白安讨伐起事的卫曜。

这次出来前，他少见地在家里大发脾气，怒骂赤研井田对他不公："我这个样子，哪有半点像赤研家的长子，那个位子我早就不要了，他们为什么还要这样逼我！"

道婉婷亲自关上房门，任他将屋子里的东西一一砸碎，等他发泄够了，她再将地上那些锋利的陶瓷碎片一一拾起，一边说："你刚才已经说了，你不要那个位子，你没资格去放弃别人的东西。"

她的声音很平静："不管你要不要，你怎么能觉得南渚是别人的呢？"

这是个罕见的姑娘，她出身于贵胄之家，却没有骄奢淫逸之气。

道家是赤研易安时代红极一时的南渚重臣，一直坚定地站在赤研洪烈一边。道婉婷的父亲道逸臣，说他是顽固也好，古板也罢，在赤研洪烈死后，他没有像其他的朝臣一样，迅速投到二公子或者三公子的阵营之中，依然坚持履行未竟的婚约，将自己的小女儿嫁给了十五岁的赤研星驰。

一年后，赤研星驰离开南渚的时候，道婉婷还只是个小女孩，他握着她的手，两个人抱头痛哭。她不能跟他一起走，于是，便目睹了家族以谋逆大罪被赤研井田满门抄斩。谁也不知道这个逆臣之女，那个瘦弱文静的女孩什么时候成长为了一个冷静果敢的女人。

道婉婷的这句话像一记重锤，猛地将赤研星驰打醒。没错，说是不争，他内心仍旧牢固地认为，那铁木海兽座上最该坐着的人，是自己。他的冷汗湿透了衣襟，道婉婷却安慰他，道："就算你不争，也没有人觉得你真的不去争，只是觉得你还没有那个实力罢了。既然你一天不死，他们就不得安宁，那还不如就把这果子摘到自己怀里。"

这样的话没有人对他说过，也许是不敢，也许是不屑。

她轻轻握住了他的手，那双手瘦削而冰凉，他长久地注视着道婉婷的脸庞，这是一张刀子一样的脸，带着三分刻薄的面相。他一直不喜欢她，只因为道家的人一个个骄横跋扈又冷面冷心，但他把她拢在怀里的那一刻，他终于知道她是不一样的。

想到妻子，他嘴角不由自主带上一丝微笑，这次出来前，她怀孕了。然而这种喜悦注定是苦涩的，如今他就像一只风筝，道婉婷和孩子就像这风筝的长线，被握在他的两个叔父手中。

"去,把大氅给冠军侯拿过去。"屠隆对迟疑着不敢上前的明亮挥手。

"将军,你,你披上吧,太阳还没有出来,屠大人说昨天一晚,你都没怎么睡觉。"出于紧张,他说话磕磕巴巴的。

这个浓眉大眼的少年是屠隆的属下,他看着好,今天屠隆就一起带了过来。他已经问过,少年是渔夫的儿子,额头宽阔,粗手大脚,靴子要特制才行。这样很好,赤研星驰身边向来没有南渚贵族的子弟,有两个叔父主政,他们犯不上和他扯上干系。

屠隆拍拍明亮的肩膀:"他还没上过战场,每天都在磨刀霍霍。不是谁都有机会跟着冠军侯,以后要机灵点,知道吗?"

"知道!"明亮大声说。

赤研星驰点点头:"我们回去吧,再等一刻,人都醒了,就太闹了。"

接过大氅,他脑海里又出现了阳宪那些衣衫褴褛的野熊兵,他们都是穷苦人家的孩子,是罪犯和流民,没有练习过格斗的技巧,没有好的铠甲兵刃。他们都很单纯,忠心于维护他们的卫中宵,甚至也爱那个疯疯癫癫的酒鬼卫曜。

相比那些闪亮的铠甲,我只有他们,他又看了一眼明亮。他们只知道我是一个军人,言必行、行必果,可以生死相托的同袍,在他们的心中,我姓什么、是谁的儿子都无所谓。

放下了起事的心,他现在真的很想知道,那位吴宁边的公主是否真的会星夜兼程,在这个清晨赶到箭炉。他还在等待着,感觉自己是个猎人,在等待皮毛华美的野兔撞进牢笼。

可是,这世上哪有为猎物遗憾的猎人呢?

二

青色的天际还没有完全褪去夜的暗影,平明古道上传来了战马的嘶鸣,一队人马向着这个方向奔驰而来。

赤研星驰打马走上河岸,隐隐约约看到半空飘扬着的旗帜上写着一个"关"字。

他脸色一沉,想要回避已经来不及了。

屠隆的眉头紧紧皱了起来,明亮则向旁边的地上啐了一口,道:"又是这个混蛋!"

他口中的"混蛋"是赤研星驰的副将关声闻,在赤研星驰返回灞桥议事期间,他奉命代赤研星驰主持白安战事。

顷刻之间,一行十余匹健马已经驰到眼前,对方远远见到赤研星驰,却直到他身前才猛扯缰绳,战马纷纷长嘶人立。

他还是这么肆无忌惮!赤研星驰心中怒意渐生,关声闻一身青色的铠甲散发着幽暗的光芒,也不下马,只是回转马身,对着赤研星驰打招呼:"侯爷,又见面了。"

跟着关声闻的是他的近卫,一个个面无表情,好像没有看到赤研星驰一般。

"关统领,你不是应该坐镇百鸟关么?怎么出现在这里?"赤研星驰的语调毫无起伏。

"回侯爷,白安平稳,不日即可平复,大公对我另有安排,命我前来箭炉待命。"

"另有安排?什么安排?"

绾青丝

"侯爷也知道军机的传递规矩，只有见到了平武侯后我才会知道。侯爷，请了。"关声闻的声音同样冰冷，他对着赤研星驰一拱手，领着人马奔箭炉内城扬长而去。

　　赤研星驰几人闪在路旁，飞奔的马蹄敲起路上的碎石，打在战马的披甲和当胸上，噼啪作响。赤研星驰忽然觉得自己很可笑，他的战马披着华丽的马胄，自己的兜鍪上插着火红的貂缨，这些尊贵的装饰只有让他在这群士兵面前更加尴尬。关声闻知道他此行的目的，但是他不告诉自己，他心中泛起一股阴沉的情绪。

　　"拽什么拽！"明亮又是一口唾沫吐在路上。

　　"算了，时间不早了，我们也回去吧。"赤研星驰打马，三个人一起慢慢晃在回城的路上。

　　"他来箭炉做什么？"屠隆的声音闷闷的。

　　是啊，赤研井田把关声闻调来做什么？赤研星驰越想心里越不舒服。

　　"不就仗着扶木原是他家的么！姓关的有什么了不起！"明亮年少气盛，大声嚷嚷。

　　"住嘴。"屠隆颇为严厉地瞪了明亮一眼。

　　是啊，这样忌讳的话，放在心里也就罢了，怎能摆在台面上。

　　关声闻是箭炉城守关大山的堂弟，关家是南渚望族，世代驻守扶木原，箭炉和原乡都是关家的势力范围，眼下，关大山继承了父亲的爵位，主持箭炉，而关声闻则从小在灞桥长大。

　　三年前，赤研星驰回到南渚，带着在木莲累积的声望进入军界，率军北上吴宁边，声援扬觉动。作战他不怕，他最为头疼的，是赤铁军中错综复杂的世系纽带。

他的目光又移回明亮身上，服从还没有变成他身上的钢印，愤怒让这个气鼓鼓的少年不自觉地骑快了些，现在竟然超前了自己半马。

毫无疑问，这个渔家孩子憨厚质朴。但军中无小事，最忌讳的，就是乱了等级次序。无序的军队，必然导致内耗和失败。

屠隆冷哼了一声，明亮终于察觉，忙勒马等在路旁。

赤研星驰暗叹了一口气，不怪明亮愤怒，像他这样来自草根的营兵，多半痛恨赤铁军，更不用提声闻这样飞扬跋扈的态度了，但他这种发自内心的单纯厌恶，依旧是太简单了。

南渚诸军总共分为三大系统，一是拿州饷却不被重视的戍边士兵，也就是今日的野熊兵；二是各大主城的常驻部队和大公的直属亲兵，他们大都是世族子弟，性命也格外金贵些，也称公室兵。因此赤铁也是目前南渚战备最为精良，待遇最好的部队；最后，还有各地的常规驻军，隶属于各个要塞的行营，也称为营兵。营兵们多为地方军事首长自行招募，日常开销都由地方负担，因此兵力和装备与地方富庶程度有着密切关系，但一般来讲，他们人数较多、素质较差，多为乡勇、猎户和赤贫难以维生的佃户。

是出身的天然差别导致了赤铁军和边兵、营兵的尖锐对立。

由于南渚承平日久，日常防务又有边兵和营兵应对，赤铁军渐渐成了一支无仗可打的队伍。偏偏这支队伍又待遇优厚，容易建功，因此便挤满了大大小小的公卿子弟，这些在南渚各大主城成长起来的官家少年，抱着军功封侯的想法，都想走这道捷径，通过各种关系被安插进来，稍加历练后多转而担任基层军官，提升速度快、纪律性差、好逸恶劳、不服管束，已经严重败坏了赤铁军的战力。

提到南渚赤铁军，还有个不得不提的人物，"二大公"赤研瑞谦。

本来，各州赤铁中的最高统帅，习惯上还有个"赤铁之虎"的荣誉称号，这也是木莲先王朝崇智麾下那支威武之师荣光的余绪。然而今天，南渚的"赤铁之虎"却是从不过问防务和军事的赤研瑞谦。这一只"赤铁之虎"，全盘心思都在把控南渚的贸易上。在他的统领下，赤铁军风气可想而知。承担着各大主城戒备的赤铁军，不仅战力低下，而且风纪松弛，横行街市，与民争利，已经激起了百姓的强烈不满。

赤研星驰在木莲统兵作战，也曾获得优异的战绩，但这很大程度上是因为他在木莲最为精锐的部队内服役。无论是李慎为的磐石卫，还是周半尺的日光赤铁，都军纪严明，运转高效，军令必达，畅通无阻。但到了南渚，情况完全逆转，当日他带上吴宁边战场的，便是这支赤铁军和营兵相混杂的队伍，从第一天起就让他头痛欲裂。

就在北上吴宁边的途中，赤研星驰麾下的赤铁们就对同行的营兵们显示出毫无道理的优越感。他们贪污补给，大肆浪费，军纪松弛，不听指挥，还几次因为扎营、武备分配而挑起事端，而营兵们只能忍气吞声。

赤铁军的糜烂，赤研井田也知之颇深，但是囿于赤研瑞谦和军中贵族的利益，一直也没能将其彻底整肃。这一次白安之乱，不仅整个白安地区在数日间全部沦陷，就连号称兵精将猛的百鸟关和阳宪镇也顷刻失守，座座重镇接连轻易地被卫曜的乌合之众攻克，守军毫无战斗力，不能不说，实在是由于赤铁军的积弊太深。

赤研星驰的嘴角浮现出了一抹苦笑，笑他当初受命协助赤研瑞谦统帅赤铁时，那勃勃的万丈雄心。

晨光慢慢笼罩了大地，外城的赤铁营地一片扰攘，不用听也知道，他们大多都在抱怨箭炉有限的接待能力，这些士兵永远比营兵边兵们热闹上好几倍。

赤研星驰打马小跑，高大的内城越来越近，向他们压了过来。

怎么评价关声闻？他和明亮心中的那个人并不一样。说实话，两年前，他曾给了赤研星驰最大的支持。

关声闻脾气直爽，能打硬仗，是世家大族中少有的青年才俊，既具有军事才能，又勇猛刚强。赤研星驰统军之初，正是看中了他和其他纨绔子弟的不同，力排众议，将他迅速提拔，加以重用。当年，为了南渚赤铁兵强马壮的梦想，两人曾相互引为知己，没少秉烛对饮、彻夜长谈。

关声闻被提拔之后，不负所托，配合赤研星驰，迅速整肃了一批自以为是的纨绔子弟，使得赤铁中军四营的军容军纪有了很大的改善。赤研星驰的严格管理和关声闻的粗暴执行，一度使赤铁军中的纨绔子弟"闻声色变"，与今天相比，那段时光真可以称得上是赤研星驰的黄金岁月了。

在风旅河战场，命运给了赤研星驰和关声闻丰厚的回报。两个血气方刚的青年决定不顾灞桥"随行观察"的指令，关声闻"代表"南渚援军主动向赤研星驰和扬觉动请战，参加了扬觉动主力对澜青的反击，并大获成功。这也成为关声闻履历中颇为辉煌的一页。

直到那个时候，两个人的手都是紧紧握在一起的，他们一度形影不离、亲如兄弟。

然而，很快，裂痕产生了。

回到灞桥，关声闻受到了赤研瑞谦和赤研井田的大力褒奖，并再跳一级，由赤研星驰的下属变成了只比他虚低半格，同样可以对赤研瑞谦直接汇报的副帅。关声闻开始对赤研星驰的治军方略发表自己的意见。

大多时候，关声闻是支持赤研星驰的，但他毕竟是世家出身，身边一起的死党亲朋也多是权贵子弟，他和他们有着天然的亲近。一段时间之后，他开始劝赤研星驰："打击军中的靡费和疏懒没错，但不能以抬高那些泥腿子为目的！我们是不是对功臣世家的后人们过于严苛了？"

不记得从什么时候开始，赤研星驰突然意识到关声闻话语中的微妙意味。对赤铁军的不断整肃和训诫，已经让这些权贵子弟如坐针毡，更重要的是，他们感到赤研星驰在有意抬高那些出身寒门的下级军官，整个赤铁军的权力分配正在悄然改变！虽然他们还没有胆子公然反抗赤研星驰，但他们的父兄已为他们的前途深感忧虑，随之也就对与他们同一背景的关声闻加倍关心起来。更多的人开始频繁登上南渚的朝堂。

赤研星驰包藏祸心，独揽军权的议论开始在灞桥悄悄流行，在故事的诸多版本里，关声闻正是那个为他篡权鞍前马后的"死士"。

三

淡流河水在扶木原上失去了羁绊。在箭炉城外,赤研星驰遇到了出城迎接扬一依的平武侯李秀奇。

每年雨季来临,这条从浮玉和澜青交界处蜿蜒而来的大河,都会水量猛增,河面在箭炉一带四处蔓延,形成数十丈的宽阔河面。这个季节,没有平明古道上的两个屹立千年的渡口,人们很难穿过扶木原。

太阳终于升起,比起东侧的紫丘和林口,干旱没有威胁到箭炉。五月过半,它的半个城池都被汹涌奔腾的淡流河水反复冲刷。日间的河水不再安静,幽暗的旋涡变成了闪耀着日光的金色铰链,长河像一条巨龙,蜿蜒在扶木原上。

斥候飞驰,扬一依一行将在这个上午到达箭炉。

咆哮的河水在石堤上猛烈撞击,溅起雪白的飞沫。李秀奇、赤研星驰带领驻扎箭炉的主要将领,已经列队在箭炉城外。

消息是准确的,天未过午,平明古道上出现了奔驰而来的马队,吴宁边长长的赤旗随风舞动,中间一面金面紫流苏的长旗,一个大大的"扬"字在日光下熠熠发光。

赤研星驰和李秀奇并骑在前,箭炉伯关大山、桃枝伯陆建、青石营兵统领米勇、顶替占祥成为礼宾典史的朱盛世、赤铁军副都统关声闻等大小官员,在等候着他们的公子妃。

这是一支二三十人的小小马队,经过了一夜的连续奔驰,全都汗流浃背,衣甲上布满尘土和草屑。为了快速奔驰,整队人都没有装备重甲,在强烈的日光中,这支护送吴宁边娴公主

绾青丝　179

的队伍不仅毫无应有的礼仪尊严，而且显得疲惫而脆弱。

"给我十个士兵，我就能打垮这些野鸡。"不知道是谁在背后小声嘟囔，接着传来低低的窃笑。赤研星驰心中摇头，这些赤铁真是没有上过风旅河战场啊。

"娴公主远来，秀奇招呼不周，未能及时迎驾，实在惭愧。"李秀奇带着众人下马，对扬一依见礼。

扬字旗下，那女子摘下兜鍪，发髻散乱，两道新月一样的弯眉微蹙，唇上已没了血色，强烈的日光斜斜照在她的身上，给她笼上一层毛茸茸的金黄。她抬手将散乱的几丝头发捋在颈后，偏头间露出一只耳朵，在阳光下薄得透明。

赤研星驰的目光紧紧跟着这个女子，她就是扬一依了吧？

少女用力拉紧了缰绳，想要翻身下马，只是胯下的马匹也经历了长途奔驰，嘴角喷着草沫，摇摇晃晃前冲了两步，才被她的侍女拉住。她身子一歪，险些摔下马来。

赤研星驰离得近，不假思索，伸手拉住了她的甲带，正欲轻轻放下，却被一只大手啪地打开。

一个高大将领眼窝发青、怒目圆睁，喝道："你想做什么！"

"白将军，不碍事的，是我脚软，没有站住。"

哦，这就是以刚猛凌厉著称的柴城大将白旭了，上次风旅河战场，赤研星驰倒是没有见过他。

赤研星驰伸手做了个请的姿势，后退了半步，扬一依就被白旭扶下马来。她的姿态笨拙而僵硬，多少显得有些狼狈，赤研星驰身后隐约有些骚动。

扬一依站定，把双足往松软的草地上压了压，神情慢慢放松下来，露出了微笑。

"刚才多亏将军搭手,真是见笑了。"扬一依的目光落在赤研星驰盔顶的貂缨上。

"平武侯和诸位大人真是辛苦了!我心中焦急,只盼望早到一刻,有利于两州的战事,如此狼狈的兼程而来,实在太过唐突。真是万分抱歉。"扬一依挺直身子抱拳,施的却是军礼。

紫丘的斥候已经于夜半先到,大家都没有把握扬一依究竟会不会漏夜行军,今天一早,众人还为是否晨起相迎争辩了一番。此刻看来,这个女子当真在马上奔驰了一夜,扬觉动的女儿,到底非同寻常。

这见面的短短一瞬,赤研星驰已经将扬一依上上下下仔细打量了几遍。

她没有扬归梦的青涩和朝气,但也没有她那么倔强和咄咄逼人。她举止合体,观察入微,体贴而周到。这张脸虽然憔悴,却多了一份淡定和沉稳,好一名娴公主。他想到了前几日青云坊中大呼小叫的赤研弘,心中暗道可惜。

这边李秀奇将身边诸将一一向扬一依介绍,赤研星驰保持着应有的矜持和风度,扬一依则对每个人微笑致意,看向赤研星驰的时候,眼神中分明带着三分自嘲,好像他是个失散多年的老友。

赤研星驰的日光跟着扬一依的步子,在身边这些同僚身上一一掠过。

此前的晨会上,李秀奇对众将领宣布了此次的行军计划,只字不提盟约中的花渡,只是下达了进军原乡的命令。此外,他着力强调,各路统军将领,均必须严格服从主将的指示,要以最快的速度做出反应、贯彻到底,如果出现意外状况,一律

绾青丝

军法处置!

在此次重新组建的箭炉行营中,由李秀奇麾下的平武野熊兵二万两千人作为中军主力,桃枝和青石的八千营兵和两千赤铁军作为两翼,扶木原的六千四百营兵作为后备,而赤研星驰、关声闻率领的七千赤铁主力则将作为前锋投入战场。

这是一个让赤研星驰十分难受的决定,他又要和关声闻搭在一起了,在这个清晨之前,他们两个已很久没有对视过一眼,也没有说过一句话。

白旭的离开将他拉回了现实,他已完成了自己的使命,平安将扬一依送到了箭炉,朱盛世代表赤研井田给这位狼狈的婚使送上了得体的厚礼,李秀奇则表示将派出兵士,护送白旭一路返回毛民。

"不用了,"白旭拒绝了进入箭炉稍作休整的提议,"礼物我代表大公收下,恳请稍后送来便是,未尽事项,还请李侯费心!军务紧急,我就不停留了。"他整个人都绷得很紧,走到扬一依的身前,静了一刻,道:"公主,观平在等着我们。请多保重!"

他声音沙哑,转身望了望箭炉城,又看了看扬一依身旁的瘦削男子,转身上马。

吴宁边的马队渐次转身,慢慢踏上了来时的路。"有劳诸位大人了!"白旭的声音闷闷的。他们终于打马而去。留下了那名瘦高的文士和几名侍卫,还有默默无语的扬一依和她含着眼泪的侍女。

赤研星驰目送着这些未来的对手,两个昼夜的奔波并没有摧垮他们的意志,虽然这些战士已经十分疲惫,虽然他们不得不离开,投奔新的战场,但他们依然顽强凶悍。这依然是那支令人敬畏的队伍，那支两年前在逆境中绝地反扑的队伍。

回过头，扬一依已经把目光从离开的白旭身上收了回来。

上马后，有一段时间，赤研星驰刻意避开了她的目光。朱盛世接替了占祥，成为新的礼宾典使，而占祥则因为李子烨突袭卫成功事件被免职，现在，他正带着卫成功的尸骨前往澜青，按照常理，这段送命的旅途，他不会走得太快。

当卫成功焦炭一般的尸首到达永定城之后，吴宁边的将士想必会在花渡遇到徐昊原掀起的风暴。只是到时候南渚这数万大军的筹码，究竟会押在哪一方身上呢？

朱盛世在扬一依的身旁，上下指点，给这位年轻的公主介绍箭炉城，仿佛他才是这座城池的主人。

他是南渚巨商朱里染的侄子，钱能通神，他一个行商，居然也能进入青华坊！这个由闪闪发光的金子打造的南渚，他赤研星驰只是个局外人。

扬一依谈笑风生，完全看不出悲伤的模样。

此刻，也许只有他能够体会扬一依的孤单心境：她是吴宁边的继承人，锦衣玉食、养尊处优，却因为扬归梦的逃婚改变了命运的轨迹，扬觉动的失踪，使她从今天起，将面对一个完全陌生的未来；这和他的情况何其相似，赤研星驰也曾是南渚的储君，但由于父亲的死去，被迫流落他乡，而即便今天回到了南渚，却已物是人非，两个叔父的"关照"有加，下属的反目成仇……看起来他似乎久蒙恩宠，一直稳坐高位，但一旦薄冰碎裂，他的脚下一样是无底深渊。

关声闻依旧骑行在他的身边，彬彬有礼、应对得体，但过去的经历，已经让赤研星驰的心冰冷坚硬了起来。

绾青丝

直到今天，赤研星驰依然不知道，对自己发难的时候，关声闻的内心里究竟在想些什么。

当关于他争夺军权的流言在灞桥愈传愈烈，赤研星驰也意识到了问题的严重性，他下定决心反击，甚至做好了杀一儆百的准备。无论他做出怎样的姿态，赤铁军的大小将领们回答他的只有沉默，他闻到了阴谋和血腥的气息，整个人像一只受惊的猫一样，弓起了脊背，亮出了爪子，等待着。

"侯爷，我们为您出生入死，马革裹尸，你还在我们背后说我们是纨绔子弟、军中蛀虫，你做得确实太过分了！"在一次赤铁军高级将领的会议上，一直坚定地站在他背后的关声闻突然大声责问。

赤研星驰愣在当场，他感觉一把锋利的刀子划开了自己的脊背，刺进了自己的身体，他体内的热血和勇气都随这一句话流失殆尽，他绝想不到第一个站出来反对自己的，竟然是关声闻！

整个会场鸦雀无声，所有的眼睛都看着自己，他们的目光中充满了怀疑、质疑、不屑和反抗。他没有选择，只能把关声闻当场擒下。

而当五花大绑的关声闻被送到赤研瑞谦面前时，"赤铁之虎"则轻描淡写地处理了这起以下犯上的严重事件。他先是好言劝慰赤研星驰息怒，而后亲手给关声闻松了绑，在措辞严厉地批评了关声闻之后，罚扣了关声闻三个月的俸禄。

消息传回军营，心中充满羞恼，却又惊疑不定的世家子弟们沸腾了。

"二大公给足了那个黄口小儿面子！"

"难为关将军沉得住气！要是我，必定当面掌掴赤研星驰那个蠢货！"

"下次他再为难咱们，咱们就去二大公面前说理去！"

也许站在关声闻的角度，他也无法理解赤研星驰的态度，尤其是他只不过说了心中想说的话，而他的兄弟居然把他绑到了赤研瑞谦面前！

"这是要做什么？因为我说了几句实话，你就要杀了我么？！"他一路都在大吼。

赤研星驰当然不希望赤研瑞谦杀了关声闻，但赤研瑞谦对这一事件的处置让他如坠冰窟。他终于意识到了自己的错误，作为前世子的独子，他不仅不应整顿赤铁军，甚至不应该重入军界，人们在等，等他尽情表演，再把他一脚踏翻，只是当他醒悟过来，他错得已经太离谱，只能紧咬牙关。

这件事情之后，关声闻在赤铁军中的声望变得如日中天，而赤研星驰明白，他终于完全失去了这支军队。

这支很快就要在他的统领下，作为前锋踏上战场的军队。

这也是他对自己没有信心的根本原因。

四

箭炉的城墙高近三十丈，这对于地貌平缓低洼的南渚来说，已经极为罕见，更为罕见的是，那些和城墙相接的山体上，建城者也开凿了长廊。这些之字形的通道幽深晦暗，但它们的开凿意义重大，守卫们不必通过城墙下的阶梯，从城后的赤石山上，同样可以轻松登上箭炉的城楼。

片状的页岩一层层堆积,成了高墙的根基,在此之上,条状的大块青石垒砌了墙体。经过千年的岁月,古老的城墙上已经爬满了藤蔓,在藤蔓无法生长的地方,则布满了灰色和浅绿色的青苔。

苦藤纤薄的叶子密密层层地遮盖着城墙上的箭孔,在城墙的内部,石阶和木梯交错纵横,将上下的通道连起,以确保守卫者能够上下通畅无阻。

这城墙是精心构筑的一座迷宫。

"远远看,这城池就像一个大闷锅,假如每个箭孔中都挑出一根长矛,这座城池就很像一只立起来的刺猬。"赤研星驰一本正经地对扬一依介绍箭炉这个名字的来历。

"不是我恭维,公子说的,可要比朱典史有趣多了。"扬一依笑得很开心。

两个人行走在幽暗的城墙下,正沿着细窄的石阶向城墙顶端进发,在他们身后,箭炉内城依山层层高起的民居,陆续升起了炊烟,大半个城市都笼罩在明亮的阳光中。

是扬一依表示希望和赤研星驰单独走走,李秀奇并没有多说什么。

只剩下他们的时候,扬一依对侍女介绍赤研星驰:"星驰将军两年前曾在风旅河边,和我们共同对抗澜青的军队。"

那个女孩睁大了眼睛,眼神多了些许亲切,显然,她也在哪里听过他的名字。

或许只有战士才能理解战士,此刻,赤研星驰忽然想起了扬觉动与豪麻,想起了朱鲸醉宴上扬觉动的狂浪和豪麻可怕的沉默,没来由的,他对于扬一依忽然有了一丝愧疚。他知道扬一依心里一定有很多疑问，只是他怀疑自己能不能够解答。

此刻，正午的阳光已经失去了清晨温柔的金黄，变得白亮刺眼，但箭炉高大的城墙遮住了强烈的光线，墙角的青苔使得狭窄的石阶更为陡峭，扬一依走得很慢，连续的纵马奔驰总不是一件容易的事。

赤研星驰走在扬一依身后，防备扬一依不慎滑倒跌落。

"这里是一座坟墓。"扬一依被石阶牵引，路过那些废弃已久的兵库、甲库和瞭望台。

是啊，即便对于赤研星驰这样百战沙场的人，箭炉的内城也过于高大阴森了。

八百五十年前，第一代南渚王李氏宣布成立王国时，为了防备强大的青王国的讨伐，不惜人力物力，在赤石山侧修建了这座易守难攻的堡垒，辉煌一时。但和所有的古迹一样，它的雄伟也在百年的承平岁月中，慢慢化作荒凉。

数百年来，扶木原日渐丰饶，平明古道川流不息的商旅让箭炉变大了，越来越多的百姓取代了兵士在箭炉定居，房屋以惊人的速度从内城高墙下延伸出去，摊大饼一般形成了新的城区，于是，箭炉又有了以低矮的石墙构筑的外城，它不再是单纯的军事要塞，而成为平明古道上的商旅重镇。

扬一依和赤研星驰在前面走，靳思男和明亮远远跟在后面，杜广志、屠隆和侍卫们则留在了墙脚下。

"这里早已经荒废了。"扬一依走得气喘，额头出了一层细密的汗珠，停了下来。她的眼前是个平台，飞鸟带来的种子滚落在窄小的缝隙，野草在碎裂的砖石间一丛一丛地蓬勃生长。

"是啊，当年的南渚王蒸土筑城，我们脚下的位置，都是热

绾青丝　187

腾腾的水汽,传说整个城墙都是灰白色的,我们脚下的地基之中,埋着三万民夫的尸骨。"

赤研洪烈对儿子讲过这个故事。

扬一依一笑,道:"我也听过这个传说,歌师们都说李高极是一个残暴的帝王,为了筑起箭炉城,死人无数,但我很想知道,他是有多害怕他的敌人,才会费尽心机筑起这样一座大城。"

她也许是千百年来第一个同情这位暴君的人,赤研星驰不由得多看了她两眼。

扬一依显然注意到了他的目光,但她只是微笑,继续前行。

这平台尽头是个下方上圆的通道,刚好能容人弯腰穿过,通道的另一端,有一团模糊的光亮。她小心翼翼低下身子,钻入了通道之中。他们现在在城墙的中段,扬一依穿过的通道正是当年守军们通向箭孔的兵道。

这城墙年久失修,不知会有什么意外发生,赤研星驰想要阻止,已经来不及,只得也猫腰跟上。

略一转弯,两个人来到了通道尽头,猛然出现的强烈光线有些刺眼,风呼啸而过,穿入两人来时的孔洞,让人立足不稳。赤研星驰首先注意到左右两侧石墙中镶嵌着的铁环,这是当年防备射手跌落的设施,此刻,两个铁环间松垂着一条布满锈迹的铁链,正在强劲的风中微微摇摆。

这里的风太大了,风从这里绕着弯儿在城墙中的风洞穿行,保持城墙底部谷仓和兵库的空气流动。

扬一依的衣襟被风鼓动,哗啦作响,她上前一步,去扶握那铁链。赤研星驰一惊，这铁链已不知存在了几百年，万一锈蚀脱落，她便有大风险。他急忙跨上一步，伸手抓住了扬一依身后的甲绊，风吹得他立足不稳，不知什么时候，已经出了一身冷汗。

"公主千万小心，不要有了闪失。"他不知道这个姑娘如何有这样的胆量，做出如此疯狂的举动。

扬一依不说话，只是看着远方，赤研星驰顺着她的目光看去，眼前的世界壮阔异常，密密层层的民居变成了小小的方块，明亮的淡流河蜿蜒着在大地上流淌，远处的原野像厚厚的戎毡，平缓的山峦在无垠的大地上微微起伏。他们面前的世界流动着深深浅浅的绿色，那是云朵在地面上留下的变幻的影子。

眼前的景色震撼人心，扬一依不说话，赤研星驰也一时语塞。

"大安城的百望台上，没有这么好的风景。不知道吴宁边，有没有给公子留下些许印象？"她终于开口。

"吴宁边自然也是好的。"赤研星驰忽然有些尴尬，他这些年急吼吼东奔西突，为了自己的身份和地位奋力挣扎拼搏，就算是在梦里，也想着如何能够证明自己，何曾留意过身边的景色？

扬一依道："自己喜欢的才是好，公子别不信，这次来到南渚，是我第一次离开大安城，不走出来，原是不知道这世上有多大多美。"

扬一依表情温婉，赤研星驰心中一动，还是把心中升起的莫名感触压了下去："公主叫我一起散步，星驰荣幸之至，但如果是关于扬大公和豪麻将军的问题，我只能说抱歉。"

他不知道自己为什么忽然提起扬觉动和豪麻，似乎这两个人既是他和面前这个女子之间的纽带，又是他和她之间的障碍。不知道她和豪麻到底有没有合欢，他心底忽然冒出来的这个念头让他十分羞愧，在这样的场合，这样的想法实在不应该是他赤研星驰应该有的。他感觉到自己身体里有些隐秘的力量在躁动不安。

"就是看看风景，有什么不可以？今天的风景，明天就不复存在，就像身边的人，分离后，就不知道能不能再次相遇，"扬一侬笑得有些苦涩，"如今我已经来到了南渚，很快也就是赤研家的人，想那么多，又有什么用处呢？"

扬一侬微微皱眉，看向远方，这一点失落和无奈爬上了她的眉尖，让她平添了几许妩媚。

"给我讲讲我未来的丈夫，他是个什么样的人？"扬一侬的声音淡淡的，显得有些疲倦。

"我堂弟是个，呃，是个，呃，还是个孩子。"赤研星驰勉勉强强说出这一句话。他有些懊恼，实在是不知该如何形容赤研弘才好。赤研星驰发现自己一直没有松开扯着扬一侬犀甲的手，而且他现在也不打算放开。

"我听人说，他并不好，如果是我的小妹嫁给他，她迟早会一刀割了他的喉咙。他还是娶我比较安全一点。"扬一侬在自嘲。"星驰公子，今天我们虽然是第一次见面，但是我常听豪麻说起你，觉得很熟悉，今天见了你，更觉得你就像一个老朋友。"

"你知道，公子啦，公主啦，一般来说，是找不到人说心里话的。"扬一侬回过身来，把赤研星驰拉到自己的身边，把头靠在他的肩膀上，闭起了眼睛。

"我小的时候，父亲忙着四处征伐，有处理不完的国事，母亲重病在床，每日静心休养，小妹天天打打闹闹，热闹非凡。没有人管我，我就跑到大安城最高的百望台上，一坐就是一天。看太阳这边升起来，那边落下去。人们都喜欢我，可是我自己不喜欢我自己，我常常想，如果我就这样伸开双手，纵身一跃，会不会非常美妙？"

"公主？"赤研星驰紧张起来，他的肌肉有些僵硬。

"你别害怕，"扬一依收起了笑容，带着模糊的笑，"我还没说完，现在我长大了，反而感觉自己没有气力，跃不动了，如果我还有勇气，现在正是我最该跳下去的时候。"

"公主？"

扬一依依旧闭着眼睛，风吹乱了她的发丝，她的手穿过赤研星驰的衣甲缝隙，游蛇一般滑入了他的内衣。

五

大风带走了高温和汗水，她的手冰凉滑腻，让赤研星驰有种针刺样的酥麻，他感觉到心怦怦跳得厉害，这不对，他想，不能这样。

扬一依的手指甲轻轻划过他的胸膛，他猛地伸出了空余的那只手，握住了她的手腕。她停止了动作，睁开了明亮的眼睛，她看着他，无穷无尽的亮光从她背后的世界涌来，他可以看到她脸上细小的绒毛，带着阳光的金色。

赤研星驰艰难地咽了一口唾沫，喉结滚动道："公主，这样不行……"

扬一依不说话,只是看着他,她踮起脚尖,伸长了脖子,上面有汗水滑过留下痕迹,还有一种对他来说极为陌生的淡淡香气,她的嘴唇迎了上来。

赤研星驰在为质的岁月中也曾有过交欢的经历,他和道婉婷也鱼水相谐,但他从来没有过此刻的感受,仿佛在这强风之中,他正用全身的毛孔接纳扬一依的柔软和温暖,他感觉整个世界就要爆炸了,不知道什么时候,他把自己的嘴唇压了下去,和那薄薄而略显苍白的嘴唇紧紧贴在一起。

风声中夹杂了两个人粗重的呼吸,他熟练地将手伸到扬一依的腰际,一把扯掉了她的皮甲,与此同时,他们的舌头却搅动在一起。跟他相比,她的吻简单而青涩,没有技巧,也太过直接,他忽然心头有些疑惑,难道,她从没有过这样的经验?

"公主,你还好么?"靳思男的声音从兵道的另一端传来。

脚步声越来越近,赤研星驰一惊,下意识往后撤步,想要推开扬一依,不料扬一依却像一条水蛇,紧紧地缠住了他。

"没关系,来。"她伸手托住了赤研星驰的后脑,手指伸入他柔软的头发之中,紧紧攥住,想让他低下头来。他的手不知道什么时候滑入了她的衣服,对于女孩子的内衣,他的手指比卸甲时笨重了十倍。

扬一依的眼中燃烧着赤色的火焰,她又坚定而短促地说:"来。"

赤研星驰再也顾不得身边的世界,一把扯开了她的内衣,果然最粗暴的方式最痛快,他的手握住了那只滑腻冰凉的乳房。

"啊,别过来!"靳思男弯腰转过兵道的最后一道转弯,突如其来的光线刺痛了她的眼睛,然后她的脸唰地红了起来,赤研星驰觉得自己有些面目狰狞,然而扬一依依旧闭着眼睛,仿佛世界上的一切外物都不存在。

靳思男马上明白过来自己应该做些什么,她匆忙转身,伸手向后推去,急匆匆地斥道:"都说了不要跟过来,怎么不听!"

"怎么了,什么事!?"明亮虽然是个少年,却有个浑厚的嗓子。

"扬公主正和星驰公子商量极其重要的军国大事,我们不能打扰他们。快退回去!"

"啊,是这样。"

风声吞噬了明亮和靳思男的对话,也吞噬了箭孔中两个人的喘息。

扬一依的唇在他的身上游走,整个辽阔的世界就在他的眼前无限伸展,这一刻,他感觉自己就像一个帝王,这一刻,他没有去放纵自己的感觉,而是想到了自己,戎马生涯带给了他布满伤痕却强健的身体,他随着她的唇微微颤抖着,她此刻比他见过的任何女子更美!然而她停止了,好像不知道该如何进行下去。

他十分意外,虽然十分不情愿,他还是尽力说了那句虚伪的话:"公主,我们还是不要这样。你是不是还没……"

扬一依把他抱在怀里,身体整个贴了过来,道:"怎么会,吴宁边的女子怎么会到了十九岁还是一无所知?来。"她又在重复着那个字。

绾青丝 193

热血充盈的感觉让赤研星驰无法选择,他转过扬一依的身子,抚摸着她光滑的脊背。地上的岩缝中生满苍苔,扬一依用双手攥紧铁链,古旧的吱呀声穿过千年的岁月,在他的血液中回响。这一刻,他不再是如履薄冰的冠军侯,而是赤研洪烈身边那个心中装着天下的少年,他是面前无垠疆土的主人,是冰霜,是火焰,是划破长空的闪电。

而她,是吴宁边的公主,最美的那个,她执掌着整个吴宁边的辽阔山川,没有妥协,没有苟且,没有犹豫不决,这才应该是他所拥有的生活!她带着不可思议的能量,让他头晕目眩。他身前的这个女人身份高贵、仪态端庄、聪明绝顶,只有这样的女人,才配是他赤研星驰的女人!

山风烈烈,仿佛用尽了全身的气力,他的头脑瞬间空白……他把她拉过来,拥在怀里,他感觉自己浑身发烫,而她则像一块温润的玉石。

"你还好吗?"他的嗓子有些嘶哑,小心地把扬一依散乱的头发理到脑后。

"你这卸甲的功夫,比我们思男强多了。"扬一依环抱着他,轻轻在他耳边笑道。

"我感觉……"赤研星驰有点难以启齿,"你是不是第一次?"他的心中依然有着强烈的负罪感,此刻,豪麻憔悴而愤怒的样子出现在他的脑海中,他下意识去摸刀,却发现自己身无寸缕,他手掌稍稍移动,是扬一依光滑的臀部。

"当然不是。"扬一依的话语让他悬着的心多少放下了一些。

"扬家的女儿,第一次都给了奔驰的战马!"扬一依笑着推开他,"我有些冷了。"

她开始穿衣,刚才的激烈冲撞中,她匆忙而熟练,内衣被那指尖缠绕,松手间已飘出孔洞,赤研星驰无暇顾及。好在她还有小衣,还有犀皮甲。

她太调皮,赤研星驰恍然大悟,扬家是在马背上打下的江山,扬家儿女自然都要谙习刀马,这么说,她从未有过这种经验?但为何她的身体如此柔软,情绪如此沉醉,一切都这样流畅自然?

她披上小衣,他一把捉住她的手,风撩开了她的衣服,那两个饱满的乳房上布满了细小的鸡皮疙瘩,风吹干了汗液。

他还想多看一眼,扬一依却回头睁大了眼睛,带着不解的眼神,他不由自主地放开了手。

"风太大,公子快穿上衣服吧。"此刻的她和刚才的她完全两样,现在自己身前的扬一依,虽然衣衫不整,却再度变成了那个自尊满满、不卑不亢的娴公主。

赤研星驰张了张嘴,道:"为什么?"

"为什么?"扬一依穿好了自己的衣服,又从地上拾起赤研星驰的衣服,"快,把手伸出来。"

他让她服侍他穿衣,只是此时那些气吞山河的豪迈气概都离他远去,虽然她温婉贤淑得像一个侍女,但他觉得自己更加渺小,只是一个手足无措的孩子。

"这甲胄我不大会穿呢。"扬一依拎起赤研星驰沉重的鱼鳞甲,皱着眉头。

"我来,我来。"他慌忙接过来,匆匆忙忙将它套在身上。

当一切都恢复原样,刚才的一切就像一场梦。扬一依又将

绾青丝 195

双手搭在锈蚀的铁链上,静立远望,这次,赤研星驰却没有勇气再上前去抓住她的衣襟。

"看,这辽阔的土地多美!"扬一依望着南方,那是扬觉动和豪麻一去不归的方向,那里有座她从未到过的大城,是她即将披上青色莲裳出嫁的地方。

你永远不知道女人在想什么。赤研星驰站在她身后半步,觉得她是那么近,又那么远。

"侯爷,那条线的后面,就是你的家乡吧?"扬一依看着起伏的天边。

"是,不过根据盟约,我将前往原乡,进军花渡,走的却是相反的方向。"

扬一依已到箭炉,日落之前,赤研星驰率领的前锋营即将开拔。

"灞桥城中,还有家人吗?"

赤研星驰愣了片刻,他没有想到她会问这个问题。"有,妻子和孩子,"他顿了顿,"她快生宝宝了。"

"我会帮你照顾他们的。"扬一依的语气,仿佛她才是这片辽阔疆域上的真正君主。

"她们说我是火神的渡鸦,我可以带来死亡,也能祝福生命。"扬一依展颜一笑,露出两排洁白的牙齿。

她什么都没问,什么要求都没提,赤研星驰望着扬一依,她安静得有些悲伤,风吹起了她的衣襟,她黑亮的长发在风中飘舞着。

不知道谁能有幸一生和她相伴,为她将一头青丝绾起。

那个人绝不是赤研弘。

第六章 绽星芒

黑石地面抖动着，金银打造的星轨上，玄铁铸就的十二主星疾电一般飞旋，爆出了耀眼的火花，那些凹陷的星槽内，绿色的萤火和白色的珠光交替明灭，铆钉剧烈地抖动着，风从疯狂转动的星盘中央激发开来，吹得乌桕立足不稳。暴风眼中，站着一个茫然失措的瘦长身影，他的蠡星尺落在地上，发出了清脆的声响。

一

暑热包围着灞桥，阳光一层层落在大地上，沉闷的热带着重量，在地面上扩散开来。人们躲在树荫和屋檐下，除非必要，不会让路面的青石烫伤脚板。

乌桕站立在空旷的陨星阁中，四面的墙壁笔直向上延伸，直到一个骇人的高度，嵌在墙壁滑轨上的方块格子隐有微光，每当地面上的巨大星盘转动，这些装载八荒过去和未来的木匣就会打乱重排。封长卿管这个过程叫作呼吸，放眼整个八荒，会呼吸的上古建筑已经所剩无几了。

大多数的微光木匣内，嵌有一块青色琉璃，琉璃中嵌着夜明珠，古书记载，夜明珠是被烈焰融化的海兽鳞甲。如果这是真的，在这里一定曾发生过一场惨烈的神祇大战，以至于有成千上万颗夜明珠散落，在之后的漫长岁月中，依旧散发着若隐若现的光芒。

每次走进陨星阁，乌桕都有一种强烈的压迫感，这里幽深僻静，高耸的穹顶和空旷的大堂隔绝了人世的喧嚣。阁外的灞桥城热力蒸腾，而这里的地砖永远带着一丝阴冷。

星盘上，一高一低两个人影，高的，是坊中的大灵师占祥，矮的，是赤研井田大公的小儿子赤研敬。

一只麻雀扑棱棱飞进了陨星阁，正停在星盘的星轨上漫步，低头寻找食物。乌桕的人在陨星阁里，心早就飞到外面的灞桥城去了。

"好麻烦,我解不开!"赤研敬烦躁的声音在空落落的陨星阁中回荡。他比乌柏大一岁,黑发柔软,鼻子笔挺,带着鲜明的赤研家族特征。

白袍、金色滚带,占祥的眼神钩子一样,紧紧盯着正在地面巨大星盘中游走的赤研敬,调整着身边的机栝。星盘上的黑石平滑如镜,当中嵌着银子打造的凹槽。每当占祥转动蠡星台,那层层嵌套在一起的圆环就会发生变化,沿着轨道,玄铁铸成的滚珠就开始隆隆作响。

这些滚珠在精巧的滑轨上缓缓移动,代表天空中五星七曜的运行。天上星辰的运转就在占祥的指掌之间,只要占祥的手底移动,星盘亦会转动,对应星野上的滚珠也会随之滑动起来。随着整个星盘转动速度的增加,那些滚珠和轨道碰撞摩擦,还会发出火花和白色的微光。

星算,上古灵师们传下来的本领,可以通过星盘推演,确定天空六块星野三百八十六颗主星的位置,根据他们之间细微的位置变化,定历法、分季节,蠡测人间凶吉。

对于青云坊中的学生们来说,星盘和历法是最头疼的科目,变幻莫测,难以捉摸,要强行记忆,很难不发生错误,然而对乌柏来说,捕捉星辰们变化的轨迹却很简单,他读过陨星阁中大多数星算书籍,那些已经逝去的伟大的灵师们似乎都站在他的身旁,为他指路,更重要的是,他有一个好脑子,只要看过一眼的细节,就永远不会再忘掉。

星辰们不是在无规则的挪动,那些滚珠的轨迹优美而确定,没有什么计算能难得倒他,而这一切,赤研敬恰恰知道。

所以,今天,赤研敬才需要乌柏站在这里。

今天，是占祥给赤研敬上的最后一课。

赤研敬随着铁珠的滚动转换着方向，掐着手指，在凉爽的陨星阁内，他额头遍布汗水。

"不许停！"占祥沉着脸，看着赤研敬的眉毛越拧越紧。

"我跟不上！"赤研敬的声音有些慌乱。

"看仔细！"占祥大声吼着，连乌柏也被吓得一个激灵。

占祥这几天格外气急败坏，如果这次乌柏不帮赤研敬，不知道会发生什么事。

都说他和前几天火烧画舫街，刺杀澜青使臣的事件有关，因此触怒了大公，被褫夺了典史的职务，这事情究竟是真是假，那一日究竟发生了什么，和占祥到底有没有关系，乌柏这样的毛孩子本来也无从得知。

但是青云坊里有一个赤研弘，就大不相同了。

昨天这个时候，赤研敬命令他站在这里，自己依照占祥留下的星图，去拨动星盘，而乌柏负责给他做最后的验算。

他们没有关门，一大团阳光从高大的门洞中扑了进来，万籁俱寂，只有一只小麻雀在星盘上跳来跳去，寻找吃食。

乌柏集中注意力全力推演，根本不知道赤研弘走了过来。当他心算完毕，一回头，正看到赤研弘一张圆脸，他歪着脑袋，皱着眉头看着自己。

"啊"的一声，乌柏受惊不小，几乎可以说是惨叫了。

"你们在这里做什么？"赤研弘和乃父一样，有一个洪亮的嗓子，他的疑问在空阔的空间中回荡。

"我在看乌毛头打扫。"赤研敬倒是不慌不忙，从一旁的蠡星台上走了下来。

绾青丝　201

"哦?"赤研弘狐疑地看了看赤研敬。

"小弟,这星算是装神弄鬼的唬烂方术,你可不要被占祥他们骗了,南渚立国近千年,日光木莲也成立了七八十年,从来没听过这玩意儿有什么用。"

"也不能这么说,赤研洪烈不是曾经从木莲习得灵术么,占祥说……"

"哎,所以为什么他死了?哼,赤研家三百年来唯一一个有灵师身份的世子,又多了些什么?有个屁用!还有那个占祥,吃里爬外是一把好手,就没办成过一件漂亮事,今天还能面红耳赤地活着,都因为他是你的老师!"赤研弘一脸不屑,说完嘹亮地笑了起来。受封南海侯之后,赤研弘一张嘴没有丝毫收敛,却很少拍着大腿哈哈大笑了。

"也不知道阿叔到底是怎样的考虑,这占祥在和吴宁边那些蟊贼的往来中拿了不少好处,这次还引毛民来的匪徒烧了半条街,如果不是阿叔护着他,早就被我阿爸砍了脑袋了。这人不但胆小如鼠、不学无术、招摇撞骗,手脚也还不大干净,小弟,你可要对他存些提防才是!"

看到赤研敬笑得尴尬,赤研弘摇了摇头,道:"我先走了,小弟,你身子瘦弱,还是要加紧练习弓马,依我看,不久我们兄弟就可以一起上战场了。马上封侯、马上封侯,我为着一个女人,得了一个侯爵,多少还是差点意思。"

"哦,对了,"赤研弘扭过头来,看着乌柏,"你,回去告诉那个扬归梦,就说她姐姐马上就要到灞桥了,到时候我请她去参加我们的洞房之喜。"

封侯之后,赤研弘日益嚣张乖戾,乌柏正在琢磨应该怎样回答才不至于惹祸上身，赤研弘却头也不回地大步迈出了陨星阁。他终于长出了一口气。

"算出来了吗？"赤研敬的脸色铁青。

乌柏点了点头，赤研井田对赤研敬管教一向严格，因此赤研敬对占祥这个老师也颇有几分敬畏。占祥人是褊狭好怒、贪财刻薄，但他对赤研敬，也是真的全心全意。

刚才赤研弘对占祥大放厥词，有那么一瞬间，乌柏以为赤研敬会当场爆发，他知道赤研敬的脾气很差，然而，什么都没有发生。

看来只要赤研弘骂谁，谁就是活该挨骂。

话说回来，整个南渚，此刻不知道有多少人都在看不起占祥，这个被胁迫着一起杀人放火的大灵师。

占祥转动星台，星盘跟着咯吱咯吱转动，赤研敬此刻似乎真的被难住，下一步再也踩不出去，在一旁犹豫不决。

糟糕，不会是他忘记了吧？乌柏的心里一紧。

占祥正在严格复盘他昨天的推演，难度最大的算式还没有转出来，是不是赤研敬太过紧张了？破了四周天后的星野，将会进入螭猷天，那时候才是灵师们的大挑战。螭猷天是五大主星中弥尘星主掌的星野，在灵师们中间，弥尘又被称为犬颌之怒，主宰八荒混乱杀伐，而来自晴州更为古老的灵师系统中，则称它为鸦之眼。

封长卿给乌柏上的第一课，就是郑重其事地告诉他，有能力进入五周天星野的灵师，绝对不会把弥尘和其他的主星相混淆，因为划过星野时，它会吸收所有的光芒。

缔青丝 203

没有疑问，这一次占祥给赤研敬出的题目，已经大大超出了他的能力范围，但是，乌柏已经替他提前做好了路径呀？

"抓紧时间。"不知道是不是也对赤研敬没有把握，占祥的催促显得底气不足。

滚珠磕碰在轨道上，摩擦出白亮的火花，而磷火和蚌珠点亮的繁星明明灭灭，赤研敬的眼神扫过乌柏藏身的角落，嘴角微微上翘。

"那就赌一把！"他忽然说了这样一句。

占祥耳朵一动，好像正想听他到底嘟囔了一句什么，赤研敬却一声大吼："破！"

他的身形划过火曜，右手的蠡星尺点在了星盘上毫不起眼的一块空白上，发出了当的一声轻响。

赤研敬头上的汗珠缓缓滑落，滴在地面上。

只停顿了微小的一刻，一簇蓝色的火苗在蠡星尺下呼地腾起，他得意地长出一口气，抖开手中算石，放在那火上，那蓝色的火苗竟被缓缓吸入石中。

"好，果然有进步！"占祥终于举手拍掌，咧开嘴笑了起来，掌声在空旷的大堂内回响。

赤研敬这一跃，巧妙地跨过了四周天和五周天的界限，进入了螭兽天，星火已燃，这预示着赤研敬准确地捕捉到了弥尘的走向，并得到了星辰之力的确认，这对一个十二岁的少年来说，实在难得。

"敬公子，好，做得好呀！你能够捕捉到弥尘流过的轨迹就已经很好了，能够兜头将正在滑动的主星分毫不差地点中，只怕全南渚也没有几人！"占祥的声音中带着惊喜，也藏着深深的不安。

星盘缓缓停止了转动，被汗水浸透的赤研敬走到了老师身边。

二

"敬公子，现在天下形势瞬息万变，青华坊也纷乱异常，你常在坊中，要学着去关注大人们的事情了。"占祥上前一步，遥指着那星盘，凝固的星野仿佛一张面无表情的脸。

"你说说，弥尘星在这个位置停下，代表了什么？"

"弥尘从螭猰天穿出，预示八荒将有战事。"

占祥叹了口气，道："不错，现在大公发兵原乡，已引起满朝哗然。人们都以为大公对吴宁边的一味妥协，毕竟，现在南渚已如此强盛。但这些草包怎么能理解大公的远虑和苦心？！"

"我也不懂，为什么明明扬觉动已经死了，父亲还要出兵帮着那些野蛮人。"

占祥下意识看看四周，道："这又是谁对你说的？你是大公的儿子，话是不能随便说的。而且，"他犹豫了片刻，续道，"二大公的那位公子，你最好离他远一点。"

"好，"赤研敬回答得很爽快，"赤研弘对你指手画脚，我早就看不惯他了。"

占祥摇了摇头，道："我说的倒不是这个意思。这人世间的事情谁也说不清，但天道是不偏不倚的，我今天这一题，不是虚指，海风山骨，四极八荒，五星七曜，唯变唯常。陨星阁中这星盘，如果和星辰应力不符，是无法推动的。"

"你是说八荒真的要打仗了？"

"不错，弥尘穿过螭猷天，八荒将有猛烈的战火，南渚自然也无法独善其身。世子这一二日就要回到灞桥。正赶上大公此次收了赤研弘入大宗，不说世子，赤研弘年纪比你大，若是安心做一个公子倒也罢了，但这种事情……"他好像想起了什么，觉得这话说得不太妥当，说了一半，就又收住了。

"公子，这次我要远行，看到你这么出息，我也就放心了，南渚立国千年，赤研家主政也超过了三百年，一直偏安一隅，能否逐鹿八荒，就看是否有人能充分利用灵术一脉，有你这样热心灵术的公子，将来南渚的霸业必有所成！"

赤研敬眼珠转动，道："占先生，你也不要过于担心，不管战火怎么烧，只要烧不过灞桥城墙，烧不进青华坊，我又能有什么危险？倒是这次阿爸要你去澜青，恐怕凶多吉少，不如你找个借口不要去了。带着那烧成焦炭的尸首走这么远，想想就让人恶心。"

占祥沉默了片刻，道："大公的决定，议不得！"

"你想想清楚！那卫成功的家人看到他这个样子回来，不杀了你才怪！朱鲸醉定盟，我阿爸尚且对二伯避让三分，你有什么办法？在青水畔格杀使臣算到你头上，更没道理，那扬慎铭表面上一副糊涂模样，却下手如此狠辣，谁又能想到？"他拍了拍胸脯，道，"你不要去，我去和父亲说，他早说过，朝臣们蠢笨没事，忠诚才是第一位的！"

"公子，你的好意我心领了！"占祥摇了摇头，眼睛竟有些湿润，看着赤研敬的目光中，又多了赞许，"有公子这句话，我就没有白教过公子一场！公子放心，我去去就回，并不危险。"

"很危险啊，你没觉得吗？"

占祥没有回答，他举起一只手来，那只麻雀仿佛受到了什么感召，从屋顶天光中飞了下来，停在了他瘦长的指头上。他把鸟儿递给赤研敬，道："公子，我们相处已经八年了，在星算上，你做得比当年的我还要好，我很高兴，真的很高兴！占祥必定尽心竭力辅佐公子，保定南渚千年基业。"

他的话在室内盘旋，直到占祥的背影完全消失，乌柏才从阴影中走了出来。

适才两个人的对话，乌柏尽收耳中，场中情景，他尽收眼底。

赤研敬完美地捕捉到了弥尘的轨迹，但是看起来，他似乎不太高兴。

"敬公子，你成功了！"乌柏面露喜色，好像对二人的对话充耳不闻，这样远的距离，一般人也确实听不到。

"占祥想让我跟大公求情，让他留在南渚。"赤研敬扬起了脖子。

"啊，那你会替他求情吗？"

"自然不会，他走了，我就可以请封先生也指点一下我了。"赤研敬看了乌柏一眼。

乌柏心中一凛，原来他一直不满意占祥，如果他知道封长卿也要离开灞桥，不知道又会怎样。

"还有，他希望我离赤研弘远一点。哼，自从朱鲸醉宴上被我二伯搅了局，他便要我时时提防着二伯一家，也不知道是何用心。"

"我也觉得，公子少和南海侯接触比较好，封了侯爵后，我

绾青丝　207

觉得弘公子整个人都变了。"赤研敬刚刚斥责占祥离间赤研家族,虽是心里话,乌柏说得便有些犹豫。

"为什么?"赤研敬眉毛一扬,"为什么要和赤研弘保持距离?他们说吴宁边的扬一依就快到灞桥了。赤研弘对这个娴公主垂涎已久,扬归梦又和他结了梁子。哼,如果现在保持距离,又怎么看这一场大戏?"

"赤研弘咽不下这口气,日日琢磨报复,只是没有机会。就算我要和他保持距离,也要看完这场热闹再说,你说是不是!"他笑了起来。

这些话说得刻薄,乌柏点头称是,内心却大摇其头。以前以为赤研敬虽被赤研井田忽视、被赤研弘欺负,多少有些阴郁敏感,人其实并不坏。但是今天看来,越系船说得没错,人只要成为这种贵胄之家的一份子,就会天然变得冷血凶恶起来。

占祥刚才的一番话,虽然拉拉杂杂,却颇为真诚,毕竟和赤研敬七八年的相处,也算全心全意,只可惜他说了不少,赤研敬竟是半点也没听进去。

"今天就这样吧?"赤研敬没说半个谢谢,扭头走出了陨星阁。

那只麻雀被赤研敬随手丢在地上,翅膀轻轻抽搐着,它的脖子已被扭断了。

不过几句话的工夫,乌柏出了一身的汗,慢慢坐在地上,陨星阁正门大开,无数声音在同一时间涌了进来,阁外阳光明媚,万物生长,所有的声音都显得干爽松脆。

乌柏闭上眼睛,鞋底翻卷泥土的声音,衣袂被微风吹动,被呼吸卷起的微尘……一个声音构成的赤研敬走在五月的阳光里。这个声音构成的透明人出了大门便吐了口唾沫，口中诅咒着乌柏的名字，把一路遇到的每根柳条上的叶子都撸了下来。

"这样一个人，你还要帮他！"萨苏从星盘后的阴影中走了出来。

陨星阁门口起了风，又一只鸟儿落到了陨星阁的窗口，这回是一只翡翠灵，鸟儿的羽毛在阳光下闪闪发亮。

"他是大公的儿子，我有什么办法？"乌柏有些沮丧，"何况我就要走了，去日光城。"

"为什么？"萨苏十分意外。

"封老师要送享姐姐去日光木莲，我要一起去。"

"你想去吗？"

"我要去呀，我拼命学习星算，就是为了这个！哎，千层饼，杏仁酥，以后吃不到你的点心了！"

"为什么非去不可呢？有什么好？"

"要去的，因为一个梦。"

"梦？"

"对，我经常做一个梦，梦中，有人在喊我。"乌柏闭上了眼睛，好像眼前的光线太过明亮。

"不知道你有没有听过马蹄声，那种很远很远传来的马蹄声，每次梦里，马蹄声都会像暴雨落地一样响起来，这时候，天空在旋转，一颗血红的大星会从天幕正中划过，它的外围散发着白光，像罩着一层白纱，然而白纱飘动，在白纱外，依然是黑暗，那种一团一团的，大得没有边际的黑暗。"

"五星七曜？哪一颗？"萨苏好像明白了什么。

"我不知道,"乌柏摇头,"我身后,有一座青色的大城,还有很多火红的大树,它们黑黝黝的,叶片在夜风中抖动,发出沙沙的声响,好像有许多人在房间里悄悄说话。"

"这个梦和日光城有什么关系?"

"有的,这个梦我从小就做,重复了无数次,在梦里,我能听到这世上所有的声响。你可能不信,马蹄在泥土上敲打,我听一会儿就知道有多少马蹄在以怎样的频率敲打大地,我知道身旁的树林里有多少棵火红的大树,我知道身后的那棵树上,摇晃着多少片叶子,也知道不久以后,奔驰的马和飞射的箭又带走了其中的几片。"

"这一切都跟真的一样,我不相信它是梦,在梦里,我能看到这世上所有的细节。我知道身后的城楼是由多少块青砖砌成的,城门用了多少块,垛口和箭孔又用了多少块。"乌柏越说越快,他睁开了眼,萨苏咧开嘴,一脸不可思议的表情。

"没错,马儿们喘着粗气,以极快的速度向我冲过来。箭矢带着火从天空中坠落,像流星一样,最后,有四匹马和三个骑士到了我身边。"

乌柏停下来,沉默了一会儿。

"有一匹母马,浑身都燃烧着火焰,它的每一步,都会留下一个带火的蹄印,马上有个一身黑衣的女人,每次,她都是这些人中最后倒下的一个,我害怕极了,我不想看她死掉。"

"我只能拼命大喊,让她不要过来,但是她还是来了,太多次了,我知道她被射死了,从她看到我那一眼开始,马蹄落下一百四十四次后,她就到了我的身边。我能看到她脸上的汗滴,能看到她贴在额头的湿乱的头发,她的整张脸都被火光映红了。"

"我伸出了我的手,几乎就要够到她了。"乌桕喃喃地说。

在梦里,那是一只婴儿的手,胖嘟嘟的,雪白的皮肤下透着粉红,他在一个黑色的包裹里,被吊放在这大树的一根枝桠上。

"然后呢?那个女人怎么样了?"

"她被射死了。我只差那么一点点,就可以握住她的手指了。"望着陨星阁极高处黑暗的角落,乌桕长长出了一口气。

"你是说,梦里的一切都发生过?"萨苏小心翼翼地问道。

"我不知道,"乌桕甩甩头,"来到坊里之前的事情,我都忘掉了。但是前几天有人告诉我,有个地方,有这样的城楼和树林。"

"日光城?"

"嗯。"

金叶池畔,他第一次从扬归梦的口中得知,那种树就叫作乌桕树。

三

"你走了,我就没有朋友了。"

"我走了,你也离开青云坊吧,这里的人,怎么说呢,实在是很难相处。"

乌桕也坐下来,抱住了双腿。

说实话,他一点都不想走,也无处可去,从他记事起,他就生活在这里,他是稗将乌重的儿子,是封长卿把他带进了青

绾青丝　211

云坊。

能够进入青云坊，恐怕没有哪个孩子的父母不愿意。但如果这种荣耀要以他们永远失去自己的孩子为代价，恐怕又没人愿意。只是，从来没有人问过孩子们的感受。

"好吧，以后没有办法跟你一起做星算了，"萨苏倏地站了起来，"我告诉你一个秘密。"

他三步两步跳到了星盘中，越过了蠡星台。

蠡星台后，是整个星盘的最中心，那个位置，有一根赤色石料雕刻的鸟儿，封长卿从来不让乌桕靠近。乌桕瞪大了眼睛。

石鸟下方，有两个小小的孔洞，萨苏走到其中一个孔洞之前，伸出一只手掌拨动机栝，毫无预兆地，整个陨星阁微微颤动，发出吱吱咯咯的声响。一线天光越来越亮，乌桕抬头，极高处的屋顶开了一道细细的缝隙，干燥的空气和光线便从这里涌了进来，越向下，越汇聚成一点，集中在那一个孔洞之中。

萨苏的眼神带着兴奋，道："你来看，这里面有颗很奇怪的珠子！"说着用手奋力一推石鸟。

乌桕来不及阻止，萨苏走过的星轨上，那些隐藏在星盘深处的凹点正在被依次点亮。他深吸一口气，手掌离开了孔洞，光线从他的指缝中流了出来，隐藏在地下的机栝发出生涩的声响，好像巨兽沉默的呼吸，道道流光沿着星轨向一颗光滑润泽的圆珠延伸而去，巨大的星盘开始缓缓转动，整个陨星阁亮了起来。

乌桕目瞪口呆，这星盘的启动方式从来都是通过蠡星台的机栝操纵，是什么力量让它自行旋转了起来？难道，被镶嵌在星盘之内的,是传说中的南山珠吗?就是海神蕉鹿灵魂幻化,可以接天地、通鬼神的灵师至宝?是吗?封老师说过,十三年前,坊主周道曾意外得了一颗。

他努力挥挥手,想扫去眼前的幻想。然而萨苏脚下的星盘越来越亮,他立在那幽光之中,一伸手,停在窗棂上的那只翡翠灵似乎被一股无形的力量惊到,扑棱棱腾空而起,绕着那天光形成的光柱盘旋几周,竟落在了萨苏的指头上。

乌桕这一惊非同小可,御鸟兽、燃星火,这已经不是普通灵师所能达到的境界。这一次星盘转动要比适才占祥驱动时候快上许多。

这星盘分为六周,代表八荒上空的六层星野,然而乌桕此刻才知道,每层星野的星位变动,都会引发不同颜色的光焰。平时星盘转动,全靠灵师操纵模拟,运行缓慢迟滞,此刻的星盘被南山珠推动,一层接着一层逐次转动起来,最开始出现的微弱白光渐渐明亮,倏的一声轻响,黄光满溢,乌桕的视线还未及跟上,又是一声轻响,绛红色的流光便大放异彩。

乌桕站在一旁,眼睛紧紧盯住星盘上不间断产生的一道道光弧,它们越来越快,越来越亮,渐渐连在一起,成为一条条没有规则的长线,荡向永恒黑暗的无穷深处。

乌桕的眼睛,可以分辨一场暴雨中的每颗雨滴,但此刻捕捉起流转的星火来却吃力异常。

"乌桕,进来!"萨苏在星盘上向他招手。

乌桕正在努力跟上眼前星野的变化,稍一迟疑,星盘的转动又提升了一个等级,萨苏适才的呼唤被无限拉长,在乌桕耳边嗡嗡作响。

笫青丝　213

陨星阁的大堂中，平滑的黑石地面抖动着，银子打造的星轨上，玄铁铸就的十二大主星在疾电一般飞旋，金属之间的摩擦爆出了闪亮的耀眼火花，无数凹陷的星槽内绿色的荧火和白色的珠光交替明灭，固定星盘和轨道的铆钉剧烈地抖动着，风从疯狂转动的星盘中央激发开来，吹得乌柏立足不稳，在暴风眼中，站着萨苏茫然失措的身影，他的蠡星尺当的一声落在地上，发出了一声清脆的声响。

乌柏眼中的最后景象，是萨苏惊慌的脸。就在这一瞬间，噗噗两声轻响，青蓝和草绿的光线也从那孔洞中迸发，整个星盘在乌柏的眼前化为一团熊熊燃烧的火焰，吞噬掉了眼前的一切。

无数声音在一瞬间进入乌柏的脑海，那些巨木制成的梁柱也开始摇晃起来，发出咯吱的声响，完了，陨星阁要塌了！乌柏再也看不见那疯狂旋转的星盘中站着的少年。火焰盛大，乌柏虽然睁大双眼，但是眼前一片白茫茫，再无世间万物半点影子。

"星盘是牧灵天神留在人间的算具，一旦启动，试炼者将在瞬间神游四极八荒，窥见过去未来，但星盘的运转，绝不可能被星盘外的灵师干扰，试图影响星盘运转的人，都会形神俱灭。"

封长卿的声音从那个一片明亮的世界中传了过来，像一根细细的针，贯入了他的耳朵。"星盘一旦应和星辰应力，便无法停止，星算师就只能一路跟算下去，星野流转会带来无穷无尽的变化，终究会扰乱灵师的五官六感，使星算者到达心智的极限。最终，变成疯子。"

然而几十年来，从来没有人知道星盘究竟怎样和星辰应力应和。

在极为遥远的地方，萨苏脸色苍白，上下嘴唇开合、手指密集地敲击着虚空，那些细微的声响越来越迟滞，越来越混乱。

糟了，他停不下来。乌柏学习星算以来，第一次感到了巨大的恐惧。

我找不到，我找不到星野运动的轨迹，看不到周天变化的规律，怎么办？我什么都看不到，怎么办，怎么办？

乌柏心中的声音和萨苏最后的声音混杂在了一起，变成了一种奇怪的嗥叫，即使乌柏紧紧地塞住了耳朵，那个声音还是在脑海中一再回响。

虽然闭上了眼睛，但在乌柏脑海中的星盘依旧在疯狂转动，乌柏残余的一点意识，知道自己还在星盘外跟算。

七彩的星火夺目绚烂，变成一个诱人却危险的旋涡，乌柏知道自己正在被它缓缓吞噬。五周天，螭猷天，要在星盘跃进六周天之前截住它，不然萨苏就死定了。乌柏凭着记忆，每一步都踩在星辰的暴雨的空白点，走入了南山珠燃起的熊熊星火之中。

五周天，弥尘星，弥尘是五星七曜里面最难捕捉的一颗，在穿入螭猷天之后，弥尘很快将获得无尽的自由，世上没有人能再预测它的轨迹。还有机会，还有机会，一天前，乌柏已经算出了进入螭猷天前弥尘的轨道，也正因为如此，赤研敬才能在他的指点下，顺利通过占祥的考核。

然而此刻，连续五次，乌柏的蠢星尺都扑了空，弥尘非常

绾青丝　215

奇怪地消失了。

一个可怕的念头在乌柏心中升起,也许,此刻的星盘,已经不是天上星辰变化的模拟和重现,相反,他和萨苏已经介入星辰的运动变化之中,每时每刻开启的,都是新的时间和命运,此刻每分每秒的变化都不可预测,下一刻迎来的,有可能是最亲爱的朋友,也可能是最可怖的敌人!

从走入星盘的瞬间开始,乌柏用尽全力,将五官全部封闭,那些永不停歇的细碎声音、不断变换的世相微尘,都在一刹那间消弭于无形。他和陨星阁、青云坊、灞桥、南渚甚至整个人世,和过去与未来都切断了联系。

没有办法了,心焦得好像要沸腾了起来,无从追寻,也没法控制,眼前一切都是一片空白,星野流转,就算乌柏可以跟上每一条星轨的变化,但是弥尘是看不见的,怎样去握住它呢?

没有过去的人,也没有未来,你还没有好好活过,也不会就这样死。你可以的,一定有什么被忽略了,一定。

金叶池边,封长卿的话又在他的眼前浮了起来。

"人们只看到自己想看到的东西,才一遍遍重蹈覆辙。怨憎、怜爱、欲求只会蒙蔽人的心智,只有死亡的深流和战争的烈火,才能擦亮智者的眼睛。就像那轮月亮,它一直在。而你们睁大眼睛,却看不见它,就像你们很少能够看到真相,因为真相从不主动发光。"

"真相从不主动发光!"

文字带着银色的幽光在他眼前飞旋,对,弥尘虽然通过任何方式都看不到,但它依旧存在,它存在在其他主星的扰动之中，存在于人心的恐惧之中。

乌柏的内心渐渐安定，那些颤抖的轨迹又从白亮的强光中出现，在他灼热的目光中渐渐清晰，每个飞速转动的星辰都飞溅出一点光焰，这一星一点的光焰联结成片，终于汇聚成了一颗赤红色的巨大的星辰。

"海风山骨、四极八荒、五星七曜，唯变唯常。"

"唯变唯常……"

占祥对赤研敬说的那句话从此刻混沌一团的星野中盘旋而出，"山""海"，每吼出一个字，整个星野就会发生颠覆性的旋转，乌柏的身体已经悬在虚空之中，此刻一切都不存在，只有一颗大火星夹杂着世间所有的光焰和热量对他袭来。

"变！"坚定的诵读声穿越了金铁摩擦的巨响，乌柏对着虚无的前方一掌拍下。

哧的一声，青烟冒起，掌下虚空化为赤红闪耀的一颗玄铁滚珠，他握住了那颗狂暴不安的星子，整个星盘凝固了，一道金色的光芒横着爆裂开来，化作一道光圈，穿透陨星阁的梁柱墙壁，荡漾开去。

短短的一瞬亮白过后，乌柏睁开眼睛，发现自己和萨苏都摔倒在地。世界已经恢复了平静，好像什么都没发生过。

四

空气闷热，青云坊的青石路面依旧滚烫，古旧的陨星阁黑黝黝地立在金叶池边，池中鸳鸯仍在双双对对悠然来去，垂柳随风摆动，蝉拼命地鸣叫着，一切都那么熟悉，没有一丝一毫的变化,所有的光线和声音都回到了这个世界。然而他就要离开这里了,和扬归梦一起踏上未知的旅途,他什么都不知道,就像当年他不记得自己是如何被收入青云坊,今天,他也不知道为什么要离开。

陨星阁黑黝黝的大门敞开着,这个闷热的下午,谁在推演星盘?

是萨苏,适才疯狂旋转的星盘在眼前慢慢清晰,乌柏从地上一跃而起。

"萨苏!"他的喊叫声在陨星阁内回荡,微光木匣依旧在默默地呼吸着,散发着若隐若现的光芒,星盘无声无息,并未碎裂,阁中的梁柱好好的,整个建筑也不见有倾塌的迹象。

萨苏摇摇晃晃扶着蠡星台站起,两行鼻血蜿蜒着越过嘴唇,直流到了脖颈里面。

"你在搞什么!如果我算不出弥尘的位置,陨星阁就塌了!"乌柏跳起来,大声叫道。

"别说了,你看!"萨苏手指着地上的星盘。

顺着他的手指看过去,镂刻在黑色巨石上的轨迹,全部发生了变化,那些金属轨道延伸的方向也完全不同,不变的,是它们依旧带着千百年风霜侵蚀的痕迹,仿佛从被镶嵌在星盘上那一刻起就是这般模样。

"整个星野都变了。"星盘的正中,一颗玄铁滚珠凝固在螭獬天上,布满锈痕。

"大火星怎么会出现在这个位置,"乌柏喃喃,"是不是我们都记错了?"

"你看看你的手。"萨苏脸色苍白。

乌柏想起刚才那一掌，星盘飞驰时曾带着火焰，散发着烧蚀一切的热量。"对啊，我的手。"乌柏刚才着急救人，已经忘了自己掌心蚀骨的灼热，他低头去看，一只衣袖的边沿都被烧焦，挥去白色的水汽后，这只手掌竟然毫发无伤。

"刚才的事情是真的吗？"乌柏充满惊惧疑惑，"星盘就这么转起来了？你怎么知道如何发动星盘？"

"当然是真的，"萨苏灰心丧气，"她说得没错，只有不可替代的天赋才能揭开即将来临的命运，我，没有这种天赋。"

"你在说什么？"乌柏心中茫然。

"有人告诉我，借助南山珠启动星盘，星盘应和星辰之力开始旋转后，就可以让时光流转，洞察世间万物，我试过了，我什么也没看到，还差点死在这里，"萨苏咧嘴苦笑，用袖子抹去了流下的鼻血，"她说上古星盘唯有晴州的白冠灵师才能掌握，如果还有白冠在世，那么大火星流过螭獬天的时候，渡鸦也一定会重回世间。"

他快跑两步，拉乌柏来到星盘中心那两个孔洞前，一个洞里，嵌着一颗平淡无奇的圆珠，而另一个洞里，一条若隐若现的红线正在盘旋。

"南山珠已经有了，星野崩坏的时候，渡鸦火精也会开始凝结。上古神兽会被他们吸引，全部现世，那时候，八荒的烈火就真正地燃烧起来了。"

"谁跟你说的？"乌柏实在太惊讶，老萨所擅长的，只是骂娘和酿造辛辣的粗酒啊，萨苏是怎么知道这么多？

"这不算什么，"萨苏摇了摇头，"我盼望天火到来，我以为我才是乱世中最伟大的那个灵师，然而今天我才发现，我还是

绾青丝

算不出我的命运，星算这一门，我根本差得太远了。"

乌柏伸手去摸星盘上的轨迹，触手冰凉，浑然天成，如果不是萨苏在面前见证，他会以为今天这一次惊心动魄的推演，只是一场梦境。

"刚才你催动星盘，就是为了推算自己的命运？"星盘上，七彩星火的盛大幻影依旧在乌柏的眼前飘荡，这个人疯了吗？他不知道星算师不能去推演个人的命运吗？

"对，我想知道。"萨苏抖了抖他破旧的麻衣，这衣服满是油泥，说不上是灶上柴火的功劳，还是星盘的火花的杰作，它已经变得千疮百孔。

"原来我真的不是星算师的料。"他的表情极其沮丧。

"我从来也不知道，原来只有南山珠才能真正点亮星盘！不过我知道，你刚才进入的，是灵师们决不能碰触的禁地，你还活着，已经是奇迹了！"

"没什么奇迹，只是我自己不行，如果说奇迹，你才是那个奇迹。"萨苏抬头。

乌柏看他失望至极，心中不忍，走上一步，道："难道没有人告诉过你，星算师们可以演算世间万物，唯一不能算的，就是人吗？"

这句话乌柏没有说全，"天命可寻，人事莫测"，这是第一代白冠疾荒庐为晴州灵师们定下的铁律，封长卿当初教乌柏看星盘，再三强调，观星之术绝不能用来推演个人的命运，这是灵师的基本禁忌。

"还有这样的说法？这么说，星盘崩塌并不是我的错？"萨苏的眼眸有了些许光彩，"她没和我说过。"

"对，初代白冠以来，几乎每代灵师中，都有不世出的天才试图预测自己的命运，"乌柏顿了顿，"但他们都疯了。"

　　"封老师说，灵师经天蠡地，是在天地的尺度之内，寻找万物变化的因果。尺度越大，线条越粗，便就越好寻觅。然而世事似风，人事如蓬。而那些在极小的尺度内试图确定未来走向，特别是人世兴衰成败的预测，都是极度危险的。"

　　"原来是这样。"

　　乌柏看萨苏听得认真，继续道："八荒的大灵师们，可以推测海啸山崩、王朝更替，那些接近天神的灵师，譬如疾荒庐自己，也许可以推测四季荣枯、刀兵祸福，但没有人能预测一个人，预测尘世间的生老病死。"

　　他极为认真地说："这种预测已经不是天道，而是坠入魔道了。"

　　萨苏不断点头，若有所思。

　　"在推演中，所有行动都会产生后果，也就是说，算筹中那些可能的未来，会在推演的过程中不断更新。如果我们推算自己，哪怕星算师仅仅是神念一闪，那么前一时刻的计算就完全失去了意义。"

　　"因为命运已经改变！"

　　"是的，这是灵师的死结，他们会被自己的算式锁死，坠入永远不能完成的计算之中，直至神衰而亡。"

　　"没有人能够完成这样的预测，你也一样。"

　　"但你很棒！"乌柏看着面前这个沉默的少年，忍不住又添了一句。

　　帮厨萨苏皮肤苍白，粗手大脚，有着深褐色的头发和灰色的瞳仁，满身都是浓烈的烟火味道。火焰烧穿了他的麻衣，那些孔洞中新鲜的灼痕很快就会起泡、结痂、脱落，变成深深浅浅的疤痕。

是这个少年，烤出的杏仁酥简直要让人把舌头也吞进去。

也是这个少年，因为偷入陨星阁，差一点死在赤研弘和扬归梦的手下，然而今天，他又重新出现在这里。

"我很棒？"萨苏抬头，眼中欣喜的亮光刺痛了乌柏。

"对，星盘灌注了星辰应力，一般人绝对无法催动，只有最好的灵师才知晓启动南山珠的法子。你能够凭借南山珠来催动星盘，我不知道整个八荒，到底有几人能够办到！只是……"乌柏看着这张兴奋的脸，犹豫着，不知道有些话是不是应该说出来。

"我的推演是不是还有问题？"萨苏紧张起来，"他们都笑我，说我更适合去切猪大肠。"

乌柏忍不住噗地笑了出来道："你的灵术肯定比张师傅的厨艺好。"

张胖子是萨苏的工头，青云坊中的大厨，一手好菜妙绝灞桥，在乌柏，这话肯定是一种夸奖。

不料萨苏却非常失望，声音一下子低了下去："你也取笑我吗？"

乌柏最受不了这样的表情，慌忙否认，道："没有，没有，我的意思是，星算已经被日光木莲禁了七十年了，你不像赤研敬他们，可以随便玩玩，你这样偷偷练习，会担上惑乱人心的罪名，会被杀掉的！"

萨苏直接忽略了乌桕话中的告诫，反倒一脸喜色，道："谢谢你，我明白了，他们只是随便搞搞，我比他们强，我是认真的！"他上前按着乌桕的肩膀，"我不怕，这是我命定该做的事，眼下我虽然不如你，但你信我，终有一天，我会超过你！"

乌桕被他的积极昂扬吓了一跳，这萨苏喜爱星算入骨，竟如此不可救药。

但他没有权利去指责谁，自己心心念念要去木莲城，这愿望，不正和萨苏一样缥缈吗？

无数个夜晚，合上双眼之后，乌桕也曾催动脑中的星盘，反复演算，直到心智逼近失控的边缘，和萨苏不同的是，每当身心处于极限，他毫无兴奋，只有恐惧，并且庆幸自己并没有足够的技巧和实力去完成算式。他最疯狂的时候，也不过是在海潮阁中疯狂地走了一遍又一遍，他不敢来陨星阁，自然也不知道在蠡星台背后还有一颗南山珠，他只是在夜深人静的时候，翻过一本本古书，把头脑中的星盘一次又一次点亮。

和萨苏相同的是，就算再害怕，他一样没有放弃努力。在千百次的推演中，他得出了一个更靠谱的结论，为了弄清楚自己从何而来，他需要一个更大的星盘——木莲火曜之阵。

"进入日光城，到了那里，我才能知道自己从哪里来。"每次从那个奇怪的梦中醒来，这句话就会在他的头脑中不断回响。

五

"你不要走了，你留在南渚，青云坊里没有谁胜得过你，将来我们都是大灵师！"萨苏一把捉住乌桕的手腕，满眼热切的盼望,"你不像我,我不识字,菜谱我都看不懂。"

什么!不识字?乌柏一拍脑门,连字都不认识,居然能够用南山珠点亮星盘,不管是谁在暗中教他,能学到这种程度,是不是青云坊的学生们都该去死了!

日光木莲禁止民间学习星算和灵术,灵师一脉萧条已久,以萨苏今日的能力,青云坊中,大概只有周道、封长卿和占祥三人可以为师。显然,他们不会去指导萨苏。

周道早就不再授徒,封长卿也没有正式弟子,只有占祥杂七杂八带了几名世族少年,赤研敬就是其中之一,他天资有限、关窍不通,占祥没有办法,不得不反复讲解演示,到了最后,往往还是白费唇舌,多以赤研敬的撒泼放赖告终。谁又能想到,一个入坊不久的帮厨少年,却能够精准地借助星辰应力,用南山珠点燃星盘!

他的灵术来自哪里?又是谁的传人?

"不要走了,只要你肯和我一起观星,千层饼、杏仁酥,我天天给你做!坊中的食材都逃不过我的眼睛,兼味斋的绝味哪里及得上我们的手艺,你想吃什么都有!"

"你做的点心!真是太好吃了,可是我还是要去日光城。"

"是了,你想知道那个梦到底是怎么回事。"

静了片刻,乌柏道:"要不,你和我一起走?"

"我不走,老萨还在这里,他腿脚不好,我还要回家帮他筛酒。"

"哦。"

家,这个字眼让乌柏心中一痛,如果翻过这高墙有一个家,他也是无论如何不会离开灞桥的吧?

"而且，"萨苏两手交叉，压得指骨咯咯作响，"这里有星盘，你的本事，我还没学会。"

"这算什么本事？"乌柏实在忍不住，"再说，偷学是会没命的！"

"对对，刚才差点就没命，但是我还撑得住，只是功夫不到！"萨苏点头。

"我不是说那些！你忘了赤研弘是怎么对你的？你胸口的伤好些了吗？"乌柏无奈，"整个八荒都是严禁民间私授星算的！"

"没关系，他们总要一些真正会算的人吧，赤研敬那个水平你也看到了。"萨苏脸红了，仍在坚持。

"你怎么还不明白！对于我们，星算是要应验的！但是大公们不会这样想。对他们来说，这只是骗人的把戏！"

"怎么可能，周道不就在为大公占星吗？整个南渚都尊敬他，他说什么就是什么！"

"你别傻了，他就算有了结果，也不会照直说的。"

"那他怎么说？"

"赤研大公希望他怎么说，他就怎么说。"

这句话好像带着千钧的重量，萨苏愣在当场，沉默了。

乌柏抬头道："你看，这些木匣子中都是书，那些文字上记载着八荒的历史，你知道吗？从疾荒庐获得神启，展开星算以来，到现在也有一千年了，这么多年里，灵师们一直被称为神的代言人，但他们很快就被国王们杀光了，这又是为什么？"

"我不想知道，我只知道每到乱世，都是大灵师最风光的时候。"

"你怎么知道八荒又要进入乱世？"

"我算出来的!"萨苏看着那颗星盘中央的玄铁珠。

"你怎么知道乱世了,你是那个大灵师,而不是被杀掉的骗子?"

"我相信我是大灵师。"

萨苏一梗脖子,涨红了脸,乌柏一时语塞。想了一会儿,才又道:"你再想想看,乱世来了,大家肯定都很辛苦,那些怨恨、不满像山一样堆积着,只是不知道如何发泄。这时候要是突然冒出来一个灵师,宣称自己受命于天,而且他的预言又被不断应验,会发生什么后果?"

"他会成为大灵师?"

"错了,要成为大灵师,除非他站在大公们一边!我问你,你会为了大公们的欢喜去骗人吗?"

萨苏摇了摇头。

"那你已经死了。世道已经这样乱,你的预言灵验,那么多人围绕在你身边,大公啊,将军啊,难道不会害怕吗?百姓们才不懂得什么灵术星算,即使你胡说八道,只要偶尔应验,一样会成为人们追捧的对象,成为谋反者、叛徒和流民们的好伙伴!"

"就算是这样,如果万一这个灵师没有死,而且,砍掉了大公们的脑袋呢?"

想不到这个萨苏如此一根筋,乌柏一时气结,实在不知道说些什么好了。

"算了,我刚才说我想成为大灵师,也是胡说八道的。我只是喜欢星算罢了。你应该也知道,新的变乱即将来到。就像你说的,到时候到处都是骗子,难道我们没有价值吗?听说木莲打天下的时候，不是有一位大灵师疾渡陌吗？他支持谁，谁就得到天下。这就是因为他是真的，"萨苏咽了一口唾沫，"他是真正的可以预测天道循环的，说书人现在还在讲着他的故事啊！"

"是，疾渡陌帮助朝家建立了日光木莲，但你知道不知道，单单木莲建国的这十几年，太祖朝崇智就杀了上百个灵师，而每个灵师背后都站着一支军队，他们都宣称自己辅佐的人才是八荒神州的真命天子！"

"萨苏，现在王公们越来越用不到真正的谏言了，星算对他们来说什么都不是。"

"他们不听，总会有人听，星算至少可以预言灾祸，帮助不甘心的人们去改变命运！"

"你说错了，星算没法改变命运，如果是这样，这世界上也就没有了预言这回事。"

"啊！"

"你会做那么多美味，王公们都离不开你。然而你做灵师，就算再出色，只要不合他们的心意，也只能成为骗子、妖孽和散布谣言的人。比如在南渚，灵师早被赤研家垄断了，你在青云坊外，见过灵师吗？"乌桕已经不想再说下去了。

萨苏看着星盘沉默不语，忽地抬起头，道："你说的这些都在这些匣子里吗？以前的大灵师们，他们知不知道自己的结局？"

萨苏目不转睛地看着四壁的高墙。

陨星阁还在呼吸，带着明明暗暗的微光。

"这，我没有想过。"

缔青丝

"你走吧，我忽然不觉得有什么可惜了。"

"那我走了！"

乌柏只好转身，他进入陨星阁前心里本来就空落落的，这时走出来，更觉得这个地方陌生。

"但是我不会忘记你的，"萨苏的声音远远从他的身后传来，"等我会学会了认字，要先写你的名字！"

真是一个莫名其妙的人，写我的名字做什么？

乌柏跑了起来，他已经耽搁了太长的时间，他还要赶去阳坊街和系船、传箭道别。

不知道为什么，萨苏看向星盘的眼睛一直在脑海中挥之不去。

六

药铺藏在阳坊街的尽头，去那里要经过老萨的酒馆、陈二先生的书场和马掌柜的包子铺，在离开灞桥之前，乌柏最想见的人，是系船和传箭。

骄阳用烈火的长鞭，随意抽打着世间万物。乌柏想着早点见到越家兄妹，汗水浸透了衣衫。

青水奔腾，撞击着古老的石堤，泛起白沫。在河湾的浅水的淤泥中，不知道还有没有传箭喜欢的蝌蚪。乌柏偷偷爬上牛车，躲在小山一样的草料堆后，想要晃过灞桥，但在上坡时忘了跳下来，结果屁股上牢牢吃了车夫一草鞋，他这才发现意识到，越系船真的没在身边，他绝对不会犯这样没脑子的低级错误。

灞桥的桥柱上共蹲着七百二十一只犬颉，其中，第四百三十九只嘴里叼着一只老鳖，它的四肢和头尾缩进壳里，活像一只包子，这曾经让他们三个狂笑了一个下午，而李家的布坊照例挂出几条褪了色的绫罗，屋内却码着黑的、青的麻布棉布。

每逢节日，他和越系船就会拉着传箭爬上阳坊街的门楼，一起看日光下闪耀的精甲，看那些花花绿绿猎猎飘扬的彩旗，看奋蹄踏着花步的骏马，也看着对面树上抓耳挠腮的孩子……

在越氏兄妹出现之前，青云坊就是乌柏的所有天地，然而今天，他却要离开他们，离开灞桥了。他还小，正在体味他生命中的第一次别离。

酒馆、书场、码头、越家几乎要倒塌的残破小屋，到处都是明晃晃的日光，到处都没有两兄妹的身影，乌柏茫然走在灞桥的街道上。他们去哪里了？一滴滴的汗水汇成了小小的溪流，从他的脸上流过，痒痒的，流进嘴里，有点咸。

他最终决定去鱼肆碰碰运气。越海潮自上次出海后就一直没有回来，因此越家兄妹凡事只能靠自己，越系船每歇一天，就要跟着叔伯们出海三四天。他们不肯带他去近海捕鱼，自然是为了海兽吃人的传说，不过越系船恼怒地拒绝承认这一点。每当越传箭饿得眼泪汪汪，哭着要爸爸的时候，越系船总是给她的后脑勺一巴掌。喊道："你哭就能哭出吃的来啊！过几天我回来看你还是这怂样，绝对不会给你带包子！"

于是传箭就不哭了，睁着红肿的眼睛，淌着鼻涕看着乌柏，乌柏去拉系船的手总是慢半拍，明知每次越系船这一巴掌是规定动作，却没有一次能及时拉住。

绾青丝　229

乌柏不会挨饿，更不缺钱，青云坊中没有花钱的地方，但越系船拒绝乌柏的帮助。

"我可以照顾我的妹妹！"他每次这样说的时候，都挺起他的下巴。

是，他已经十四岁了，长得比同龄的孩子都要魁梧高大，他水性精熟，个性彪悍，强健而有力量，但他终究只有十四岁。跟父亲的老兄弟们一起出海打鱼时，明大离对他尤为照顾，但即使这样，他每次出海依旧像是蜕了一层皮，倒在小屋的草床上睡得跟死人一样。

在他出海的时间里，越传箭就靠家里的咸鱼和豆饼活着，常常饿得直哭。她还不到五岁，没法像哥哥一样去干活，也打不过来争抢食物的孩子，她能活到现在，全仗着自己的好胃口。乌柏有一次来看两兄妹，发现越系船死猪一样睡在地上，而传箭则津津有味地舔着发臭的蚌壳。这段日子里，乌柏每次见到传箭，她都比上一次更瘦一分。她的脸永远是花的，杂着灶灰、泪痕、鼻涕和各种奇怪的污渍。

越系船很为妹妹的软弱苦恼，看到妹妹哭得不像话，总是斥责她："不许装怂！不许去求人家买吃的！"他抽出床上的两根草茎，追着抽打越传箭，她就满地乱跑，往乌柏怀里钻。越系船真的生起气来，会一脚把传箭踢几个跟头，但是越海潮失踪后，他就没有真正生过传箭的气了。

这时候乌柏就会带着传箭一路跑上阳坊街，给她买许多爱吃的蒸粉果、萝卜糕和玫瑰饼，有时候，还有他偷偷从坊中夹带萨苏的私货。

这是越传箭最快乐的时候，她用手紧紧拽着乌柏的衣襟，小腿挪得飞快，吃饱的时候，她有着无穷无尽的尖叫。每当乌桕要返回青云坊时，传箭总会多抓几份点心，把胸口塞得满满当当，她要拿回家给越系船吃。

越系船这个人要强，又太倔头倔脑，乌桕在的时候，从来不会动传箭拿回去的食物，但是真的饿极了，谁也抵不住食物的诱惑。

自从有那么一两次，越系船脸上挂不住，说哭了越传箭，乌桕就再也不送传箭进家门了。

今天给传箭买好了桂花糕，想到这是最后一次，他竟有些难过，没有那么想离开灞桥了。

不知道为什么，一想到他轻轻松松就会吃得好、穿得好，而越家兄妹的生活却如此辛苦，他就很难过。从前不出青云坊的时候，他总以为外面同样是个无趣又安静的世界，认识了越家兄妹，他才知道，原来仅仅是活着，也太辛苦了。

鱼肆，也只有鱼肆了，今天大约是越系船出海回来的日子，他会不会去鱼肆贩卖海产？传箭不在家，一定是和他在一起吧！

时间不多了，不顾疲惫，乌桕撒腿就跑。他袖内还有些碎银，这是他的所有积蓄，总还可以让越家兄妹吃上大半年，这次，他无论如何要让越系船收下。他也许再也见不到他们了！

烈日灼人，街上的青石板被烧得发烫，乌桕的皂靴本来底薄，这连续的奔跑让热力从脚下、四围一起涌入身体，让他头晕目眩。

"让开，让开。"远远传来了杂沓的脚步声和粗声大嗓的吼叫，是穿城而过的兵士在匆匆赶路。周围的百姓早已习惯了这些源源不断的漫长队伍，他们或者从城南的甘渊门成群进入，或者被北上的海流送入落月湾，但最终的去向只有一个：穿过野韭门，奔向扶木原。

"妈呀，这么多兵，都丢到白安了，不怪野熊兵拼命！老白安伯死得冤啊！"人们闪到路旁窃窃私语。

"嘘，不要命了，这舌根也是乱嚼的吗？小心把你的脖子上也套根绳子，直接拉去当肉盾！"

他们不是去白安，而是去箭炉和原乡的，他们要去埋伏吴宁边，乌桕心想。

斥候的马蹄总是来得比风还快。

乌桕正在走神，"让开"的喊声远远地还悬在空中未落，喘着粗气的快马已经兜头奔来。直到觉得眼前一暗，壮硕的战马挡住了日光，乌桕这才意识到自己已经被笼罩在马蹄下了。

还没容乌桕反应，他便觉得脚上一紧，整个人便腾空而起，房檐、瓦片、东倒西歪的人群都在眼前飘过，原来是那马上的骑士抢在马儿撞到他之前，挥出马鞭，缠住乌桕的脚踝，将他一把扯倒。

飘荡在空中的美妙太过短暂，乌桕身体失去了平衡，咚的一声摔在地上，虽然避过了马儿，但手中的点心却摔了出去，纸包破开，一包桂花糕甩得纷纷扬扬铺得满街都是。

乌桕半边身子又酸又痛，一时动弹不得，不顾跌得七荤八素，先把手伸进怀中，却摸了一个空。坏了，他闭上眼睛又睁开，努力晃了晃脑袋，终于明白刚才眼前的白亮不是幻觉，是他衣袖内的碎银一角一角撒了满地，正在阳光下闪着细碎的光芒。

在阳坊街上混过的少年，多少有些经验，这满地的银钱无人问津，原因只可能有一个，士兵。最先出现在眼前的，果然是双带着干燥的泥渍、擦破了皮的马靴。

乌桕心里暗道，完蛋了完蛋了。南渚的赤铁军是什么样的，他见得多了，攒了大半年的银子、系船和传箭的口粮没有了。他万分沮丧，垂头丧气地挣扎爬起，打算退到一旁，却被一只大手捏住了脖颈。

"小鬼头，这些银子是你的吗？"马上下来一个高大的男子，这人的大手大脚，厚厚的茧子磨疼了乌桕的脖颈。这时候他弓着身子，正上上下下打量着他。

"是我的。"乌桕虽然害怕，但实在不知道说些什么，总不能说这些银子是天上掉下来的。路人都在看着自己，街旁人声嘈杂，所有的话语都漂浮在空中，层层叠叠地把自己埋了起来，这样的感觉真的不妙。

"看起来，好像是坊里的小孩？"

"帮他把银子拾起来。"这大汉的手很沉，他按了按乌桕的肩膀，命令身旁的兵士。

"唯！"那随从的兵士把腰板挺得笔直，去弯腰拾捡那散落一地的碎银。此时二人身侧，更多的兵士列队经过，也有骑兵打马，却没有人低头去看那些地上闪闪发光的小东西。

兵士把散了满地的十几角碎银拾起，包了一包，送到那军官手上。

那军官又原封不动把这一包银子放在乌桕的手中，啪地给了他后脑勺一巴掌，道："这样热的天气，连马都会热得失去耐心，在街面上行走可要注意了。"

绾青丝 233

他翻身上马，眯着眼看着身边经过的兵士。

那人穿着陈旧的牛皮甲，身后背着一把长柄厚刃大关刀，右脸有一道长长的疤痕一直延伸到耳侧，连着一只被这疤痕截去了一半的耳朵。

"哈哈哈，我们不是赤铁军。"他用手蹭了蹭脸上铁青的胡茬。

乌桕惊讶地张大了嘴。

他退到了街边，这支队伍很长，不断有马上的旗手奔驰而过，那青色大旗上有一只垂手人立的棕熊，正在张口嘶吼，熊的旁边，绣着一个大大的吴字。

七

灞桥人没见过这样的士兵？他们的甲胄老旧，刀柄和枪杆上的布条油亮发光，看起来邋里邋遢的，这些都不够特别，最特别的是，他们不爱银子。

兵士们大步流星走过，乌桕手中的布包沉甸甸的。

兵车、战马和士卒拥塞了大半个街道，在所剩不多的空隙里，空荡荡的推车上堆放着肮脏的布袋、歪歪扭扭的木箱和胡乱缠在一起的绳索。

近来平明古道用兵，那些东方来的客商只能困守灞桥，他们的锦袍褶皱了，刮得干干净净的脸上冒出了凌乱的胡碴。阳坊街上的小酒馆愈发热闹起来，老萨的鸿蒙酒每天都被哄抢一空，所有人都在抱怨酒淡了，连麻叶袋都用光了。背街的巷子中，争抢粮食的流民常常打作一团，流苏巷的姑娘们再也不用站在街上揽客,她们开始抱怨越来越脏的客人们无穷无尽。

同样,由于无法及时运出南渚,济山盛夏多汁的水果在货栈和港口中堆积如山,一层层塌陷下去,在闷热的天气里发出甜腻的腐败气息,而那些紫珊瑚、夜明珠、朱雀州精美的龟纹琉璃,无法通过四散到八荒神州,同样市价大跌,无人问津。

城内的百姓吃得越来越差,但大量的粮食源源不绝地从朱家、赤研家的高大粮仓运出。成捆的腊肉、咸鱼,一袋袋的海参、茯苓混杂在成串的大蒜和葱叶中,一同被装车运走,装满猪油和酥酪的木桶与一桶桶鸿蒙酒码放在一起,腌过的济山青橘和水梨子另行封在陶罐中,也被捆在颠簸的辎重车上,摇摇晃晃地出了城。

商贸突然中止,那些平日里赚得盆满钵满的商铺的掌柜,脸上都显出半死不活的表情来。不能行商,脚夫已经四散,兵营成了闲汉唯一的去处,为了糊口,他们把干粮袋往腰上一缠,纷纷加入了北上的队伍。灞桥的气息从未如此丰富,粮食与酒的香气、海产的腥气、水果的腐败气息和汗气蒸腾的人肉味道统统混杂在一起,让人眩晕。

鱼肆依然人来人往,满地细碎的鳞片、被人们踏碎的虾爪蟹壳嵌入了砖缝、踩进了泥水,翻白眼的死鱼和被剖出的内脏随处可见,灞桥海产丰盛,如今城内商铺大都歇业,大量的鱼虾无法售出,在日光下臭气熏天。

乌柏强忍着恶心,跨过那些泥泞腥臭的水沟。到了越系船惯常贩卖海产的位置,却发现只有简陋的木梁上黝黑的铁钩在晃晃荡荡。

"卖鱼的!"乌柏看越家的邻居明大离正躺在斩鱼的长案上

呼呼大睡，他分开的脚趾扒着一旁的木杆，一只草鞋已经落在了地上。

"谁喊我？"明大离摘了草帽，睡眼蒙眬，一边搓着脖子上的皮屑，一边嘟囔着，"没有鱼了，船都被征用了，不能出海！"

"明叔，是我，系船和传箭哪里去了，我怎么到处都找不到他们？"

"咦，柏哥儿？"明大离道，"你怎么才来，大家都过不下去了，我让系船去找老辛了。"

"辛望校？"乌柏眼前浮现出一个胡子拉碴的面孔，那个老光棍，野非门的门守，很喜欢系船传箭这群小孩子。

"系船找他做什么？"

"这孩子带着妹妹不好过，眼下船也动不了，要去当兵了！"

啊？现在正在打仗，他去当兵？疯了？

"传箭呢？他去当兵，传箭怎么办？"

"灞桥家家在卖儿鬻女，传箭好像卖给陈家了，能卖出去，也算小姑娘走运，起码还能吃上一口饱饭。"明大离叹了一口气。

"他把越传箭卖了！？"乌柏不敢相信自己的耳朵。

明大离看了乌柏，补充道："不是进流苏巷，她太小了，好像是户有钱人家，做侍女吧。"

这一番话把个乌柏听得七窍生烟，好个越系船！不是说自己能养活妹妹么，几天不见，居然就要把传箭卖了！

"他在哪儿，我去找他！"

"听说老辛也被原来的队伍征召了，这小子八成和他在一起，拿了传箭卖出来的银子，说是要去锋凌炼坊买刀甲。"

乌柏又气又恼，他跑了大半日，累得头昏眼花，还几乎被马踏死，就为了给兄妹俩留点银子，这个越系船竟然把亲妹妹给卖了！

明大离又说些什么他一概没听清，一抹脸上也不知是汗水还是泪水，撒腿就往锋凌炼坊跑去。

乌柏熟悉那些火炉，一年四季都烈焰熊熊、酷热难当，无论什么时候，叮叮当当的敲打声从不停歇。赤研弘的嘴里，早把这座鸿蒙商会的工坊纳入了他赤研家的产业，谁让朱家没有自己的军队，但又这样富有呢？赤研瑞谦打朱家的主意也不是一天两天了。

乌柏心里发闷，锋凌炼坊前，那个老粗涂大白正蹲在门前喝酒，周围乱糟糟的都是人。

"没有了，没有了，明天再来，我们不收定金……不行，这刀不行，这把还要继续打，过火不足磕上去要断的……是是，鱼叉上不得战场，但这是要死人的……"

锋凌炼坊中的伙计围着粗糙的皮裙，正把一个个顾客往门外推。

在一旁的街角，他看到了在街边席地而坐的前老兵，在他身边的少年，不就是越系船？他戴着一顶半旧的头盔，肩甲勉强兜住上身，相对于赤铁军，他的甲胄简陋到几乎可以说是没有，但是对于没甲可穿的那些人，他起码用麻绳将皮革和铁片捆在了自己的身上。

"你看起来好精神啊！"乌柏走到越系船身旁。

"你怎么来了！"越系船一脸惊喜，他伸出双臂抓住乌柏的

绾青丝 237

肩膀,用力摇晃,"好兄弟,我就知道你会来看我的!"

砰的一声,越系船的鼻子上冷不防着了一拳,乌桕这一拳用力极猛,打得自己的手痛,但他忍着不吭声,只是瞪着越系船,穿上甲胄的越系船显得越发结实健壮了,但是谁怕谁!

"哈哈哈,臭小子,这就是头盔没有护鼻的坏处!"辛望校在一旁哈哈大笑。

鼻血和眼泪一起流了出来,越系船捂着鼻子狼狈不堪,怒道:"你打我做什么!"

"传箭呢?"乌桕恶狠狠地质问。

"传箭在里面啊!你搞什么!"越系船蹦起来捂着鼻子,声音含含糊糊,鼻血眼泪糊了一脸。

"毛头哥哥!"传箭从坊内跑了出来,她换上了一身干净的粗布衣服,脸和头发都洗过了,一双大眼睛水灵灵的,手中还捏着一个馒头,奔着乌桕就扑了过来。

越传箭平素脏得泥团一般,乌桕乍一看见这个清爽的小孩,先是一愣。传箭简单梳洗一过,脆生生的看起来还有些不习惯,乌桕就从来没见她穿过女孩衣服。

乌桕张开双臂,接住了她这真心实意的一抱,越传箭扑人还带助跑,乌桕差点被她扑倒。

把小姑娘抱在怀里,乌桕的心里总算安定了些,抬头道:"我听说你把传箭卖了?"

"这个嘛,"越系船的脸红了,有些不好意思,"就算是吧。"

"你这王八蛋!"乌桕听着就生气,又是一拳打过去,不过这次越系船早有防备,伸出一只手,直接捏住了乌桕的拳头,略一用力,乌桕不由得哎哟一声叫了出来。

"坏蛋。"传箭回身,砰地踢了越系船一脚。

"啊呀,你这小崽子,也踢我!"越系船哭笑不得。

坐在一旁的辛望校却说话了:"嚯,好仗义,以前老越在的时候没怎么见过?"

越系船看了看乌柏,道:"乌毛头是青云坊里面的,很厉害的,跟我最好,你个老贼哪里见过!"

传箭揪住乌柏的衣襟,也郑重地点了点头。

越系船心眼粗、性子急,很少会说这样的话,乌柏眼眶一热,眼泪险些掉下来。

"来来,别激动。"辛望校示意乌柏过来,越系船虽然只有十四岁,但他遗传了越海潮的体魄,已经称得上是身材高大,而辛望校还要比他高上一个头,对于乌柏来说,简直是个巨人了。

"看到旁边那个老姑娘没有?"辛望校往街对面一指,一个穿着月白短襟的胖大嫂正在屋檐下纳凉,吧嗒吧嗒吸吮着手中的鸿蒙酒,"她是我姐姐,你可以叫她辛二姑,现在在陈家军府上当差,传箭这样小的孩子,谁家也不肯收留的,只有托付给她还算放心。她总不能跟着这个臭小子上战场。"

原来是这样,乌柏心中的气消了一半,越系船却在一旁呵呵傻笑,乌柏道:"这么说系船没有卖了传箭?"

辛望校挠了挠脑袋,道:"也不能这么说,二姑她还是从主家拿了银子给我们,这账还是要算的。"

"银子还给他们家,传箭不能卖!"乌柏气呼呼的。

"怎么还?"辛望校一翻白眼,"银子已经变成臭小子的身上甲和手中刀了,这年头,什么都比不上一套好盔甲。你总不

绾青丝

希望看着这小王八蛋被砍死吧!"

"好盔甲?"乌柏看了看越系船身上的那些破烂,撇了撇嘴。

辛望校也不在乎,笑嘻嘻地又摸摸传箭的头,道:"还有,这小姑娘不跟着二姑,谁管她?难道跟着你?"

乌柏愣住了,就是,难道传箭还能跟着自己吗?他自己还是一个小孩子,怎么能再带一个小孩子?

不料越传箭听了辛望校的话,却高声叫道:"我要跟着毛头哥哥!"

越系船一个巴掌抡过来,乌柏去挡又晚了半步,这一掌看着用力,实则只是在传箭的后脑勺儿上轻轻拍了一下,道:"死囡崽!你愿意跟着乌毛头,他愿不愿意要你啊!"

传箭哇的一声哭了出来,抽抽搭搭地说:"他要我,他怎么不要我,是不是,你要我的吧!"她两只手拉着乌柏的衣襟。

乌柏的脑子轰的一声,他舔了舔干涩的嘴唇,道:"我今天是来告别的,我也要走了,要离开南渚了。"

"我要跟着你!"传箭扑上来一把抱住乌柏的腰。

越系船叹了口气,道:"别闹了,还是去找二姑,我是要去打架的,说不定什么时候就死了,乌毛头也顾不上你,听话啊!"

传箭不哭了,向后走了两步,蹲下来,头埋到了膝盖里,只是不说话。

乌柏一股热血冲上脑际,一把拉起越传箭,道:"你就跟着我吧!"说出了这句话,他自己都呆住了。

"话说得轻松,银子还给我!"辛二姑不知道什么时候来到了几个人身边，她一袋酒喝了个干干净净，人没到，酒气先到了，辛望校、越系船和乌桕都是一脸尴尬。

乌桕掏出自己身上的所有银子，放在辛二姑手中，她看都不看，只说了两个字："不够！"

乌桕脑门子上全是汗，只是把传箭的手紧紧握住，怕一松手，传箭就会落到旁人的手中。

一锭硕大的雪花白银落在了辛二姑的掌中，乌桕抬头，发现眼前出现了一个一身黑衣的男人，这人生得也算周正，只是额头上有道刀疤，一只眉毛只剩了半边。

他看着乌桕，笑着说："小兄弟，你说你要离开南渚了？告诉我，同行的人里面，有位大姐姐吗？"

第七章 鸦之眼

人们站稳了身子，都被眼前的景象惊呆了，一个巨大的黑色气旋在灞桥的雨夜中咆哮着，从深不见底的天空垂下，卷起房屋、牲畜和经过的一切，大雨滂沱，和着人们的呼救和惨叫，整个灞桥燃起了猛烈的大火。每个人的脸都被遥远的火光映得惊魂不定，不详的沉默在蔓延。灰烬像黑色的雪花飘落，被雨滴击穿。

一

春季里来么呀，山花儿开，憨哥哥打柴也呀么个到济山里来。鹧鸪鸟儿叫着心儿焦呀么，脆生生个妹妹，怎么还不把我爱？
夏季里来么呀，日头儿晒，情妹妹采橘也呀么个过了花儿寨。青橘果甜涩心儿焦呀么，俊俏俏个哥哥，怎么还不抬手把我摘？

身后的淡流河咆哮远去，人们已经习惯了与匆匆赶路的兵士擦肩而过，只是在这一队中，不知是谁大声唱起了情歌，这唱歌人的嗓子颇为粗哑，但歌中少男少女情窦初开的小小心思却被唱得婉转悠扬。扬一依很想知道，这歌中的一对儿男女，在秋天和冬天到底发生了怎样的故事，他们到底有没有在一起。然而他们不过是打马奔驰的过客，歌声渐渐模糊，很快淹没在单调乏味的步调和号令之中。

朱盛世精力旺盛，一直围着扬一依喋喋不休，杜广志知道扬一依疲惫，便把这位南渚财神生拉到一旁去说话了。

歌声远去了，却撩起了扬一依的纷乱心绪，南渚的民歌和吴宁边不一样，平原上的歌声直爽豪放，情和爱都火辣辣得发烫，奔驰在马背上的才是好儿女，矫健的女儿和雄壮的男人相遇，哪怕就是萍水相逢，也是轰轰烈烈一场。

然而扬一依似乎更喜欢这情歌中那欲说还休、欲拒还迎的曲折细致，说到底，豪麻那种奋不顾身的热爱与狂热，究竟是太过直接了。他发烧般的热情和冰冷的外表形成了鲜明的

绾青丝

对比，对于这个男人来说，也许是很幸福的吧？她有时也想为了某个人奋不顾身，只是她不知道这个世上是否存在这样一个人。

风吹着她的发梢，拂在面上痒痒的，她想起了赤研星驰那矫健又滚烫的身体，在他的抚摸下，她颤动着沉醉，但一旦激情褪去，她心中却没有任何东西停驻。她自己都有些惊讶，那个两颊发红、欲望勃发的自己，完全是一个陌生人。

摆脱了朱盛世，她打马向前，远远突出在队伍前方。淡流河迎来了雨季，黑色的泥土浸润了水气，更显肥沃。身旁形影不离的南渚士兵提醒着她，眼下，她只是一件货物，必须服从运货人的安排，以便被平安送达。

还好靳思男一直跟在身边，还好经过几日的奔驰和两渡淡流河，越接近灞桥，他们就离干裂的大地越远。纵然烈日笼罩，济山脚下依旧苍翠欲滴。

据说只有不到半天的路程了，如果没有大队兵马辎重堵塞平明古道，他们大概能在午前赶到灞桥。

一路上跟随着他们的渡鸦已渐渐稀疏，这个上午，它们完全不见了踪影。

火神的渡鸦？扬一依嘲笑自己的紧张，她深深吸了一口气。

"娴公主，快到了，快到了，驿卒先一步已经过去，我们的弘公子对这一场相逢可是盼望之至，一会就见到了。"朱盛世打马赶了上来，在她身边骑行。

啊，这个人在这里，真是片刻也清净不得。

朱盛世有一张热情的面孔，他从来不会缺少聊天的话题，四海八荒仿佛尽在他的掌握之中。更为夸张的是，他把财富和身份都挂在了身上，每根滚圆的手指上都有一只宝石戒指，猫眼石、黑曜石、绿宝石、石榴石、碧玺、月光石……名贵的宝石一样也不缺，他短粗的脖子挂着紫珊瑚的项链、青金拉丝的腰饰又厚又宽、金镶翡翠的臂环缠在粗壮的小臂上……如果谁能俘虏朱盛世大人，他一个人身上撸下来的物件，就足够武装一支军队。

扬一依的微笑和朱盛世一样自然贴切，随时随地，她眉毛轻扬，道："太好了，这两天真是辛苦大人和这些兵士了。"

"等进了城，公主要先看看海。"靳思男口快。

扬一依脸上微微一红，道："都说海天相接，无际无涯，我长在内陆，确实还没有见过。"

"哎，灞桥正是海港一座，落月湾内的牙船、白色水鸟一样，数不胜数，公主稍后尽可看个够。咱们先到青华坊先拜见大公，随后弘公子一定会陪公主去落月湾走走的。不过，小臣建议，公主车马劳顿，是不是先回居所静养几日，筹备大婚。如果累坏了，有什么闪失我们这些人可都是担当不起了。"

"你说的有道理。"扬一依笑得轻松，手却下意识拉紧马缰。

朱盛世捻了捻下巴上的胡须，笑道："见了弘公子，公主有什么想法，尽可对他说，有弘公子在，便是上天，亦是无妨。"

"所以，弘公子，他是个怎样的人？"扬一依转过头来，连日的纵马奔驰让她脖颈酸涩，晨起靳思男为她更衣，腰带又宽了一指有余，为了压制不断翻上来的恶心，她在舌底压了一颗白豆蔻。

"哎，弘公子，哦，不，南海侯的故事，想必公主也有耳闻，盛世这里就不多说了，总之确是名满灞桥的人物，南海侯地位本来已经尊贵显赫，这次因为两州联姻，又被大公收为大宗嫡子，论身份，和公主实在再相配也没有了。"

这朱盛世一贯滑头，避重就轻，只说赤研弘身份尊贵，半句不提他的品行性格，扬一依也是随便问问，对这个风评不佳的未来夫君，原也没抱什么期望。

朱盛世看扬一依笑而不语，想了想，又换了一个角度，道："公子比公主略小几岁，不过，身体是很健壮的，学业也优秀，在青云坊里，也是数一数二的才俊，文韬武略，那都是一等一的！"朱盛世夸起人来就像卖水果，把赤研弘说得皮薄个大，光彩熠熠。

"真是张口就来！"靳思男小声嘟囔，朱盛世显然听到，却没回头，只是发出一连串嘿嘿笑声。

赤研弘的口碑如何，早有公论，在民间，这是个依仗父亲权势横行灞桥的纨绔子弟。不明就里的人们常常拿他与扬归梦相提并论，假如他心性不坏，只是像小妹一样任性顽皮，倒也还好，可是就算不是，她又有什么办法呢？

这朱盛世的话里话外，不知有多少的水分。扬一依也不去揭穿他，心中多少有些惶惑，他才十四岁，比自己整整小了五岁，她很难想象应该用怎样的心态去面对这样一个孩子。但贵族家的少爷们，这个年纪早已初试云雨了，该面对的，总还是要面对，躲是躲不过去的。

经过了箭炉，扬一依的随行队伍迅速扩大，这一行怕总有二三百号人，声势满满。临行前，赤研星驰更是亲令屠隆带着自己的贴身卫队随扈，总可保一路安全无虞。

越靠近灞桥，人烟就愈加繁密，平明古道上歇脚的村落也多了起来，他们此刻行进的道路两旁，多是水田农舍，走到这里，离灞桥只剩短短的二十余里，再过十余里，到了青水长亭，就该是赤研家郊迎扬一依的地点了。

"扬大公离开灞桥，冠军侯就是送到了长亭那儿，"朱盛世挺直身板，示意队伍慢下来，"公主，日将天中，我们歇一会在上路吧。"

哦，那长亭是父亲最后离开的地方吗？扬一依心中微酸，豪麻和父亲就是在那里离开了灞桥，再无踪迹。想到如今自己重新走上这条路，还不知是否有机会回还，又忍不住心中怅然。

"只剩这一段路，又停下了？"一路被朱盛世催着赶路，此刻偏又是他要慢行，靳思男烦躁起来。

"靳姑娘，这不是朱某受不住这太阳嘛。"朱盛世的汗水洇透了外衫，他掏出手帕，抹了抹脸，笑得憨厚，滚刀肉一般，真是让人想斥责也无从开口。

"朱大人，我看前方有几家小店，在那里略微歇息下可好？我看前方都是平坦大道，咱们不急，快些走，有大半个时辰也就到了。"扬一依总是善解人意。

按照计划，他们应该在日落时分到达青水长亭，但由于晨起凉爽，更由于朱盛世几次三番的催促，所以今日一大清早，众人就提早从小山渡二渡淡流河了。

过了河这一路，顺风奔驰，马蹄轻快，不知不觉竟多赶出了半日路程。时间是赶出来了，但是越靠近灞桥，朱盛世就愈发犹豫。靳思男不解，扬一依倒是明白，加紧行程是为了防止意外情况出现，然而现在提早太多，灞桥消息未返，也不知那

绾青丝　249

边准备好了没有，若是他们提前赶到长亭，发现赤研家接应未妥，那便是一场尴尬。

扬一依何等伶俐，这朱盛世多嘴多舌，心思细密，只是缺了一点镇定从容，缓上一刻也好。只是她内心隐隐不安，这一路来，她自觉已经做好了面对命运的准备，然而，真的是这样吗？

扬一依同意休息，朱盛世马上执行。众人下马缓行，散入路边小村。

朱盛世平日锦衣玉食，本来就身子沉重，这一路驱驰下来，走路都脚软。靳思男脸上早带上了三分不屑，扬一依摇了摇头，把这个女孩拉到了自己身边。这里已经不是故园土地，如生变故，这个最亲近的侍女，自己也没把握维护了。

众人在路旁村落的小店中歇下，朱盛世正在招呼青杏和米酒，这避一避当头太阳的打算就泡了汤。

杜广志最先站了起来，平明古道上人马嘶鸣，远远响起了号角。

"来了，来了！"朱盛世声音激动。

扬一依起身远眺，马上明白这不是前往箭炉的军队，而是她无数次梦中出嫁，那支金光闪闪的迎亲队伍。

为着相见，今晨出发前，她已经换上了青莲纱的马上便装。

此刻看到迎亲队伍来到，她便回身向后走去，准备乖乖换上长裙，坐进马车，等待着青水长亭的初见了。

"娴公主吗！请出来相见！"遥遥地，想是看到了扬一依想要回避，有人高喊起来。

"奇怪，这不合礼制啊？"杜广志皱着眉头，把扬一依挡在了身后。

　　扬一依轻轻拉开杜广志，她看到了一字排开的八列骏马，它们颈项下都系着清脆的白瓷铃铛，那青色的海兽旗长长地在风中摆动，更有红底黑字的鎏金杆大旗，上面用遒劲的字体写着大大的"赤研"两个字。

　　这是南渚王族的旗帜。难道赤研弘急不可耐，已经越过青水长亭，亲自来接他的新娘？

　　"帮我看看。"扬一依抖了抖衣袖，仔细检视了一番自己的仪容。她已经来不及做更多的准备，只能挺起胸脯，准备这次突如其来的见面。

　　"小姐任何时候都是美的！"靳思男替扬一依束了束腰，又把她脑后凌乱的头发略作规整。

　　她走到店外的日光中，看着那些闪着耀眼光芒的影子靠近，心里想，这一身短衣马裤，又黑着眼圈，实在是太失礼了。

二

　　扬一依把身体竖得笔直，看着马背上下来的一行人向自己走来。

　　"是娴公主么？米某奉大公之命来迎公主凤驾，公主一路辛苦了！"当头的这个男子颇有年纪，两鬓花白，看来就是赤研井田的左膀右臂，南渚的大管家米容光了。

　　"米相才真是辛苦，有劳诸位，太阳这么毒，还要行出这样远。"见到主人躬身见礼，扬一依连忙还礼，对年纪大的老人，总要多几分尊敬才好。扬一依的幼教多来自温婉知书的母亲，

绾青丝

旧吴的公主、吴殇帝白赫的妹妹，自从她的丈夫在青基台上用弓弦勒死了她的哥哥，她就一病不起。

面前这一行人衣衫华贵，显然都是南渚身份显赫的人物，而她的身边则一个吴宁边重臣都没有，吴宁边的爵爷们心思各异，此刻正在扬丰烈的率领下，同澜青苦战。面对摇摆不定的局势，自然没人愿意跟着扬家二小姐抛家舍业，来南渚犯险。毕竟，吴宁边是扬家的，不是大家的，有一个娴公主应该也够了。

咦，对面所有人都对自己施礼，唯有一个青年人站得笔直，气度雍容，上上下下打量着自己，却不说话。南渚派来迎亲的队伍中，不会有不知礼节的人，他的自在从容，只能由于身份特殊，难道，他就是赤研弘？

他脸上蓄着短髭，还，满俊俏的，只是看年龄，又不大像。

朱盛世本来紧盯着米容光，站在扬一依身侧赔笑，此刻却目不转睛地看着那个年轻人，整个呆住了。

"恭、恭世子……"朱盛世有些结巴。

世子？赤研恭？赤研井田的大儿子、小妹最初的许婚对象？

扬一依不禁仔细打量起眼前的这个男子来，他一张窄脸，两道剑眉，嘴角挂着温和的笑容，一侧脸上有个深深的酒窝，这张脸，和赤研星驰倒有几分相似，不过身子就要比赤研星驰单薄得多，举手投足间，更带三分书卷气。

扬一依问询的目光望向米容光，果然，米容光并不理朱盛世，第一个介绍的便是他："公主，这就是赤研井田大公的长子，我们南渚的世子赤研恭。"

也许是他的脸和赤研星驰有几分相似，也许是他颇为内敛的宁静神态，扬一依对他生出了几分好感，她袅袅见礼，道："闻名已久，世子威仪风度果然不凡。"

"公主太多礼了，庙堂上的礼节虽然要遵守，但眼下我们在荒郊小店，如果还是这样拜来拜去，实在也太麻烦，不如我带个头，就都免了吧。"赤研恭一开口，嗓音结实浑厚，听得扬一依心里一动。他一边说话，一边伸手虚托扬一依的手腕，扬一依也不勉强，就势起身，这见礼也就点到为止。

扬一依一笑，回头看靳思男，发现靳思男一双水灵灵的大眼睛也在看着面前的这个俊俏青年，显然赤研恭这颇为得体的几句话，也给靳思男留下了深刻的印象。两人就相视一笑。

米容光将南渚随员略做介绍，扬一依便也来介绍她身边的靳思男和杜广志。

二人上前见礼，都被赤研恭一手挡了回去，笑道："都说了不必拘礼，二位也就别再见外了。娴公主性子最是随和，在下看得出来，公主与杜先生和靳姑娘也颇为投契，殊为难得。说实话，赤研恭也曾行走八荒神州的泰半疆域，公主这样轻车简从、素淡高雅的做派，在下却是从未遇到过。"

赤研恭看了一眼米容光，米容光挥挥手，便有军士牵过来一匹嘶鸣不已的红色骏马，这马并不像吴宁边的战马那样健腹圆蹄、膘肥体壮，也不是南渚吃苦耐劳、宽胸平背的矮脚马，它体型修长，颇为瘦削，后肢筋肉虬结，像刀子一样牢牢嵌在地面上。赤研恭顺着它油亮的毛发向前摸去，拍了拍马头，这马耳朵短小、窄胸细颈，显得颇为清秀优雅。

"这是在下送给公主的礼物，公主即将大婚，提前用这熊耳的火焰马来喜庆一下。"

绾青丝　253

"火焰马？"扬一依凝神看去，第一眼便觉得此马俊美不俗，颇合自己的心意，她还没说话，靳思男就忍不住上前去抚摸。不料这马一声长嘶，抬腿就踢，靳思男也骑过不少马匹，却没料到这马适才还安安静静，似乎已经被完全驯化，只在片刻，竟然做出这样激烈的反应。还是杜广志及时将靳思男扯到一旁，这才险险躲过马蹄。

靳思男脸色发白，惊道："好烈性的马！"

赤研恭只是呵呵笑着，并不说话。

扬一依到愈发觉得这赤研恭有趣，笑道："世子殷殷美意，一依欢喜得紧，只是我的马上功夫太过一般，别说驯马，就连骑性情温顺的马儿来赶路，时间一久也还要跌下马背，这样神骏的坐骑，还是不敢暴殄天物，世子还是牵回吧。"

赤研恭看看靳思男，把她看了一个大红脸，道："御马之术，技术只是皮毛，性灵才是关窍，公主不必担心，但说喜欢不喜欢就是了。"

扬一依道："这样神骏的坐骑，哪里会有人不喜欢呢？"

赤研恭道："那便好。"说着，从口袋中掏出一颗红丸，拉过扬一依的手，放在她掌中。"公主只需去除丸上蜡封，将它带在身上，这马就会将公主视作至亲，待到五日之后，红丸自动消散，它就永远是公主的良驹了。"

扬一依不明就里，奇道："这是什么道理？"

杜广志看赤研恭笑而不语，便出来捧场，道："这马是熊耳之西落月山脉的火焰马，是万马之王，稀世的良驹。传说火焰马性子极烈，不能驯服，唯有等到母马产下小马，将母马杀死，摘出它的汗腺、泪囊，制成红丸，小马没有母马照料，对这熟悉的气味极其依赖,驯马人便通过这红丸来控制烈火马,加以驯养。"

扬一依听着,脸上微微变色,将那红丸放在掌心细看。

"杀马所制红丸,气味大多寡淡,是以小马虽然可以驯服于带着红丸气味的马师,但绝不至亲昵,只有以母马泪腺制成的一丸,气味最烈,见风便会渐渐化去,在此期间携带红丸者,将会成为烈火马毕生追随的主人。"杜广志微微停顿了一下。"本来这烈火神驹和红丸御马之术,我一直以为只是传说,想不到今日竟然在此得睹真容。恭世子备置这价值万金的礼物,真是有心了。"

"杜先生真是见闻渊博,赤研恭只知道这马是好马,而这红丸是便是御马之鞭,还真不知道这马还有这许多来历。真是受教了。"

赤研恭这话说得谦虚,他这礼物是精心准备,不可能不知道有多贵重,但他这样说话,实在是让每个人心里都极为舒服,杜广志一贯严肃的脸上不禁也露出了笑容。

扬一依却把这红丸放在掌心,翻来覆去,一副若有所思的样子。

"公主不必担心,这红丸中的味道我们是完全感觉不到的,对于使用者,它是无臭无味的一件挂饰,到了时间,自然消散,但对于这马,却意义不同了。"米容光道。"虽然是世子的安排,但若是这红丸有什么异样的气味,一旦使用,无法消散,那便是老臣思虑不周了。"

扬一依点头,把那小丸看了一刻,取出自己随身携带的香囊,将红丸蜡封去除,轻轻放入,好像那是一颗一触即碎的

第青丝 255

琉璃。

"世子的礼物真的是太贵重了。"扬一依收起了笑容,走上前去,伸手给那小马梳理鬃毛,那小马果然温顺异常,侧过头来,把头轻轻来蹭扬一依的衣襟。

扬一依的手划过火焰马那光滑紧致的后背,来回抚摸,好像不舍放开,道:"只是一依此行仓促,备上的礼物都太过俗气,不敢呈到世子眼前,心里实是不安之至。"

赤研恭似乎察觉到了什么,道:"公主肯收下这匹马,已经是对我最好的回礼,还要什么世间俗物,如果非要还礼,公主如花美眷,今日一睹芳容,岂不就是万金不换?"

他这话一出,扬一依微微蹙眉,这样的恭维,也太直白露骨,她是要来嫁给他的堂弟赤研弘,岂是他的天下无双的礼物?不过同样的话,在不同的人口中说出,自有不同的效果,能得南渚将来的大公巧妙恭维,而且此人又机灵得体,风度翩翩,心中却也不觉得此人有多浮夸了。

"公主的到来,便是对两州百姓,献上了一份平安喜乐的绝世大礼。赤研恭也是南渚子民,这不也是带给我的礼物么。"赤研恭果然拐了个弯,把话滴水不漏地绕了回来。诸人都会意,纷纷附和。

谈笑中,迎亲的花车已经到了眼前,米容光在一旁示意朱盛世聚拢兵士,继续前进,赤研恭却拦住了朱盛世去打帘的手,道:"我看公主竟是这样喜欢这马儿,不如我们就骑马缓行,还能享这郊外清风的凉爽,不知公主意下如何?"

"这,恐怕……"

扬一依略微沉吟,也不管朱盛世的阻拦,道:"既然公子看破我喜欢这马,那我就恭敬不如从命,且试试这火焰马的妙处。"

扬一依走到马前,这马在她衣上温柔嗅了一嗅,嘶鸣一声,居然跪卧,扬一依十分惊讶,她轻轻跨上马背,双腿微微一夹,这马儿似乎懂得她的心思,自己便站了起来。

扬一依又惊又喜,手上轻轻加力,这马便轻快地迈开步伐,平稳地向前驰去,待到扬一依担心速度过快,甩开了后面的众人,她只轻轻在马脖子一侧一拍,略略牵动缰绳,这马马上会意,收了步子,平稳转弯,又小跑着回到众人之中。

众人见这马如此通灵,不由得都赞叹不已,扬一依打马再次从朱盛世身旁略过,把他一脸惊骇的怪异神色远远甩在了身后。

现下整个队伍形势一变,除去前驱的卫队斥候,变成了扬一依、赤研恭并肩骑在旌旗和礼仪队伍之前,米容光、杜广志等稍稍拖后几步,众人便这样,打马慢慢地继续向南行进着。

三

火焰马一身瘦骨,扬一依骑上马来,还在担心是否会压伤小马,谁料到它步履轻盈,任扬一依随意驱驰,无所不应。

扬一依轻挽缰绳,衣袂生风,生平第一次体味到了骑马的乐趣。她把手抚在马颈上,感受它薄薄皮肤下筋脉血肉的跳动,想到这红丸得来残酷,又替身下的马儿伤感。哪怕是山野村夫,抑或大腹便便的商人,只要得了这血泪凝成的红丸,便将成为马儿最为亲近、托付终身的主人,不知道这马儿是否明

绾青丝

白,是这来自血缘中的亲切温暖蒙蔽了它的眼睛。

火焰马只是因为天生矫健,便要承受残酷的命运,为了将世间灵物都收为己用,人们又是何等的自私无情?

海风渐起,扬一依望着远山的另一边,道:"这哗啦的响声,是海潮涌起的声响么?"

"公主心急了,"赤研恭勒马并行,道,"那不是海潮,只是济山林中的松涛罢了。"

有赤研恭这个身份显赫、温柔风趣的旅伴,一路走来,扬一依的心情明显好转,周围的山川田野也似乎变得新鲜可爱起来。

"公主如此喜爱这匹马,何不给马起个名字?"赤研恭的坐骑亦是神骏异常,但不过是匹坦提草原的高大风马而已。

扬一依轻轻抚摸着小马的脖颈,凝神细想了片刻,道:"那我就叫它阿团吧。"

"阿团?"赤研恭默念着这个名字,道,"这名字可有什么来历?我看这马怎么也不像个滚圆的模样。"

扬一依笑而不语,一旁的靳思男却呆住了。

是,阿团绝不是个普通的称呼,因为扬一依幼时粉嫩可爱,像个玉粉团儿一般,所以扬家上下都叫她阿团。

"也没什么来历,"扬一依看着靳思男惊讶的面孔,一笑,道,"偶尔想到了这个名字,觉得很好,就这样叫它吧。"

"是了,这名字很是可爱,不过我左思右想,还是要向公主道个歉!"

扬一依一愣,道:"世子送了我这样好的礼物,又如此悉心地接待,何来道歉一说?"

赤研恭正色道："初次见面，我只考虑送公主一件得体可心的礼物，却忘记了公主宅心仁厚，忽视了公主的内心感受，这不是实在应该检讨的么？"

扬一依眨眨眼，等他说下去。

赤研恭道："这火焰马固然是神骏无双，但为了能使它为人所用，采取的手段就过于血腥残酷了，尤其是杀掉母马、以根绝小马思念，利用母子间的记忆味道来让它服务于毫不相干的陌生人，供人驱策，这个过程，真是太过残忍了。"

他说到这里停下，去看扬一依的表情。

扬一依有些惊讶，在适才杜广志讲述这火焰马的来历时，她反复看着手中红丸，心中想到的却是母亲和自己。母亲因祖父一家反叛旧吴、忧惧病倒的时候，姐姐扬苇航还未满周岁。而等十二年后她出生之时，郁结在母亲心头的忧愤终于化为大病，随着她的出生，母亲的身体越来越差，终至卧床不起。按照晴州灵师的说法，她的出生带走了母亲生命最后的活力。她就像这匹火焰马，踩着火焰降生，光华万丈，却带给了母亲噩梦般的命运，这是不是父亲疏远自己的原因？

自然，这真的不是一个小女孩的过错，但扬一依的心中还是充满了苦涩。此后的漫漫岁月中，她对母亲的思念永无尽时，但和那个真正躺在病榻上的女人之间的关系，却只能靠那每年两次的探望、靠浓浓的汤药的苦味维系，从某种程度上，这马儿是不是有些和自己同病相怜呢？

她只是没有想到，自己细微的心理活动，竟然也被身边的这个男子捕捉到，还来为自己的思虑不周道歉。扬一依不由得对这个南渚世子刮目相看。她早就听说南渚世子人如其名，谦

绾青丝

恭温和，还以为是阿谀粉饰之词，今日一见，这个镶金嵌玉出生的万金之体，果然有其不同凡响之处。

"世子非要道歉，我怎能强作不解？"扬一依笑道，"只是你这礼物送得委屈，说不得我只好精心筹备，还上公子一份大礼才好。"这话说出，便是承认了赤研恭看穿了自己的心思，两个人之间的距离无形中便近了一层。

"如果公主非要还礼，我适才场面话已经说足，公主本身就是我们两州百姓的最好礼物；但赤研恭还有一句私心话，不知公主要不要听？"

赤研恭这话说得扬一依好奇心大起，她自负聪明，眼高于顶，可见面不过一刻，赤研恭便几次成功地引起了她的兴趣。难道，他也对自己格外用心吗？想到这里，她不禁有些脸热心跳，如果当初自己没有父亲指给豪麻，扬归梦也没有被许给赤研恭，只是金风玉露萍水相逢，仍旧是今日这个风度翩翩的公子，自己又会是怎样的心态？

"世子但说无妨，一依愿闻其详。"赤研恭的眼睛一直打量着自己，她微微侧过头去，怕自己的一点小心思，也被这个敏感的公子哥儿觉察了去。

赤研恭喜道："太好了，久闻公主的古琴弹奏精绝天下，我也粗通音律，不知道有没有机会可以向公主讨教，"他顿了顿，"能闻公主一曲，这就是我能想到的最好礼物了。"

"会弹几首小曲算得什么，世子喜欢，就是日日切磋琢磨，也不过消磨无趣时光。"扬一依这话说得有点过，不知道怎么就从口中滑了出来，顿觉不妥。她心中的胡思乱想和赤研恭的请求实在半点不沾边，她的脸这次是真的红了。

"在下已经迫不及待了！"赤研恭笑着一手在空中虚捏，摆出了一个吹笛的姿势。

好家伙，他知道我在想什么，他是故意的！扬一依微微有些羞恼，道："知道世子雅好歌弦，要我弹奏容易，一依却也有一个小小的不情之请。"

"但说无妨，赤研恭努力去办。"

看他自信满满的样子，扬一依笑道："一依来这一路上，偶尔听了半首咱们南渚的情歌，唱得真是好听，可惜没有听全，心下一直挂念着那歌中的一对，不知他们是不是终成眷属。还望公子给我一个答案。"说着，扬一依便把路上听到的那两段歌词儿哼了出来，她记忆力奇佳，又精通音律，此刻小声哼出来，竟是与那军士所唱的调子分毫不差。

扬一依声音虽低，但音色如黄鹂鸣叫，歌声里一派山花烂漫、橘果清香，最后一句俊俏俏个哥哥唱毕，赤研恭和周遭诸人竟然沉默无语。

靠近海边，天气变化莫测，恰逢此刻风起，天上薄云被拉成一丝一缕，快速变换着形状，远处积聚的乌云也奔着太阳的方向滚滚而来，只片刻之间，云层便被万道金芒镶上了灿烂如火的红边。更有阳光穿过云层的缝隙，直射到大地上，如一把把利剑竖在天地之间。

扬一依的歌声和众人眼前这奇诡的景象合而为一，愣了半晌，赤研恭终于鼓掌，道："不想公主的歌喉如此清脆，这曲儿也浑然天成，动人心脾，可惜我平素少在乡间盘桓，不知道这曲儿下面两段究竟如何。这一次，真的败给公主了。"

说着，二人相视一笑，扬一依心中多了些许说不出的感触。

青水长亭已至，扬一依下马，在此整理行装，换上淡绿色的荷裙，重新梳洗，她犹豫了片刻，还是将豪麻所赠的绾臂金环轻轻戴上。

南渚富甲天下，果然一派奢华，扬一依带着靳思男坐进花车，连车窗上的纱幔都是宁州上好的彩云纱。只是纱幔再好，终是阻挡了车外瑰丽的阳光。

昏暗的车中，她和靳思男相对而坐，灞桥近了，旅程将近终点，这丫头看着车厢内锦缎的繁复纹饰，也不知在想些什么。

积云带雨，窗外传来久违的隆隆雷声，金色的光芒一点一点褪去，狂风吹得花车前的瓷铃铛叮叮当当响个不停，外面的侍卫纷纷呼喝打伞，不一刻，闪电划过，噼里啪啦的雨点打在了油松木的车篷之上，发出密集而沉闷的声响。

扬一依撩开窗纱，强劲而略带腥咸的风夹着雨滴扫了进来，她目力所及，已是一片迷蒙，十余丈外，便是一片灰白的雨雾，人和物都难以分辨。

她合上窗子，听外面人语，似乎就要进入灞桥了。她千百次地想象这座大城的模样，终究还是没有见到它雄伟的轮廓。雨中的车子摇摇晃晃，靳思男害怕雷声和闪电，脸色煞白，扬一依伸出手，将她的手握住，拉她坐过自己身边。

两个人靠在一起，这个在战马上驰骋自如的姑娘，究竟还只是一个女孩子，扬一依知道她爱着自己，也渴望自己的爱，但公主们的爱，大多没有未来。

不知道车外的阿团能不能经得起这场暴雨，它生在酷热的落月山脉，身上有着烈火的血脉。赤研恭呢？他想必正在华盖下冒着风雨骑行，口中呼出白色的哈气，不知道雨水从他瘦削的脸庞划过时是怎样的情状，他有没有看着这沉闷而华丽的花车，想象着她此刻的模样？

她的记忆又回到两天以前，干渴的扶木原多么期盼一场大雨。满身重铠的赤研星驰表情僵硬，身躯挺拔，他们真是一对奇怪的陌生人。直到随军开拔前，他都没有和她再说过一句话，她太累了，回到房中就沉沉睡去，并且陷入了奇怪的梦境。

在梦境中，父亲还活着，他带着一群疲惫不堪的武士穿过一片郁郁葱葱、险峻峭拔的山岭，豪麻依旧表情冷峻，骑在马上，嘴角倔强地微微翘起，只是他的身边，多了一个姑娘，她身着一身粗蓝布的印花衣裳，圆圆的脸庞。

不知道为什么，扬一依好像松了一口气，她疲惫地闭上眼睛，向更深的梦境中沉潜下去。

四

当阳光破开黑云密布的天空，露出刺目的金芒时，马车猛地一顿，扬一依从混沌中惊醒，是赤研恭拉开了车帘，车外依旧是雨丝连绵，但广阔的平原和远处的山峦已经转换成了湿漉漉的青石街道，眼前是在雨水中沉默伫立的高大建筑。

"公主，青华坊到了，请下车吧。"赤研恭世子之尊，亲自来替扬一依打帘，没有人敢再上前来说半句闲话。

织金绣银的翡翠华盖遮住了阴暗的天空，扬一依迈出马

绾青丝

车，脚下小鹿皮白马靴踏入了青石缝隙间的积水，靳思男替她提起了长长的裙摆。

通往青华坊的甬道两侧站着气宇轩昂的士兵们，雨水冲刷着他们闪亮的甲胄，他们沉默笔挺，但目光大都集中到了这位娴公主的身上。

在青华坊门前，遥遥站着一排模糊的人影，赤研恭松开了她的手，小声道："我的伯父和堂弟亲自来迎接公主了。"他松手之前，手上轻轻用力，若有若无地捏了一下扬一依的掌心。扬一依不由得脸上一热，心剧烈地跳动了起来。

"多谢世子！"扬一依保持着脸上的笑容，向前走去。

赤研恭走在众人之前，打躬道："伯父安好！"他这话一出，纵是在大雨滂沱中，四周的众人依旧全都向赤研瑞谦拜了下去，只有米容光仍站在赤研恭身边，只是半礼。对面那个身材微胖的华服男人等待众人见礼已毕，方才对赤研恭回礼，沉声道："世子实在辛苦了，这样的天气，还要累世子亲自前往青水长亭，替犬子迎接娴公主的凤驾。"

一旁的粗壮少年大声道："哥哥真是辛苦了。"接过早已准备好罗伞，便要踏步上前，旁边的赤研瑞谦一声冷哼，他才收住脚步。

"伯父见外了，弘弟已经被大公收入大宗，我这个做哥哥的为弟弟做些事情，也是题中之义。"赤研恭微笑着。

赤研恭这回答虽然看似漫不经心，但话中有话，而赤研瑞谦的倨傲态度，也实在出乎扬一依的意料。赤研弘究竟是谁家之子，短短的两句话，叔侄之间波涛暗涌。

在氤氲的水汽中，看不清赤研瑞谦脸上的神色，他沉默了片刻,才又道:"世子说得对,弘公子已经入了大宗,是我一时疏忽了。"

扬一依不及细想,轻摆纱裙,对着赤研瑞谦和赤研弘见礼,柔声道:"吴宁边扬一依问赤研瑞谦将军、弘公子和诸位大人好。"

自扬一依从花车上走下,赤研弘的眼睛就不曾离开过她的身子,纵是天气阴沉,他眼中却大放光芒。

"娴公主仪态万方,真是百闻不如一见,赤研弘这里有礼了。"他的嗓音仍带一丝青涩,这句话说得万分喜悦,倒也还得体大方。

华盖阴影下,看不清赤研瑞谦脸上的表情,他带着众人回礼,道:"公主远道而来,实在辛苦,大公已经在坊中等候,现在,就请公主随我来吧。"

他说话已毕,便回身在前方引路,赤研弘却凑了过来,甩开自己的华盖,径自挤进扬一依伞下来。

赤研弘年纪不大,但身子健壮,鳞甲带着雨水的寒气扑面而来,扬一依猝不及防,略微向一旁让了让,伞下空间有限,扬一依这一让,不免让雨水扑湿了半边衣襟。

靳思男在后面为扬一依提着长裙,赤研弘这突然一挤,扬一依一动,她慌忙跟着挪向一边。雨天路滑,险些滑到,不由得横了赤研弘一眼。

赤研弘一门心思都在扬一依身上,并不去理睬靳思男,他嘴角上翘,挺着胸脯凑了过来,小声道:"都说你美貌,果然不凡。"说着便把一只手搭到扬一依的肩膀上来。

扬一依下意识轻轻一闪,赤研弘这手就滑在一旁,他一

绾青丝　265

愣，脸上便显出羞恼的神色来。

赤研弘这一挤一搭，已让扬一依心生反感，早闻赤研弘在南渚横行一时，尤其在父亲身边，更是跋扈，但也没想到初一见面，便如此毛手毛脚。

赤研弘歪着头停下脚步，那伸出来的手却没有缩回去，盛大的雨幕将伞底的世界与外界隔绝，如今即便尴尬，扬一依毕竟是尚未过门的外州公主，也绝不会将那只半空的毛手主动再握住了。

"公主是嫌赤研弘手潮咯？"赤研弘把头凑了过来，在扬一依耳边低语。

扬一依实在意外，想要避开，又避无可避，赤研弘嘴角却又挂上一丝冷笑，和扬一依稍稍拉开半寸，道："公主记好了，虽然我与你那妹妹有些过节，但你嫁了我，从此就是一家人，只要你能取悦我，之前的小事，咱们便一笔勾销好了。"

扬一依突然听得赤研弘提起扬归梦，不觉一惊，难不成小妹真的陷在南渚赤研家手里？这样，吴宁边的命脉，赤研家岂不是握住了一大半？她猛地转头，看着赤研弘那张汗津津的脸。

赤研弘却摸摸自己嘴上的茸毛，嘿嘿一笑。

这赤研弘和赤研恭一般，身着青黑底红缎海兽服，他年纪虽幼，但膘肥体壮，已经高过扬一依大半头，下巴上有了稀稀落落的柔软胡须，看起来，确实不像十四岁的少年，他暗红的脸上有一双厚厚的嘴唇，即使是在这样的雨天，他的额头也爬满了汗珠，很难想象他和赤研星驰、赤研恭同属一个家族。

赤研弘拽住伞柄，伸手做了一个请的姿势，扬一依再向后，整个人便要进入雨中，只得将手搭在他的臂上，跟他一同前行。

不知道是不是对赤研弘的印象不佳，扬一依觉得赤研弘身上有一股奇特的难闻味道，哪怕在雨中，也无孔不入地弥散过来，她强忍着心头的反感，道："小妹离家已经颇有时日，不知道弘公子何时与她有过交道？如她现在尚在南渚，可否安排我们姐妹相见？"扬一依努力将话缓缓说出，但语中还是带出了一丝急切。

赤研弘端起另外一只手，按在扬一依的手上，慢慢道："当然是在灞桥，前几日，我还和她在青云坊中相会，说实话，你那小妹长得不错，只是太过顽劣，说起性格修养，和你就差得太多，等咱们圆房之后，我再和你细细说起。"

赤研弘脸上现出一副凶相，不提大婚，只说床笫。他慢条斯理地说着，好像扬归梦已经落在他的手里，吃了大亏一般。扬一依强自镇定，道："舍妹从小娇生惯养，现已离家多日，如果她得罪了公子，万望恕罪。"

赤研弘的手湿漉漉的，在扬一依的手背上左右抚摸，道："百望台上流光暖，春衫一曲万人倾。你那小妹，倒是给我讲了不少你的故事呀。"

扬一依脑中轰的一声，如遭雷击，这两句话是姐妹两个在百望台上弹琴玩耍时，扬归梦信口胡诌的，这赤研弘如何知道，难不成扬归梦真的着了赤研家的道？

扬一依身子一晃，脸上的笑容愈发僵硬起来，道："公子真是说笑了，等到大礼已成，梦儿就是我们的妹妹，说不得我要好好训斥她，她自小骄纵惯了，公子千万不要往心里去就是。"

绾青丝　267

"看他愤恨的样子,都是骗人的。"靳思男的话音传入了耳中。

"什么?"赤研弘显然也听得真切,立即停步。

扬一依本是冰雪聪明,适才情急之下,方寸已乱,听到靳思男的话,猛然警醒,那赤研弘提到扬归梦,得意扬扬的神色全无,却露出一份咬牙切齿的样子来,看样子倒像在扬归梦那里吃了大亏才是。

"放肆!"赤研弘咆哮道,"没上没下,一个小小的婢女竟敢质疑我?!"

扬一依一身冷汗消去,周身寒彻,当局者迷,懊悔差一点就被赤研弘骗过,反是靳思男一直在身后拉着裙摆,把赤研弘的神态动作看了个一清二楚。不过今日场景,赤研弘全无顾忌,靳思男这句气话,怕是要糟。扬一依顾不得许多,伸手去拉赤研弘,却被他回身挣开。

"思男!"扬一依只好也把脸沉了下来,"快向弘公子道歉!"

"公主!"靳思男涨红了脸。她看到赤研弘怒气冲冲地瞪着自己,所有人都停下了脚步,回头来看。

"我没见过站得这样直的女婢!"赤研弘大声说。

扬一依心里恼火,这赤研弘毛糙简单,实在讨厌,仗着自己的权势地位,居然如此不知进退。但她还是说:"思男,大礼!"

靳思男气鼓鼓地站在地上,反瞪着赤研弘,勉强屈膝弯腰。

赤研弘倒是架子十足,冷哼一声,抬头望那天上垂落的雨丝,看也不看身前的靳思男。

"跪下,道歉!"扬一依胸口起伏,看赤研弘不说话,这句话说的严厉而又冰冷。

靳思男咬紧了牙关，泪水充满了眼眶，但还是跪了下来。她行的是主婢大礼，双肘及地，对赤研弘说："弘公子大量，是我口无遮拦，这里给公子赔罪了。"

赤研弘脸上肉抖，面色狰狞，厚厚的嘴唇张开，还要说些什么，旁边的赤研瑞谦却回过身来，冷冷瞪了赤研弘一眼，道："开宴了。"

赤研弘瞪着赤研瑞谦好一会，舔了舔嘴唇，道："算了，看你不知道轻重，公主这样美貌贤惠，居然会有你这样的女婢，真是好生奇怪！"

众人继续前行，扬一依本想让靳思男站起跟上。赤研弘却有意无意说了一句："公主，这女婢已经认错了，还是不要再多加责罚了。"

扬一依僵在当场，赤研弘这样一说，倒好像她不责罚不对了一般。

她开始后悔顺着赤研弘的话头让靳思男道歉这件事。但此地已经不是吴宁边，寄人篱下的生活前途未卜，她强压下内心的恼怒，对靳思男道："你自己掌嘴，我们先走了。"说罢拎起裙摆，继续向前走去，只是她的长裙华美精致，裙摆太长，没有了靳思男的照顾，后面百褶青纱全都拖在了泥水之中。

五

穿过长长的回廊，在赤研瑞谦的示意下，赤研弘昂首大步走在了最前，伴着幽深海天间的电闪雷鸣，扬一依走入一片灯火辉煌。

一股清甜在宽大的厅堂内回荡着,是吴宁边少见的迷迭香,扬一依喜欢这甜中带苦的松木味道,闻着它,像吴宁边干燥的秋天还在身旁。然而此刻,流云一般的水袖甩起,整个大厅热闹非凡,为吴宁边娴公主接风的宴席就此拉开帷幕。

略作介绍,百官欢腾,便开春宴,扬一依被领坐在赤研瑞谦的下首,杜广志随侍身旁,留驻南渚迎接扬一依的扬慎铭和李子烨也在一旁就座。

扬一依心里惦念着靳思男,忍不住回头向外张望。

"公主委屈了,"李子烨在扬一依耳后小声道,"相信大公无恙,必有重回灞桥的一天,还请公主一定忍耐。"

扬慎铭看李子烨和扬一依说话,也凑了过来,他已经被朱盛世连劝了几杯,此时赤着脸,带着一团喜气,眼睛仍盯着场上的舞者,道:"二妹,这一次两州联姻,本来我是绝不赞成的,打算拼死也要阻你嫁来南渚,只是小叔的意思,实在不好违背,好在中间虽有曲折,也终是顺利。看到今日此时此景红火热烈,我心中也甚是宽慰啊!"

扬觉动已经失踪,不管是谁的意思,为了吴宁边的存亡,这次南渚之行,扬一依无论如何也要赌上一赌。她这个本家大兄是个混沌不清的人物,扬一依心里清楚,也不便说破,只好举杯道:"多谢堂兄的爱护,一依铭记在心。"

扬一依的对面上首坐着赤研恭,下首坐着赤研弘,这两兄弟在这个场合的表现全不一样。赤研恭待人处事周到得体,上下朝臣一一见过,把每个人都招呼得如沐春风,而赤研弘则已经喝了不少朱鲸醉,满面通红,一双眼睛盯着场上的舞女转来转去,前来给赤研弘敬酒的臣属,笑得多少有些过头,而眼睛,是必定要对这一侧上首的赤研瑞谦扫上一眼的。

如果眼睛能起到手的作用,那些被赤研弘盯着的女孩子,早已被他的目光剥了个精光了。

扬一依只略略应酬片刻,已经看出这朝堂上汹涌的暗流,低调谦和的,是世子一系,而张扬跋扈的,则是二大公的追随者,之前在吴宁边听闻的赤研家的故事,在今天这温暖而暧昧的氛围中,正一一在面前变得鲜活起来。

宾主正欢,赤研恭隔席遥敬,对扬一依使了一个眼色。

扬一依不明就里,回过头去,看一个星眉朗目的黄衣男子已拉着靳思男的手走了进来。他朝服上绣着淡蓝色夔纹,胸前一只犬颔昂首蹲踞,看品秩,当也是伯爵以上的人物。这人走路不急不缓,扬一依心里一惊,适才把靳思男一个人丢在雨中,实在是万不得已,如今这场景,别是被南渚的什么显贵占了便宜。

不过看赤研恭嘴角带着一抹笑意,扬一依莫名又觉得心安,心中暗忖,难不成,是赤研恭派了人去接靳思男?

果然,那男子拉着靳思男径直来到了扬一依身前,靳思男浑身湿透,一路走来,那男子也不在乎,手一伸,靳思男的手便从那手掌中飞快脱出,人已闪到了扬一依身后。

"公主的侍者,都马儿一般矫健。"那人躬身半礼,转身便退了回去,坐回了赤研恭一桌。

"这里不是大安,今天晚上,无论发生什么事情,你再不要妄动。"靳思男的话到嘴边,被扬一依生生抵了回去。

赤研弘还在一杯一杯喝着,烤肉的浓香和鸿蒙酒的辛辣弥

绾青丝　271

漫了偌大的厅堂，还好，并没有人注意到靳思男渺小的存在。

"那是南渚重臣陈穹的孙子，陈振戈，他的父亲陈兴家控制着南渚四大主城之一的青石，陈振戈素来和世子走得近，并不买赤研瑞谦一伙的账。"李子烨在扬一依耳边悄声解释。

是了，是他，扬一依心中一宽，目光更是随着那个兀自笑盈盈在人群中来回的锦衣世子转来转去。靳思男无恙，去了她一大块心病，从小到大，她已经习惯了去操心别人的感受。现在，她终于可以认真对待自己杯子中的朱鲸醉了。

酒是最好的伪装，喝多了，可以掩饰尴尬、疯狂和所有细小的心思，扬觉动把她许给豪麻的那一天，她知道扬归梦和豪麻他们一窝蜂出去喝酒庆祝，但是没有人知道扬一依自己一个人灌醉了自己。

朱鲸醉确实是好酒，沁人心脾，南渚上下都在传说，就是在这样的宴席上，吴宁边大公扬觉动喝多了朱鲸醉，许出了自己最爱的女儿。此刻，几口朱鲸醉轻轻抿下，她的两颊也热了起来，但心里，一片冷冽清净，父亲是不会醉的，他最爱的女儿是小妹扬归梦，已经被他毫不犹豫地当作质子许给了赤研恭，那日不管他喝了多少酒，用自己来代替小妹出嫁，也不会比送出小妹的决定更艰难。

把自己许给豪麻之前，他又何曾问过娴公主扬一依的意见？

又是一口酒下肚，火线从口中开始燃烧，一路点燃整个胸腔，沉到腹里，酒杯此刻就平放在桌面上，窗外雷声敲打着鼓点，在杯中漾起一圈圈细小的波纹。

不管父亲爱不爱自己，自己是爱他的，不管父亲是不是更爱扬归梦，自己是爱着小妹的。扬一依笑对所有前来搭讪祝贺的人，心里却在冷笑，扬家的人，就算是一介女流，也是这世上咆哮的猛虎。如今整个八荒已是风雨如晦，而在灯火通明的青华坊中寻欢作乐的蠢货们，却不知道自己正恰在暴风眼的宁静之中。

扬一依很少饮酒，是以她今天才知道，原来她有着如此好的酒量。李子烨充当了她的向导，每喝上一小杯，她就在心里默默记下一个名字。

高台上那个影子一样的男人，是南渚的大公赤研井田，他已近中年，有着薄而锐利的嘴唇，可以燃起火焰，这难忘的滋味她在赤研星驰那里品尝过，他和赤研星驰倒有五分相似，只是他笑容不多，脸上寥寥的皱纹都像刻上去的。

他身边笑盈盈的贵妇人则长着圆圆的脸庞，身体发福，她是青石陈家的女儿，赤研井田的大公爵夫人。显然，赤研恭继承了父亲的相貌和母亲的活力，虽然他并没有过多关注扬一依，但扬一依依然觉得他的杯盏中、言辞里，在他的每个礼貌得体的笑容背后，都有他有意无意的目光在自己身上盘旋围绕。而在光芒万丈的南渚世子身边，那个阴沉苍白的男孩，是赤研井田的小儿子，他被哥哥和父亲的阴影罩了个严严实实。

扬一依叹了一口气，某种程度上来说，这个孩子很像小时候的自己。但他缺乏扬一依的逢迎和笑容。

朱鲸醉让她脸热心跳，她从赤研恭身上收回目光，把注意力转移到赤研瑞谦和他的儿子身上。赤研瑞谦身材微胖，小眼睛，厚嘴唇，肤色偏红，看起来和他的兄弟一点也不像，和表情很少的南渚大公不同，他的表情极其丰富，板起脸来像一块

绾青丝

铁板，笑起来则声音嘹亮，这有两种解释，他是个直接豪爽的天之贵胄，或者，他是一个七情上面的阴沉戏子。而当李子烨描述了他和扬觉动当日宴会的对垒之后，她宁愿相信后一种解释。适才在雨中，他对赤研弘的一声冷哼和一个眼神，更让扬一依对自己的判断确信无疑。

赤研弘？她跳过了赤研弘。她有的是时间去了解他，他将是娴公主扬一依的丈夫，他们将在未来赤诚相见朝夕相处，她看着高声大笑的赤研弘，紧紧咬着牙，齿龈发酸。

微黄的鲸脂巨烛在白琉璃的灯座上明亮地燃烧着，穿堂而过的劲风无法扑灭它们的光芒。算算时辰，正是黄昏时分，但灞桥的风雨把这城市变得漆黑如夜。吴宁边也会有狂风暴雨，但和灞桥不同，平原的雨永远为干渴的大地吞噬，也许来势狂暴，但不会有灞桥这样的山呼海啸的声势，今天灞桥的雨似乎别有深意，青华坊厚重的门窗被风雨敲打得噼啪作响，远远的天际，雄浑而悠长的呼啸声在这城市上空徘徊不去。

米容光、朱盛世、不在场的赤研星驰、见过面的李秀奇和关声闻……南渚大员们的样子在她的脑海中一一滑过。她从小机灵聪明，察言观色是她天生的本能。

在南渚，她的身边只有杜广志和靳思男，或者，也可以说，只有她自己。

靳思男像个小傻瓜一样，把那把锋利的薛荔时刻带在身上，好像有了它，就有了足够的安全感。但一把刀能做到什么？切水果？还是割开某个人的喉咙？只有最了解自己能量的人，才能在残酷的游戏中掌握先机，牢牢握住获胜的可能。

一把刀？扬一依轻笑着咬住了自己的嘴唇。

我是扬觉动的女儿,吴宁边的主人,我可以做到更多。

只要我想。

六

乐声淙淙,如静水深流,时而缠绵,时而激昂,如清溪,如长河,绵绵不绝。

身段纤长、眉目姣好的女子们场上献舞,愈舞愈妖娆,这些少女大多十六七岁年纪,唇红齿白,缠绵声起,她们娉娉婷婷,婀娜多姿,踩着音乐的节奏,将长袖甩开,翩若惊鸿;而肃杀声起,她们又蛾眉深蹙,面带霜雪,模仿战阵厮杀,甲胄叮当。

这满堂宾客有美酒助兴,女孩子们跳得柔媚之时,众人便饮酒笑骂,女子们舞得刚健之时,他们又拍桌击缶,大声喝彩,整个宴饮的气氛说不出的热烈。

这样的场合对扬一依来说十分陌生。

吴宁边创立于轮番血战之中,更没有奢靡的宴饮之风,扬叶雨在马背上得来天下,十分在意后人重蹈旧吴覆辙,而扬觉动自即位以来,强敌环伺,为保家族基业,每日殚精竭虑,更少追求生活乐趣。

因此,在吴宁边,即便是青基台上宴饮待客,也不过菜肴略微布置而已,南渚这些精致淫靡的乐舞,贵为公主的扬一依也未曾见过。

朱鲸醉让人心旌摇荡,对着满桌山珍海味,看着面前的红颜少女,她开始幻想若自己也是一个普通女子,就在场上,又

绾青丝

会怎样。

纵然已有万千赞美，扬一依还是有自知之明，若论美貌，眼前的这些少女个个都是百里挑一的美人，随便拿出一个，都可以和自己一较短长，若论身材，相比之下，自己与她们也难分高下，更没有这些舞者的柔软身姿。她们灵活自如的步伐和精确魅惑的舞步，都是日复一日辛苦训练得来。若是扬一依上台舞蹈，不说能不能合上音律，恐怕跳不了几步，便要闪了肩腰吧？

然而此刻，这些和自己年纪差不多的女孩子，都在场中殷勤献艺，听四座的权贵对她们污言秽语，恣意点评，只有她稳稳坐在上宾席上，用怜悯和居高临下的目光看着她们。

没有例外，几乎所有的舞者都是一般取悦观众的逢迎心态，唯恐自己成为人群中最不起眼的那一个，若是有身份的贵族上来狎玩，都是一副欲拒还迎的欣喜模样。

若不是有幸生在公侯家，你和她们相比，又强到哪里？扬一依湿了眼睛，没有答案。

她知道场上有许多只眼睛都在盯着自己，如果有机会睡到名满天下的娴公主、吴宁边的继承人、猛虎扬觉动的女儿，他们随时愿意把一百个漂亮的平民女子踢下床去。

"做大公的女儿，没什么好羡慕的，"母亲在病榻上对她这样说，"王侯家的女子，没有几个能得始终。命这件事，天注定，不是人想不想，而是能不能。阿团，别幻想爱情，这天底下，没有一个男人爱你更甚于他的权力。"

她还小，傻乎乎地问："那父亲对你也是这样么？"

母亲苍白的嘴角露出了笑意，即使如此重病，也无损她的美貌,她抚摸着她的头,道:"不是,他当然不是。"

的确,除了扬觉动远征宁州、带回了扬归梦,除了那个大家都没见过的女人,父亲一生中只有母亲,他最爱母亲,扬一依一直深信不疑。五岁以后,每年除了她可以有两次机会见到母亲,其余时间,都是父亲去探望她,他一直守着她。

赤研恭又在遥遥举杯,她也端起酒杯,却发现他的目光有些许偏差,扬一依回过头,发现她身后的靳思男不自然低下头去,她笑了,拉过靳思男的手,道:"来,跟着我去敬陈公子一杯酒。"

"公主,我这身份,怎么可以……"靳思男有些慌乱。

"有什么不可以,"扬一依脸色酡红,她是喝了不少酒,但她知道自己在做什么。作为一地大公的女儿,她不能说没见过世面,但直到青基台上大朝会议事,她才真正开始了解了自己。

那一天,那些平素争先恐后对扬觉动表达忠心的贵族们吵作一团,有人想要迎娶她进而控制朝政,有人巴不得她早早消失,好肆无忌惮扩张势力,她的身边环绕着全吴宁边最有权势的男人,只是没有人把她当作一个孤单的姑娘,一个失去了依傍的女人。

在自己主动说出联姻的愿望后,她看到了男人们的惊讶,虽然他们就是要送走自己的人,结局并没有什么不同。在南渚,不比留在吴宁边更可悲。父亲失踪了,她却觉得眼前的世界更加清晰了。

"我知道他是谁。"靳思男没有喝酒,脸上也有些红。

"他是谁不重要,他的祖父,喏,就是那个黄袍锦缎的老人,是南渚军界的元老,海鹰陈穹。当年赤研井田和赤研瑞谦

绾青丝

翻盘夺取南渚大公位置，就是靠了他的支持。"扬一依略带醉意，她看到了赤研恭的微笑，脸上泛起了一朵桃花。

"思男，总有一天，你也会嫁人的。"

扬一依从桌上又端起一杯酒，塞在了靳思男手中，走在了前面。

"一依见过武英公！"来到了桌前，扬一依笑靥如花，先去敬陈穹。陈穹连忙站起，他年事已高，有些虚胖，须发白了一多半，但脸膛红润、胸膛宽阔，看得出，年轻的时候，一定相当孔武有力。

"公主真是太多礼了，我和你父亲神交已久，可惜月前大公来到南渚，我缘悭一面，如今公主来了灞桥，就是一家人，以后有需要陈某的地方，可千万不要客气。"老头哈哈笑着，仰头把杯中酒喝了个干净。

扬一依喜欢他的豪爽，笑吟吟也将杯中的朱鲸醉喝干。回头却见陈振戈和靳思男已经在悄声说着什么，靳思男少见地结结巴巴，反倒是陈振戈在哈哈大笑。

环顾四周，她在整个宴会的中心，已经被赞美包围，这起码是个好的开始，她在心底说，表面的善意，也是善意。

"南渚最为重要的两股势力正是赤研兄弟，其中巨商朱里染和军界元老陈穹都站在大公赤研井田一边，但赤研瑞谦却得到了人脉深厚的镇南公李楚的支持，李楚的侄子李慎为是现今木莲朝辅政大公，也是你姐姐的第二任丈夫。"那一天，疾白文的声音在空荡荡的祥安堂里回荡。

"在两派势力间游荡，态度暧昧不明的，是平武城主政李秀奇和他统领野熊兵。自卫中宵死后，白安叛乱，野熊兵都被李秀奇收入麾下。而他深受南渚前世子赤研洪烈的恩惠，和现在的南渚公子、赤研洪烈的儿子，冠军侯赤研星驰有千丝万缕的联系。"

"前世子的儿子居然还有不小的影响力？听起来不能自容于现大公啊？"扬一依蹙起眉头，"所以，在南渚的权力天平上，赤研星驰是那颗维系平衡的石子？"

"不错，"疾白文点头，"赤研洪烈当年励精图治，却意外身死，这是南渚讳莫如深的隐秘。赤研星驰年少有为，一方面被处处猜忌，另一方面，却又有人押宝支持。"

"李秀奇？"

疾白文缓缓摇了摇头，道："他的最大的支持力量，也来自木莲。当年赤研洪烈之死，就是木莲作祟，让赤研易安失了心智，赤研星驰为质木莲多年，你说，朝家会轻易放过这样一个可以插进南渚的楔子吗？"

"我明白了。"扬一依点头。

"公主，澜青和吴宁边已经开战，周围各州虎视眈眈，如今，南渚的砝码压在哪一头，会有多重无须多言，万千利害，都系于你一身。在南渚，赤研星驰的位置微妙；在八荒，你就是那颗维系微妙平衡的石子，稍有不慎，便再也没有人能把握烈火的方向，不仅仅是南渚和吴宁边，可能整个八荒都要就此坠入万劫不复的深渊。"

"我知道，我猜你找到我，绝不是为了八荒的宁静。"

疾白文长长的眉毛抖动了一下，只是看着扬一依。

沉默如水，冲刷着扬一依疲惫的眼睛。

很久很久，她睁开了眼，平静地问："所以，我要怎么样才能打破这平衡？"

疾白文的嘴角泛起了一丝笑容，缓缓道："公主，你不必学习，你是火神的渡鸦，身上生着赤羽，你知道该怎么做。你只要顺着自己的心意，席卷八荒的烈火绝不会单独略过灞桥城。"

"我一直不明白，父亲为什么一直把你留在身边。不过如果我做了吴宁边的大公，我大概也会对你言听计从。好，我不信火神，也不信海神，我只是知道，我有一天终会回到大安城。"扬一依觉得自己的声音和心一样冰冷。

疾白文伸出他枯瘦的手指，轻轻拂去扬一依云锦外袍上粘着的细小绒毛："大朝会很快就会召集，我知道，你要的，要比赤研家能给的，还要多得多。"

惊雷炸响，并没有影响到宴会的欢愉。

一只手突然从背后伸了过来，环住了扬一依的腰际，扬一依皱了皱眉头，是赤研弘，外面的暴雨并不能冲刷掉他身上的腥膻味道，他一张毛茸茸的脸挨到了她的脖子上。

赤研弘的手扣得很紧，他喝了不少酒，勒得扬一依很难受，这样的时刻，要么拿一把刀子割开他的喉管，要么就得用另一种方法让他把手放开。

扬一依用眼神制止了满面通红的靳思男。

她右手搭在赤研弘的手上，左手向脑后伸出，抚摸着他汗津津的脸，把自己的脸轻轻贴在他的脸上。接着她轻轻摇晃肩膀，想要侧过身去，正对着赤研弘的脸。她感觉到了赤研弘猛烈的心跳，他的喉头在上下滚动。她的身体仿佛在说话，渴望取悦、亲吻和摩擦。

赤研弘像牛一样喘气，不自觉松开了揽在扬一依腰间的手，然而扬一依却像水蛇一般从他的怀里滑了出去。

但他拉住了她的衣带，赤研弘并不说话，把手中酒杯啪地一摔，猛地转身，用力一拉，扬一依又被拽了回去。扬一依闭上眼睛，张开了嘴唇，把赤研弘迎个正着。当她用唇堵住了他的嘴时，感觉到那股浓烈的腥膻味道顺着他的舌头进入了她的身体，迅速地蔓延到了四肢百骸。

赤研弘还在用着蛮力，直到扬一依的舌头与他绞在一起，他喉咙的低吼慢慢沉了下去，身子渐渐松弛下来，只顾闭上双眼，享受这得来不易的一吻。

啪啪。

高坐在铁木椅上的赤研井田站起来鼓掌，赤研弘没头没脑一把紧紧抱住了扬一依，笨拙地在她脸上拱来拱去。在场的重臣们看到大公鼓掌，也纷纷从椅子上站起，一时间成片的掌声响起，盖过了屋外的风雨声。

七

"娴公主果然温柔可人，我看她和弘儿这样两情相悦，不如，就尽快把婚事办了吧。"赤研井田脸上露出了笑容，看着赤研瑞谦。

"大公说的是，我也是这个意思，"赤研瑞谦望向扬一依，道，"不知公主意下如何？"

赤研弘像一头熊一般箍着扬一依，把口水弄了她一脸，谁

绾青丝 281

也不知道扬一依现在的感受,她尽力把脸从赤研弘的吻下拉出来,道:"但凭大公和瑞谦大人主持,一依定当遵循不渝。"

只有靳思男在一边,不可置信地睁大了眼睛。

陈振戈悄悄走到她的身边,握住了她握刀的手,把薛荔生生压了回去。

她看到陈振戈和赤研恭同时撇了撇嘴,只不过陈振戈嘴角向下,而赤研恭的嘴角向上。

赤研弘的声音稚嫩,却异常响亮,他高声叫道:"我要娶她,明天,不,今天!"他醉了,醉酒的少年可以猎杀老虎。说着,他把手强行伸进了扬一依的衣襟,若论气力,扬一依远逊于赤研弘,自然是挡也挡不住,周围的人爆发出一阵哄笑。

扬慎铭呆坐在座位上,脸色苍白,不知所措,杜广志则冷着脸一直盯着上席,那里坐着身躯佝偻的青云坊主周道,靳思男被陈振戈按在身边,动弹不得,眼眶里满是泪水,只有李子烨表情僵硬,把手搭在了刀柄之上。

扬一依咬着嘴唇,在赤研弘耳边小声道:"你把我捏疼了。"

赤研弘张口咬住了她的脖子,含含糊糊地说:"我要捏死你!"

恐惧转化成为战栗的兴奋,赤研弘的肉手顺着扬一依的骨骼筋脉游走,她的肌肉紧紧抽在一起,皮肤上起了一层细细密密的鸡皮疙瘩。被赤研弘捏住的乳头似乎肿胀了起来,这疼痛和她脖子上的疼痛混杂在一起,急速爆裂开来,好像有一股强大的力量要从她的躯壳中振翅欲出。

有那么一瞬间,扬一依失去了知觉。

再睁眼时,天地间轰隆一声巨响,整个青华坊都在晃动。

人们立足不稳，桌上的食物和摆饰摇落满地，狂风猛地掀开了青华坊厚重的大门，檀木窗在猛烈地开阖中变得支离破碎。

幽深的夜雨中传来凄厉的怒号，熊熊燃烧的鲸脂巨烛竟然熄灭了一多半。

扬一依听到了房顶琉璃瓦碎在庭中青石上的声音，屋檐下的瓷铃铛发出一长串地密集磕碰，最终一一爆裂。一道剑一样的白光从极高极远的天际雷霆万钧地劈下，照亮了每个人惨白的脸庞。

赤研弘不自觉松开了手，他喝多了酒，被晃倒在地，滚了几滚，哇地一口吐了出来，差不多每个人都抓住身边的桌椅，以稳住身形。

赤研井田身边的侍卫把他围在正中，他却瞪大了眼睛，气势汹汹地推开他们，大踏步走出门来，然后静止在暴雨中。

人们站稳了身子，一个个走出门来，都被眼前的景象惊呆了，一个巨大的黑色气旋在灞桥的雨夜中咆哮着，从深不见底的天空垂下，卷起房屋、牲畜和经过的一切，大雨滂沱，应和着人们的呼救和惨叫，整个灞桥燃起了猛烈的大火。每个人的脸都被遥远的火光映得惊魂不定，不祥的沉默在蔓延。

灰烬像黑色的雪花飘落，被雨滴击穿。

赤研井田回头，阴沉着脸对青云坊大灵师周道发问："周先生，上一次星盘不是说今日诸事皆宜、八方康泰吗？这是什么道理，雨夜怎么会燃起大火？你的星辰们怎么说？"

周道先咳嗽了好久，道："大公，请抬头看。"他枯瘦的手指遥遥指向西北天际，地上的烈火在雨水中熊熊燃烧，雾气蒸腾，众人都没有注意到，不知道什么时候，天际赤红、乌云的背后,有一颗血红色的星星正在放射着璀璨的诡异光芒。

"不可能,占老师走之前,我们刚刚计算了弥尘的轨迹,它不会出现在这个方向,即便三个月后、三年后,它也不会这样闪耀。"赤研敬忍不住叫了起来。

"敬公子,陨星阁中的星盘是在模拟正常的星轨运行,数万年来,星空都是这样,但今夜不同,弥尘跃出了螭獸天,进入了本不该它出现的星野。"雨水抽打得周道睁不开眼睛,他的声音仿佛更加苍老了,他喃喃地说:"乱了,都乱了。"

扬一依则在大口呼吸着,大雨让她畅快,雨水可以洗掉一切不洁和污秽,也可以洗掉她对自己的怨恨和不满。她看着那颗血红闪烁的星星,嘴角泛出了一丝笑意。

是的,还是那个夜晚,疾白文对她提起过这颗冷酷暴烈的星辰,他说古时候,人们称它为"鸦之眼"。

扬一依挺起胸膛,水和火、山和海、生与死在她的胸中激荡:"你是火神的渡鸦,身上生着赤羽……和上古时候一样,墨羽之焰和海兽之血重现人间,你,就是火神派来南渚点燃鲜血的人,死亡和瘟疫将与你这只黑色的渡鸦如影随形。"

疾白文和陈兴波的话音在这个暴雨倾盆的夜晚纠缠交织在了一起。

"我是火神的渡鸦。"扬一依昂起头,让雨滴拍打在自己的身上,这个屈辱的夜晚,她总算找到了一些可以依靠、可以相信的神迹。

"我身着赤羽,点燃鲜血,带来死亡。"心中的颂念犹如呜咽。

从此刻起,我不再善良,无惧死亡,无论哪个神祇,我都愿将鲜血和生命献祭给它,只要它愿意达成我的愿望。

她闭上眼睛,又一次进入了那个不断重复的梦境。渡鸦在天空飞翔,白茫茫的雾气在拂晓的平原消散。

扬觉动一马当先,走上了那一片枯黄萧瑟的原野。

他身后跟着豪麻,以及看不见尽头的铁甲旌旗,在他面前,是两座山峦间的一道窄窄隘口。扑棱棱地振翅声响,那只渡鸦之后,无数渡鸦遮天蔽日地从他们上方飞过。

在他们的身后,有一座青色的大城,它曾经热闹嘈杂,但在这个梦境中的清晨,它如此的肃穆和沉静。